蔦屋重三郎

たわけ本屋一代記

増田晶文

発行：日刊現代　発売：講談社

たわけ本屋一代記

蔦屋重三郎

増田晶文

目次

主な登場人物

蔦屋《つたや》重三郎《じゅうざぶろう》／蔦重《つたじゅう》
寛延三年～寛政九年（一七五〇～一七九七）
江戸を代表する本屋。人材の発掘から育成まで手掛け、世の中をひっくり返す本や浮世絵をつくり続ける。出版業に新たな価値を創造し「化政文化」の礎を築いた。

駿河屋《するがや》（喜多川）利兵衛《りへえ》
享保十五年（一七三〇）生まれ
重三郎の叔父であり、育ての親。吉原仲《なか》の町《ちょう》で引手茶屋「駿河屋」を営み、重三郎に人情の機微と商いを教える。

とせ
寛延八年（一七五五）生まれ
江戸で一番の本屋を支えた女房。重三郎より五つ年下。芝居町の本屋「伊賀屋」の娘として業界に精通、その一方で剣術にも秀でる。

小紫《こむらさき》
宝暦年間～安永三年（一七七四）
重三郎より少し年下の花魁。禿（幼女の見習い遊女）時代から才色兼備で異彩を放ち、長じては怜悧な美貌を誇った。重三郎と相思相愛の仲になる。

松平定信《まつだいらさだのぶ》
宝暦八年～文政十二年（一七五九～一八二九）
十一代将軍家斉《いえなり》を補佐する老中。飢饉で揺らぐ幕政の立て直しと農村の復興、質素倹約や綱紀粛正、文武奨励を旨とする「寛政の改革」を断行。戯作を厳しく取り締まる。

喜多川歌麿《きたがわうたまろ》／うたまる
宝暦三年?～文化三年（一七五三?～一八〇六）
浮世絵界随一の美人画家。重三郎に見出され、狂歌絵本で腕を磨いて才能が開花。美人画において、女性の表情の微細な変化を写しとる「大首絵」を創案。『画本虫撰《えほんむしえらみ》』『婦女人相十品《ふじょにんそうじっぽん》』などが有名。

山東京伝《さんとうきょうでん》／北尾政演《きたおまさのぶ》
宝暦十一年～文化十三年（一七六一～一八一六）
黄表紙、洒落本の第一人者。絵師として出発し、のちに流行作家として文壇での地歩を築いた。代表作に、黄表紙『江戸生艶気樺焼《えどうまれうわきのかばやき》』『心学早染艸《しんがくはやそめぐさ》』など。

恋川春町《こいかわはるまち》
延享元年～寛政元年（一七四四～一七八九）
駿河小島藩士にして戯作者。『金々先生栄花夢《きんきんせんせいえいがのゆめ》』で黄表紙の祖となる。文才、画才ともに秀で、随所に世相を反映させた作風が持ち味。『鸚鵡返文武二道《おうむがえしぶんぶのふたみち》』で寛政の改革を痛烈に風刺。

朋誠堂喜三二《ほうせいどうきさんじ》
享保二十年～文化十年（一七三五～一八一三）
出羽国久保田藩の江戸留守居役を務める傍ら、裏の顔は人気戯作者。『文武二道万石通《ぶんぶにどうまんごくどおし》』など、黄表紙の代表的作家。

北尾重政《きたおしげまさ》
元文四年～文政三年（一七三九～一八二〇）
絵師。親分肌で蔦重の本屋業を初期から支え、京伝や政美を育て上げた。『青楼美人合姿鏡《せいろうびじんあわせすがたかがみ》』が名高い。

大田南畝《おおたなんぽ》
寛延二年～文政六年（一七四九～一八二三）
狂歌壇の領袖。早くから文才を発揮し、天明期の知的階級層を牽引。別名は蜀山人《しょくさんじん》、四方赤良《よものあから》、寝惚《ねぼけ》先生など。著に『万載狂歌集《まんざいきょうかしゅう》』など多数。

勝川春朗《かつかわしゅんろう》／北斎宗理《ほくさいそうり》／葛飾北斎《かつしかほくさい》
宝暦十年～嘉永二年（一七六〇～一八四九）
浮世絵師。駆け出し時代に蔦重の知遇を得て、後に『北斎漫画』や『富嶽《ふがく》三十六景』などの傑作を残し、その影響はフランス印象派までに及んだ。

装丁・本文レイアウト：伊丹弘司

序章

一

振り袖姿の娘がひょいと細縄に飛び乗った。

それを合図に三味線に太鼓、派手な音曲が座敷に響く。

ふわり、ゆらり、娘芸人は胡蝶《こちょう》のように末席から首座へ、皆々の頭上を渡っていく。小ぶりで形のいい尻が揺れ、スラリと白いふくらはぎが覗く。

さっきまで好き勝手に騒いでいた面々が、眼どころか息まで凝らして見惚れている。

「こいつはいい趣向だ」

恰幅のいい五十絡みの侍が隣に顔を向けた。そこには三十歳そこそこ、柔和な顔立ちの青年が侍っている。彼は大仰に両手をつく。

「お褒めにあずかり恐悦至極」

「よせよせ、仲間同士でそんな真似はしなさんな」

くいっ、侍は盃をあける。

「うめえ。灘からの下り酒、酒番付で東大関を張る剣菱の瀧水《たきみず》だな?」

「さすが、ご名答!」

青年が徳利を掲げ、侍は空になった盃を差し出した。チラリ、青年が視線を移せば細縄の下に集まった男ども。娘が足を踏み外しそうになっている。裾が激しく乱れ、膝小僧まで見え隠れした。

「仕方のねえやつらだ」

「こんな時こそ羽目を外していただかないと」

「連中は年中、お気楽さ」

侍は干した盃を膝元の丼の水で洗い、青年に渡す。

「あんたこそ酔えばいい」

今宵も吉原《さと》の一角に一風変わった面々が揃った。武家と町人——戯作者に絵師、医者がいれば能楽師や旅籠、煙草屋に汁粉屋、油屋から遊郭の主まで多種多様。身分の垣根を取っ払った無礼講がお定まりだ。

「かくいう私は本屋です」

青年の名は蔦屋重三郎《つたやじゅうざぶろう》、誰もが約《つづ》めて「蔦重」と呼ぶ。吉原で「蔦屋耕書堂《こうしょどう》」を開いて十年になろうか。蔦屋の絵草紙を手にすれば、泣く子ばかりか大人も黙って読みふける。そんな蔦重が宴を催した。招かれたのは「戯家《たわけ》」のクセ者ばかり。世のあれこれを五七五七七の調子に乗せてあげつらい、狂歌でございと悦に入っている。

当の蔦重は皆の間を回り、しれっといってのける。

「いい歌が詠めたらお声がけを。私が集めて回ります」

戯家の酒席こそ、太平楽の極み、されど江戸の民は文人墨客《ぶんじんぼっかく》の集いに憧れを抱いている。バカを装うのは「粋」、乱痴気ぶりが「通」だと持ちあげる。

「ただの能天気だけどな」

さっきの武家が自虐する。彼は朋誠堂喜三二《ほうせいどうきさんじ》、当代きっての戯作者にして、さる大藩のお偉いさんでもある。

「そういや春町は？」

噂をすれば影が差す。小柄な侍が千鳥足で近づき、ふたりの間に倒れ込んだ。

「恋川春町《こいかわはるまち》、ここに参上」

春町と喜三二は朋友にして好敵手、戯作人気を二分している。春町はそろそろ四十歳に届こうという年齢だが、朱に染まった頬は少年のよう。重三郎は春町の身体を受けとめた。

「水をお持ちしましょうか」

「酒の上の不埒《ふらち》はご勘弁。毎度のことだが呑み過ぎた」

春町は酔眼を瞬かせたものの、ほどなく上と下の瞼が重なってしまった。

春町の頭を肩に乗せたまま蔦重は座敷を見渡す。

彼らを活かすも殺すも本屋次第。各々の顔に次なる作の筋立てと画の趣向、売り出しの口上までが重なる。

「ふふふ」、つい頬が緩んでしまう。蔦重とて酒は嗜《たしな》むし女嫌いの堅物でもない。だが、本のことを考えるのがいちばん愉しい。

思わず知らず、こんな言葉が口を衝いた。

「本でお江戸をひっくり返します。私が本の値打ちを変えてみせましょう」

ついホンネを漏らしてしまった。きかれてまずくはないけれど、酔いに任せた大言壮語と思われては癪《しゃく》だ。まして「マジです」「やってみせます」と力み返るのは無粋の骨頂。

「野暮といわれちゃ蔦重の名が廃ります」

そっと周囲を窺う。幸い、春町は蔦重の肩に頭を預けたまま鼾《いびき》をかき、喜三二も素知らぬ顔で料理に箸を伸ばしている。上座には人の輪、見事に細縄を渡り切った娘芸人にヤンヤの喝采、投げ銭が乱れ飛ぶ騒ぎだ。

「蔦重さん、外の風が気持ちいいですよ」

背後で声がした。黒一色、ぞろりと長い着物の裾は畳の縁にかかり、濃緑の襦袢《じゅばん》がチラリ。洒落者を絵に描いたような出で立ち、二十歳くらいの若者が手招きをする。

「少しお待ちを」、蔦重は春町の頭をそっと外して座布団の上へ、喜三二に目配せして立ち上がる。

蔦重は声の主の隣へ、ついでに障子をもう少し広げた。吉原の夜風が火照った肌を心地よく撫でる。

「本で世の中を変える蔦重さんの企て、私も一味に加えてください」

「まいったなぁ、聞いてたんですか」

「けっこう大きな声でした」

ふたりは顔を見合わせ白い歯をみせた。若者は新進気鋭の絵師で北尾政演《まさのぶ》、最近は戯作も手掛けるようになり、山東京伝《さんとうきょうでん》とも名乗っている。彼に向ける蔦重の眼差しは愛弟を慈しむかのよう。

――この人は文と画で時代をつくる。いや、私がそうなるよう後押しをします。

若者は深川の質屋の子、生粋の町人だ。江戸の戯作者は武家の春町と喜三二が一頭地を抜く存在。しかし、町人それも若手の粋人が筆を執れば、両御大とはひと味ちがった戯作になる。

――この本大いに売れる。いや、私が売ってみせます。

さっそく額を突き合わせ、侃々諤々《かんかんがくがく》、新作の案を練りたい。

本屋の胸中には妙案、腹案、試案……山ほど用意してある。

「蔦重さん、オレの顔に何かついてます?」

若者が片眉を上げる。蔦重、慌てて手を振った。

「あんまり男前なんで見惚れてしまいました」

ぷっ。京伝が吹き出す。彼は格子に寄りかかり、蔦重も肘をつく。茶屋の二階から望めば、軒を連ねた妓楼が雪洞《ぼんぼり》のようにやわらかな光を放っている。ふたりの横を呑めや歌えの喧騒がすり抜け、眠りを知らぬ街に吸い込まれていく――。

二

そんな蔦重たちの広間をじっと見上げる武家がいた。

彼の頭の上に宴席の騒ぎが降りかかる。そればかりか脂粉と酒の香、男女の交合が醸す淫らな臭気に包まれ、侍はハエを追い払うように腕を振った。

「ええい、汚らわしい」

戯作なんぞが流行るせいで民のタガが外れるのだ。吉原が賑わうのも、悪所遊びを江戸っ子の甲斐性だと持ち上げるから。今しも、凶作や飢饉に苦しむ民が大勢いるというのに。不届き千万、本のせいで江戸は愚者の巣窟になってしまう。

「江戸の本屋を捻り潰す」

とりわけ目立つのが、あそこで酒宴をはる蔦重。出す本が売れに売れるばかりか、戯作者や絵師どもを糾合して梁山泊を気取っておる。先だっては、人形浄瑠璃にまで取り上げられたそうな。まさに向かうところ敵なしの本屋なのだ。

「蔦重、今にみておれ」、武家は奥歯を噛む。ギリギリと嫌な音が鳴った。


蔦重の酒席を憎々しげに見上げる武家は端正な顔立ち、そこに怜悧さが加わる。なかなかの押し出しだが、年齢はまだまだ若い。

「遅くなりました」

若き武家のもとへ数人の侍が駆け寄ってきた。彼は鷹揚にうなずく。

「主殿頭《とのものかみ》はどうだった？」

「豪奢の極みの乱行です」

「やはり。詳細を話せ」

しかし周囲は一夜妻を求める吉原の客の行き来が激しい。武家は路地を顎で示す。

茶屋の二階から外を見やる蔦重、そして振り返った武家の眼が合った。

「はて、どなたかな？」、蔦重は小首を傾げる。身を隠すように横道へ入っていった侍たち。一党の長らしき男が蔦重を睨みつけたのは間違いない。その剣呑さが尋常ではなかっただけに、どうにも落ち着かぬ。蔦重の隣の京伝も広げていた襟元を改めた。

「ずっとこっちの様子を窺っていたみたいですね」

「一時《いっとき》（二時間）近くも？　悠長なお武家さまだ」

与力か同心だろうか。京伝が口を尖らせた。

「オレたち何か悪いことをしましたっけ」

「うまい酒を呑んでバカ話に花を咲かせる。そんなことでお咎めを受けるわけがありません」

蔦重は背伸びをして侍たちの後を追う。だが、彼らの姿はとうに消えていた。

「どうにも興醒めだ。中締めにしましょう」――。


一方、蔦重の前から足早に立ち去った一行は吉原唯一の出入り口、大門を出た。

周囲に茶屋や仕出し屋が並ぶものの、門の向こうの廓内の華やかさとは段違い。もちろん灯に浮かぶ遊女の艶っぽい顔を拝むことはできない。

侍たちは大門から続く塀わきに身を隠すように集まった。頭領格の若い武家が声をひそめる。

「で、あやつらはいかがしておった？」

配下のひとりが答えた。

「顔を揃えたのは札差に呉服商、米商、木綿問屋など江戸の豪商でした」

別の侍がいった。

「吉原随一の遊郭松葉屋で、名代の花魁《おいらん》瀬川を侍らせるとは贅沢の極みです」

百両接待とはあのことだ。ご相伴にあずかりたい。こっちは晩飯も喰わせてもらってないのに。皆が口々に呆れる、羨む、ボヤく。ある者は口を開く前にグ〜〜ッと腹が鳴った。

「控えよ。貴様らの性根から叩き直すことになるぞ」

頭領はぴしゃり、容赦がない。配下の者たちは口々に「ご勘弁を」「滅相もない」

じろり、若き武家は一瞥した。

「報告が終わったら夜鳴き蕎麦でも喰うがいい」

「はア、蕎麦ですか」

皆はげんなりしたようだが、年かさの侍が気を取り直して報告を続ける。

「松葉屋には、かねて人を潜らせております」

その間者によれば主殿頭の席に集った豪商は十人。

「ギヤマンやビードロの酒器に鮮血のごとき葡萄酒。いずれも長崎からの献上品、南蛮渡りの物かと」

主客の横には名妓瀬川、豪商たちの傍らにも美女が勢揃いした。

「酔うほどに座は乱れ」、侍はここでためらった。だが頭領は「話せ」と先を促す。

「遊女の口移しで酒を呑む、襟元から乳房を弄る……」

主客はギヤマンの盃を片手にニヤニヤと痴態を眺めていた。彼の膝元には桐の菓子箱が積まれている。

「中身は小判でしょう」

チッ、頭領の忌々しげな舌打ちが夜陰に響いた。若い武家の憤怒は尋常にあらず。こめかみには癇性の証、うねうねと血管が浮き出ている。

「おのれ田沼意次《おきつぐ》め」

「お静まりを」、田沼の名が武家の口を衝いた途端、郎党たちは辺りに眼を配り、武家を取り巻く輪を狭めた。田沼意次は老中職、幕閣の中枢として権勢をふるっている。これ以上の罵倒は世を憚《はばか》る。

ふーーっ。若い武家は太い息を吐き、ぐるりと肩を回す。いくらか気が落ち着いたようだ。

「今夜は本屋と文人どもの顔を拝めたうえ、田沼の醜行も確かめられた」

彼は配下たちを見回す。

「貴様らも世の乱れが実感できたであろう」

一刻も早く手を打たねばならぬ。武家は決意を新たにしたようだ。

「今日はここで解散だ」

おぼろな月明かりのもと、頭領を囲む輪が解けた——。

三

その頃、蔦重の宴席もお開きとなった。

茶屋で騒いだ後のお愉しみといえば、遊郭で馴染みの遊女としっぽり……蔦重はその手配も抜かりはない。

「あの人は大文字屋、そっちが江島屋、こちらは角海老、いや玉屋でしたっけ」

蔦重の指示で茶屋の若い衆《し》がテキパキと客を妓楼へ案内していく。蔦重は京伝にも声をかけた。

「扇屋に菊花を愛《め》でに？」

京伝は照れ笑いを浮かべた。彼は菊園という遊女と懇ろの仲、似合いの美男美女だと評判になっている。

「オレは最後でけっこう、蔦重さんお先にどうぞ」

「バカいっちゃいけません。吉原に馴染みなんていやしませんよ」

「蔦重は早く帰らないと、山の神の機嫌が悪くなる」

喜三二が茶々を入れた。彼は両方の人差し指を額に立てる。京伝が顎を引いた。

「オレらと深酒するせいで、女将《おかみ》さんに角が生える」

蔦重は女房を思い浮かべた。男勝りで気ッ風のいい女。悋気《りんき》はともかく、夜毎の宴で夫の身体に障りが生じはせぬかと気を揉んでくれている。

「いやはや、喜三二さんのおっしゃるとおり。女房が鬼になる前に帰んなきゃ」

ホンネをいえば、打ち合わせたあれこれを書き留め、思案を加えたい。吉原の遊女の肌の温もりより仕事が大事。

「わしが一緒にいって弁解してやろうか」

「喜三二さんにご同行願ったらかえってヤブ蛇になっちゃいます」

本屋と戯作者は大笑い、そこへ茶屋の主人が手招きして蔦重を呼んだ。

「松葉屋に登楼する方はいらっしゃるのかい？」

「ええ、二人ほど」

「松葉屋はさる御方の貸し切りでしばらく無理だよ」

主人は小声になった。彼は蔦重の叔父で駿河屋利兵衛という。

「田沼さまの御一行らしい」

「なんと野暮なことを」、蔦重は肩をすくめた。

「泣く子と地頭、主殿頭さまには勝てやしないよ」

叔父は蔦重の育ての親でもある。飄々として茫洋、数え八つの時から世話になっているけれど、叔父が慌てたり気色ばんでいるところを見たことはない。

「こういうことをなさるんだよ、あの御仁は」

無粋な殿様だねえ。これじゃモテないよ。叔父が話すとトボけた口調になる。

「松葉屋がご贔屓《ひいき》の客人は私がお相手するよ。浄瑠璃でも唸って進ぜよう」

お前は早く店に戻り仕事の続きをおやり。こういうと叔父は包みを差し出した。

「これ、おとせにお土産」、とせは蔦重の女房の名だ。

「ありがとう。で、中身は何です?」

叔父はすっと眉をあげた。

「鬼退治のきび団子さ」


客人たちを妓楼へ送り終えた蔦重、叔父が営む引手茶屋「駿河屋」の勝手口から身を滑らせた。月光と軒灯で足元は明るい。提灯の代わりに女房への手土産のきび団子をさげている。

宴席の勘定は蔦重の自腹、宴を盛り上げてくれた娘芸人にもたっぷり心づけを渡した。だが蔦重は頓着しない。

「このお金が本や絵になってかえってきてくれます」

吉原大門を潜れば店はすぐそこ。つい急ぎ足になる。

「本屋、待て」

武家が通せんぼをした。蔦重、眼をぱちくりしたものの、すぐ口元を崩した。

「黄表紙それとも細見ですか？　店は眼と鼻の先、すぐに戸を開けます」

蔦重、ほろ酔いもあって気安く請け合う。武家はまだ若く、身なりは上々、どこぞの藩の江戸詰め勤番侍だろう。

「喜三二に春町、どちらがお好みでしょう」

どうせなら両作を一緒にお愉しみなさいませ。蔦重のにこやかな声が響く。吉原でも夜半に寸時、ぷっつりと人通りが絶えることがある。今がその時だった。

「本ではなく命を貰おう」

ご冗談をといった途端に蔦重の頬が強ばる。相手は腰の刀に手をやった。辻斬り、物取り、それとも狂人か。本屋と武家、そこだけぽっかりと空間ができている。

ごくり、蔦重の喉仏が動く。

「お江戸を本でひっくり返す。それをやり遂げるまでは死ぬわけに参りません」

恐怖に先んじて、内なる想いが強く出た。だが武家は冷淡な声で応じた。

「不遜な奴よ。かような考えが世を無《む》知《ち》蒙昧《もうまい》にする」

彼は刀に手をかけたまま強い調子になった。

「田沼の時代に乗じて世に憚る罪は重いぞ」

この人は本気ですよ。頭がおかしいわけじゃない。えらいことになった。胃の腑へ冷たいものが落ちる。すぐ逃げ出したいのに膝が震えてどうしようもない。

「こ、殺されても、また本屋に生まれ変わります」

武家は間を詰めた。蔦重はのけぞる。これからやりたい事々、戯作や浮世絵にまつわるあれこれが現れては消えていく。武家は涼しい眼で蔦重をみつめている。

トゥォーッ。ギャーーッ。

重なる裂帛《れっぱく》の気合と絶叫、あわや蔦重という次の瞬間。

ボコッ。バンッ。

「痛いっ！」、武家が頭を抱えてつんのめる。

バシッ、ビシッ、続けざまに棒で殴りつける音。背後から不意打ちされ、武家の手から刀が落ちる。

蔦重は無我夢中でそいつを蹴とばした。

「重《じゅう》さん！」、「おとせ！」

なんと、箒《ほうき》を手にした女房が仁王立ちしている。むぎゅ、蔦重は倒れた武家の背中を踏んづけ女房のもとへ駆け寄った。

「首と胴が離ればなれになるところだった……とはいえ、お前、えらく大胆なことをするねえ」

本屋の夫婦、女房のとせのほうがちと背が高い。スラリと身が引き締まり、細面で受け口気味、総髪にすれば男装の麗人の趣だ。

「この侍、番所に突き出そうか」

女房の鼻息は荒い。蔦重は腕を組む。武家が起き上がった。

「いきなり背中からとは卑怯だぞ」

恥辱で顔を赤く染めながら、刀を拾うと這《ほ》う這《ほ》うの体《てい》で走り出す。

「待て！」、とせが追おうとするのを蔦重は抑える。急に大門が騒がしくなった。門前に豪奢な駕籠《かご》が横付けされ、大勢の従者が賑々《にぎにぎ》しく侍っている。

廓内から殿様が出てきた。松葉屋の主人や身なりのいい商人に送られ駕籠に乗り込む。

「あれが田沼意次様だ」

蔦重は女房に囁《ささや》いた。とせは慌てて箒を後ろ手にして隠す。

田沼は細面の顔に笑みこそ浮かべている。だが、蔦重には心の底から吉原での饗応を愉しんでいるようにはみえない。背後に鬱屈やら憂慮がおぶさっているように思えてならない。

ほどなく、小体の大名行列という趣の田沼一行は大門を出立した。

本屋の夫婦はしばらくの間、為政をほしいままにする幕閣を見送った。

第一章　生い立ち

一

差し込む光がまぶしい。少年は長い睫毛《まつげ》を瞬かせ、蒲団の中で身体を伸ばした。

チチッ、チュンチュン。雀のさえずりが妙に大きい。いつもは煮炊きや掃除、洗濯の音に女中と男《おとこ》衆《しゅう》の声が重なって寝間まで聞こえてくるのに。今朝はしーんとしている。なんかヘンだ。

「おはよう重三郎」

利兵衛の叔父さんが枕元に座っている。おっとりしていながら、人を喰ったような、そのくせ憎めない顔が重三郎を覗き込む。

「よく眠れたかい」

うん。うなずいてはみたものの……どうして叔父がここに？　まだ夢をみているんだ、そうに決まっている。もうちょっと寝よう。そうしたら、いつものように母が起こしにきてくれる。

「津与さんはいないよ」

少年は閉じたばかりの瞳を開いた。津与は母の名だ。

「この家だって、お前の家じゃなくなる」

「………」

「今日から重三郎は私《あたし》ン家《ち》で暮らすんだ」

重三郎は半身を起こした。何がナンだかわからない。利兵衛叔父さんは普段から冗談とも本気ともつかないことを口にする。そういえば、父と母がこんなことをいい交わしていた。

「利兵衛は飄々として掴みどころがない。弟だけどオレと似ても似つかない」

「いいえ、あの人は存外にやさしいし、考えだってしっかりしてますよ」

そんな叔父を少年はじっとみつめ、叔父は甥っ子の視線をしっかり受けとめる。重三郎は哀しい予感に包まれ眼をそらす。叔父は膝に置いた手拭いを渡してくれた。

「顔を洗っておいで」

朝飯は叔父さんの茶屋に用意してある。お前の荷物はもう運んだから浴衣のままきたらいい。

「叔父さん、本も?」

「安心おし。一冊残さず、すべて持っていった」

ホッ、頬が緩む。だがすぐにチクッ、胸が痛む。こんな時に本の心配をするなんて。それより、いったい何があったのか、それが大事。叔父はといえば、絵草紙ばかりか漢籍の難しい本もあったと感心している。

「母さんはどうしたの?」

叔父は鼻の頭を掻いた。

「人生なんて、どこでどう転ぶかわからない。兄貴と義姉《ねえ》さんだってそうだ」

だけど、一生はなるようにしかならない。

「事の次第は朝飯の時にくわしく話すとしよう」

ウチの飯はうまいぞ。叔父はニッと笑った——。


宝暦七年（一七五七）、重三郎が数え八歳の春。

父の変事に続き母が離縁され、吉原大門前の引手茶屋「蔦屋」は人手に渡った。重三郎は利兵衛に引き取られ、吉原の仲の町《なかのちょう》にある老舗茶屋駿河屋での日々が始まる。蔦屋と駿河屋は大門を挟み三町（三百三十メートル）ほど。このちょっとの隔たりが、重三郎にはとてつもなく長いものになった。

叔父の妻や従兄弟は迷いこんだ仔猫をみるようによそよそしい。利兵衛だけがノホホンとしていた。

「今日からウチの子だ」

「うん……」

叔父は重三郎を覗きこむ。

「でも、わしお前の父さんにはならない。叔父さんのままだよ」

「……どうして？」

不安と困惑、混乱。重三郎はベソをかきそうになる。だが、利兵衛は重三郎の頭を撫ぜながら、内側から滲み出る口ぶりでいった。

「叔父さんにだったら、親父にはいえないことだって打ち明けられるだろ」


重三郎は父の重助がいなくなった日のことをよく覚えている。

あの日、重三郎は寝っ転がって絵草紙を読んでいた。楠木正成の最期、湊川の決戦を描いた画に胸が躍る。

廊下を渡る音がして、眼を上げたら西陽を背にし、黒い影になった父がいた。父は何もいわない。表情もわからない。重三郎は再び絵本に眼を落とす。

また廊下が鳴った。父はそのまま店を出たようだ。これっきり、父はいなくなってしまった――。

「兄貴は神隠しにあった」

重三郎と母の津与を前にして利兵衛叔父はいった。まじめくさってはいたが、叔父にかかると、深刻な話題もどことなく肩の力が抜けたようになる。

「高尾山か大山の天狗の仕業にしちまいましょう」

重三郎は父が天狗に胴を抱えられ飛ぶ様を想う。大空から眺める吉原《さと》はどんな景色だろう。叔父も眼を宙にやっている。きっと同じことを考えているんだ……。

しかし母は違う。承服できぬと硬い表情でいる。叔父は弁解がましくいった。

「義姉さん、兄貴がいなくなって何日になります?」

右手の指を順に折り数え、左の親指、人差し指を曲げたところで止めた。

「七日ですよ」

いったいどこへ行っちまった。東海道なら名古屋あたりかな、叔父は歎息する。

「親戚一同どころか、御用聞きまで使って探し回ったのに手掛かりひとつない」

悪事千里を走り、人の口に戸は立てられぬ。口さがない連中は、引手茶屋蔦屋の主人は殺された、いや借財で首が回らず夜逃げしたと触れ回っている。

「あの人は生きていますよ」、母は声を絞った。

「わしも同じ気持ちです。だから神隠しのせいにして、善後の策を考えましょう」

吉原の連中は妙に信心深い。どこぞの宮司か坊主を丸め込み、ご宣託をもらえば皆が得心する。

「それより兄貴がいない蔦屋、贔屓筋《ひいきすじ》の接客に粗相があってはなりません」

引手茶屋はお大尽と遊郭を取り持つ仲人役。上客は直に登楼せず、まずは茶屋にあがって酒肴を愉しむ。宴席には幇間《ほうかん》や女芸者が呼ばれることも。茶屋はその間に遊女の手配を整えておく。名うての遊女が茶屋まで大尽を仰々しく迎えにくるのが、吉原名物の花魁道中だ。

引手茶屋を使うのは上客ばかり。わざわざ茶屋に立ち寄り、吉原の遊びの一切合切を茶屋に委ねることを粋だと承知している。格式の高い妓楼も、茶屋を使う客なら安心と心得る。銭と時間のない連中は安い妓楼へ一直線、茶屋など見向きもしない。

「引手茶屋は客人と妓楼の両方を上手にさばくのが商売。この難しさは義姉さんならご存知でしょう」

叔父は母と重三郎を交互にみやった。

「義姉さんに兄貴の代わりは難しい。まして数え八つの重三郎に切り盛りはできん」

諄々と説く叔父、唇を噛む母。重三郎はぴったりと母に寄り添う。息子を抱きしめる母。たちまち涙がこぼれ重三郎の頬を濡らす。

「参ったな」、叔父は額に皺を寄せた。

「わし、こういう展開がいちばん苦手なんだ」

丸山重助と津与の夫婦が蔦屋を営むようになったのは、一子を授かった寛延三年（一七五〇）だった。息子は本名を柯理《からまる》、通り名が父から一字もらった重三郎。母は奥向きと子育てに専念、父が茶屋を切り盛りしてきた。水商売のあれこれに疎いといわれたら、母はうつむくしかない――。

蔦屋を襲った椿事《ちんじ》は尾を引いた。日を追うごとに客足が遠のき、母は気を病み伏せりがちに。また親戚が集まり蔦屋の行く末を案じる。甲論乙駁《こうろんおつばく》、とうとう叔父が意を決した。

「万事、わしに任せてくれ」

二

重三郎は叔父のもとで暮らし始めた。

両親と離れ離れになった少年には翳《かげ》が宿った。友人といえば本、頁《ページ》を繰るのに飽いたら見るともなく外を見る。引手茶屋「駿河屋」が面する仲の町通りは吉原を貫く大路だ。

昼間の遊女はしどけない。長襦袢《ながじゅばん》に着物をひっかけ、無造作に帯を巻いた若い妓《あそびめ》が足早にいく。そこへ、湯上がりだろう、濡れ髪を櫛でまとめた女がすれ違った。

「どこへ急ぎなんす？」

「煙草を切らせんした」

「そんなもの、よしなんせ」

色恋の火は煙と消え、好いた（吸った）後は捨てられる。煙草は情夫《まぶ》と同じ。

「意地の悪しいことをいわねえでおくんなんし」

重三郎は横座りになってしなをつくった。さっきの会話、遊女が交わしたわけではなく、少年が当て振りよろしく即興でこさえたもの。当の女たちは眼も合わせずに離れていく。

コホン、空咳がひとつ。振り返るとニヤついた利兵衛叔父が立っている。

「また独り遊びかい？」

重三郎は真っ赤になった。叔父は散らかし放題の本に眼をやる。ヤバい。重三郎、今度は慌てて戯作を掻き集めた。しかし叔父には甥っ子の愛読書が一目瞭然。

「吉原で育ちゃマセて当然。だが、お前の場合はちとマセ方が変わっているねえ」

呆れてはいるが、責める調子になっていない。

「さっきの台詞はこの本に書いてあるのかい」

叔父が手にしたのは『遊子方言《ゆうしほうげん》』なる洒落本、父子で吉原に遊び、通人ぶった親父はフラれ、初心《うぶ》な息子がモテるという筋。子どもが読む代物じゃないけれど、出入りの貸本屋に無理をいって借りた。

感心それとも寒心か、叔父はどちらとも判じ難い顔つきになった。

「お前という子は、どうにも末恐ろしいねえ」

でも野暮はいわないよ。本で寂しさが紛れるんなら、好きなだけ読むがいいサ。

「叔父さん、ありがとう」

「礼なんぞいらない。粋な本があったら、わしにも教えておくれ」

外では端唄《はうた》を口ずさむ声。

〽吉原の夜道が暗ければ、大判小判で照らしゃんせ
叔父はこう続けた。

〽大判小判がないのなら、角で頭をぶつけりゃいい

そして、澄まし顔になる。

「眼から火花が散る」

叔父は重三郎の父と年子の兄弟。二十歳かそこそこで駿河屋へ婿入りし、喜多川利兵衛を名乗った。飄然《ひょうぜん》として飄逸《ひょういつ》、難事があってもどこ吹く風と受け流す。威風堂々という人物じゃないけれど、春風駘蕩《しゅんぷうたいとう》の人柄が、生き馬の目を抜く吉原ではかえって一目置かれ、ひとかどの存在になっている。

「引手茶屋なんて猫にたかる蚤《のみ》みたいなもんだよ」

お上臈《じょうろう》さんと客の血をたっぷり吸って、ぬくぬくと生きている。だけどお上臈は茶屋より一枚上手だ。客の血どころか臓腑を喰い、骨までしゃぶり尽くす。

「吉原は恐ろしいところサ」

叔父はこの町で身をひさぐ女たちを「お上臈」と呼ぶ。口が裂けても「女郎《じょろう》」とはいわない。上臈はもともと高僧や御殿女中のことらしい。遊女をこう称するところに叔父なりの畏敬の念がこもっている。重三郎もすぐ「お上臈」と呼ぶようになった。

「お前も吉原で生きていくんなら、お上臈さんを大事にしなきゃいけないよ」

重三郎がうなずくと、叔父は満足そうに眼を細めるのだった。

叔父は裾の埃をはたくと帳場に戻っていった。

重三郎は叔父の後ろ姿を見送った視線を格子の外へやる。

「あっ」、視線の先に年増のお上臈さん。着物の衿、首の後ろの衣紋をグイッと抜き白い柔肌が覗く。そこにかかる後れ毛が艶めかしい。

「……母さん」、そんなはずがあるわけない。でも、重三郎は格子に顔を押し付けた。

「やっぱり、違う」、重三郎は落胆する。

勝ち気そうにツンと顎をあげた横顔が似ているだけだ。お上臈さんの胸元は盛り上がり、尻にもみっしりと肉がついている。熟れた色香が匂いたつ。だが、母は清楚で気高く、媚びた春情と無縁だった。おまけに痩身、それが夫の逐電と茶屋の不景気で気を病み、細枝のようになってしまった。

「全部、母さんと私を捨て、どっかにいっちゃった父さんのせいだ」

いつしか父の行方を心配するより、恨むようになっている。反対に母への思慕は強くなるばかり。つい見知らぬお上臈さんにまで面影を求めてしまう――。

父は仕事一途、「蔦屋」を盛り立てるのに必死だった。夜は店の陣頭に立ち、昼も豪商やお武家のもとへ挨拶に回る。同じ屋根の下にいながら、父の顔をみない日もあった。

父は母に内所の事々を任せるだけでなく、いつしか妻を顧みぬようになる。

「ウチの旦那にはいいレコがいるらしいよ」

仲居が小指を立て、遊女の名をあげ噂話に興じていた。幼い重三郎にさえ、いやお母さんっ子だからこそ、両親の仲がぎくしゃくしていくのがわかった。

母は情愛のすべてを重三郎に注いでくれた。絵草紙の読み聞かせはもちろん、文字に算盤《そろばん》、お行儀。手習いの師匠は母だった。

「本があると母さんが側にいてくれるような気がする」

それでも胸を穿った洞には冷たい風が吹きつけた。ひと粒、ふた粒、涙が開いた本にこぼれ落ちる。

「もう、母さんとは二度と逢えないの？」

叔父に尋ねても首を振るばかり。父は行方不明のまま。重三郎は、黒い表紙の絵草紙『さんせう太夫』の世界に浸る。玉木と厨子王丸の親子は重三郎と母ですんなりいく。山椒大夫は叔父？

「違う違う。叔父さんはいい人だ」、急いで否定し、ついでにひと言を付け加える。

「ちょっと、いや、かなり変わってるけど」

物語にはもっと悪い人買いが登場する。吉原にも女衒《ぜげん》が出入りし、安寿姫のような、いたいけな娘を売り飛ばす。

「じゃ、その安寿姫は？」

姫は厨子王丸の姉、重三郎にもきょうだいができた。でも、あいつは男――重三郎はグニュと犬の落とし物を踏んづけたみたいな、何とも情けない顔になった。

「何てツラしてやがる」

呼びもしないのに現れたのは次郎兵衛、この前まで従兄弟だったが今は義兄だ。

「またメソメソしてたのか」

叔父の手文庫から金子をちょろまかしたに違いない。次郎兵衛の袂でチャラチャラ、銭が音をたてている。

「重三郎もついてくるか」

「本を読む方がいいもん」

「これだからガキはヤだってんだ」

「ガキじゃないやい」

ふん。次郎兵衛は鼻を鳴らす。六つ年上の十四歳、ニキビ面にポツポツ髭が生え、声も太くなってきた。ニタリ、義兄は頬を緩める。

「春画や洒落本なんぞより、やっぱ生身の女《すけ》の方が凄えぜ」

「…………」

重三郎はどう返事をしていいのかわからない。

ペッ。義兄は掌《てのひら》に唾をくれると鬢《びん》に撫でつけた。

「ちょっくら、いってくるぜ。親父には黙ってろよ」

いっちょ前の色男気取り、叔父のいう「吉原で育ちゃマセて当然」そのもの。どうせ良からぬ遊びに夢中なのだろう。だが、重三郎だって読みかじりの知ったかぶり、悪い遊びのナンたるかはわかっちゃいない。義兄は捨て台詞を残した。

「吉原《さと》は奥が深ェ。他所で遊ぶとよ〜くわかるってもんだぜ」


吉原遊郭を「さと」というのは、この町で生きる者の習慣だ。

「丁《ちょう》」「中《なか》」とも称する。北里に北国、北州などの異名は江戸城の北に位置するから。

もっとも叔父によれば話は少し違ってくる。

「北里ってのは漢籍で遊郭のこと、吉原だけじゃなく京の島原や大坂の新町だって北里なんだよ」

世の人が知らぬ妙なことを知っているのは、叔父の叔父たるゆえんだ。

「北里の元祖は支那。長安の都の北に平康里《びんかんり》って遊郭があって、そこのことサ」

「吉原より大きいの？」

「支那は何事につけデカいから人出だって凄い」

叔父は剃り残した顎髭《あごひげ》を引っこ抜きフッと飛ばす。

「わし、支那にいったことはないけど」

プッ、こんどは重三郎が吹き出す。叔父は嘯《うそぶ》いた。

「そんなとこで引手茶屋を開いたら、忙しくてたまったもんじゃないねえ」

重三郎の父は店を繁昌させようと躍起だった。そこには、格式高い駿河屋を引き継いだ弟への対抗心が見え隠れしていた。ところが、叔父ときたら誰とも張り合う気はなさそうだ。

「親子三人に甥のお前が喰っていけりゃ御の字だよ」


——そよ、ふわっ。春風が吹き込み重三郎の頬をさすった。まだ夕暮れまでには時がある。たまには外へ出てみよう。こんなことを思いついたのは、叔父にやさしく背中を押されたような気になっているからか。それとも義兄に子ども扱いされたのが、どうにも悔しいから？

重三郎は磨きあげられた廊下を渡り、いくつもの座敷の前を通った。今はひっそりしているが、やがて引っきりなしに客がやってくる。お大尽の座敷には幇間、女芸者が侍って呑めや歌えの大騒ぎ。おかげで布団を頭まで被ったって、とても眠れるもんじゃない。

重三郎は玄関に回った。下駄をつっかけ表に出る。履物の歯が打ち水で濡れ、重三郎の後ろに二の字、二の字の跡をつけた。

仲の町通りに立つ。叔父の厄介になった時、桜は満開だった。だが、今は跡形もなく片付けられている。吉原では毎春、わざわざ根つきの桜木を運び込み、仲の町通りの南から北まで、ずらりと植えるのだ。

「吉原の桜は江戸のお宝」

母の声が蘇る。母は重三郎の手を引き、あの木この木と花を巡って歩いた。

「ほら、桜の花が重三郎のことをみている」

母は教えてくれた。

「桜の花には稲の神様がいて、みんなが春を喜んでいるのをみるために花びらを下にして咲くの」

「さっき花が揺れたのは、神様が手を振ったから？」

「そうよね、きっと」

笑顔の母の髪にフワリ花びらが。あれは昨年、いや一昨年のことだったか。

せっかく気晴らしに外へ出たというのに、思い出すのはまた母のこと。重三郎は涙をこぼすまいと上を向く。

スーッ、燕が青空を切って飛んだ。

三

灰褐色の土煙が舞う。

白日の吉原、仲の町通りを若い遊女が駆けてきた。肌襦袢一枚、裸足の女は必死でわめいている。だが、それは言葉にならない。悲鳴とも呪詛ともつかぬ、おぞましく哀しい声が響く。

女が転んだ。めくれる裾、白い太腿が丸見えに。しかし、すぐ女は起き上がった。片手を突き出し、何かをつかみ取りたいかのように、また走り出す。

「待ちゃあがれ！」

「逃がすな、捕まえろ！」

男たちが追いついた。はだける肌襦袢、乳房は毬《まり》が弾むように揺れる。湯文字も乱れ、下腹そして黒々とした叢《くさむら》まで露わになった。

重三郎は引手茶屋駿河屋の玄関に立っている。店の前で遊女が捕まった。腕を取る男たち、女は吼えながら爪をたて、足をじたばたさせる。

どうした、火事か盗人か、いや足抜けだ。たちまち野次馬が集まる。バシッ、ドスッ。頬を張る平手、腹にめり込む拳、男たちは容赦がない。女はうずくまり、動かなくなった。重三郎は男たちをよく知っている。

「喜一ッあん、仁助兄ィ」

吉原大門から数えてふた筋目、角町《すみちょう》にある遊郭相模屋の若い衆《し》だ。喜一は四十がらみ、仁助が三十手前くらいか。吉原では、遊郭や茶屋で働く男たちを年齢にかかわらず若い衆と呼ぶ。

「ふたりとも粋で気っぷがいい人なのに」

重三郎と彼らが出くわせば、目敏《めざと》く向こうから笑顔で挨拶してくれる。そんな男たちが悪相を極め、年端もいかぬ遊女を叩きのめす。重三郎は女の名どころか顔も知らない。でも、後味がいいわけはない。ぶつけようのない、やるせなさ。彼は唇を噛んだ。

何事かと利兵衛叔父が出てきた。その眉がくもる。

「これが吉原の掟さ」

「お上臈さん、逃げ出そうと必死だった」

「女子《おなご》が春をひさいで愉しい事など何もないよ」

重三郎の視線は連れ戻される遊女を追いかける。

「あの人はどうなるの？」

「知らないほうがいい」

叔父はまず釘をさしたものの、そっと事情を教えてくれた。足抜けの成功は良からぬ前例になる。逃げられた遊郭は女の扱いが悪い、躾《しつけ》がなっていないとこき下ろされる。

「客はそんな店に寄り付かなくなっちまうからね」

おまけにお上臈を育てるにはたっぷりの金銭と歳月、手間暇がかかっている。妓楼にすれば、足抜けは踏んだり蹴ったり——。

「あのお上臈も二度と妙な料簡は起こさないだろう」

叔父はやりきれぬ、という顔になって吐き捨てる。

「ま、折檻《せっかん》に耐えて生きてりゃのことだけど」

叔父は店の中に向かって大声で命じた。

「たんと塩をまいとくれ」

悄然とする重三郎の頭上を燕が曲線を描いて飛ぶ。時ならぬ騒ぎで駿河屋の軒先に近づけなかったらしい。重三郎が養子になった年、燕も巣をつくった。叔父はにっこりしたものだ。

「縁起がいいねえ。重三郎が幸せを連れてきたよ」

叔母は重三郎にいい顔をしなかった。何しろ訳ありの蔦屋の子。何より駿河屋には後継ぎの次郎兵衛がいる。叔母は入り婿の夫にこんなことまでいった。

「重三郎を一生タダ働きさせるんなら話は別だけど」

だが叔父は、いかにも叔父らしく、のらりくらりと女房を丸めこんでくれた。

あの春から乙鳥の子育ては何回目になるだろう。重三郎も齢を重ね、面差しや身体つきが大人びてきた。


燕の子が、かまびすしい。重三郎はその下でせっせと箒を使っている。

親鳥は雛の口に餌を放り込んでやる。雛が静まるのは束の間、すぐまたジージーとヤスリを摺りあわせたようなダミ声をたてた。親鳥は一瞬きょとんとする。雛は思いっきり黄色い口を開く。親鳥は眼をぱちくりさせてから、大空に斬り込む勢いで飛んでいく。

「親って大変だ」

重三郎は巣をみやる。この季節、重三郎の日課は燕の落とし物を掃除することだ。しかし、下足番の爺さんはいい顔をしない。

「これはわっしの仕事」

爺さんは箒を奪いにかかった。そうはさせじと重三郎、小競り合いが始まる。

「最後までやらせて」

「次郎兵衛さんは掃除なんかしようともしないのに」

「義兄《にい》さんは跡取り息子だから、それでいいの」

重三郎は爺さんを押しのけ塵取《ちりと》りを使う。老人は白髪頭をゆっくりと振った。

「重三郎さんは蔦屋の主になるはずだったお人じゃ」

「それはいいっこなし」

この老人は重三郎の身の上を不憫に思ってくれている。父はぷいっと家を出たまま行方知れず、離縁された母の消息は誰も教えてくれない。実家の「蔦屋」は人手に渡り屋号も変わった。

そんな境遇の重三郎を厄介者と呼び、侮る者が駿河屋には少なくない。重三郎をみた途端、噂話や悪口をやめ、よそよそしい態度になる仲居や若い衆。重三郎は顔を強ばらせながらも、知らんぷりをする。

だが、下足番の爺さんや飯炊きの婆さんは判官贔屓というのだろうか、何かと肩をもってくれる。ありがたいことには違いない。でも老人の話はくどい。そのうえ最後は涙になる。重三郎も養子にきた頃はメソメソしていたが、今はもう親への想いを胸に仕舞い込む術を身につけている――。

三和土《たたき》はすっかりきれいになった。爺さんが尋ねる。

「いくつになりなさった?」

「数えの十五歳。叔父さんの子になって七年になる」

「この店は次郎兵衛さんより、重三郎さんにやらせりゃよろしかろうに」

「…………」

叔父の思惑は知らない。だが、義兄を差し置き主人に収まることを叔母や番頭が許すわけはない。それに、重三郎には水商売以外の仕事をやりたいという気持ちがある。ただ、何をすべきなのかはまだわからない。そこへ声がかかった。

「おい、帰ったぜ」

ポトッ。玄関に義兄が立った瞬間、上から落とし物が。

ベチョ。きれいに剃りあげたばかりの月代《さかやき》に手をやる義兄。

クソッ。顔を歪めた義兄、腹を抱える重三郎。爺さんは処置なしという態で義兄をみつめている。

次郎兵衛は数えで二十一歳、叔父に命じられ、このところ接客の真似事をしている。

「燕の巣なんぞ取っちまえ。親鳥と雛はオレが焼いて酒の肴にしてやる」、義兄は重三郎を睨んだ。

「そんなことをしてやらなくても来月には巣立っていくよ」

それより、と重三郎は話題を変えた。

「髪結床で何か面白い話を仕入れてきた？」

義兄はすぐ乗ってきた。こんなところに気の良さというか罪のなさが見え隠れする。

「近頃、このあたりで夜な夜な……出るんだとよ」

「何が？」、重三郎も義兄の話に喰いつく。

出るっちゃ、これに決まってンだろ。義兄は両手の甲を前へやり上目を遣う。

「うらめしや〜。角町の遊郭で足抜けしたお上臈の幽霊だよ」

「あの人は折檻《せっかん》されて殺……うっ」、重三郎の口を爺さんが塞《ふさ》ぐ。

「吉原で滅多なことをいうもんじゃありません」

四

線香の煙がゆっくりとたなびく。重三郎は供養塔に頭をたれ、手をあわせた。

先日、足抜けを企てたお上臈が激しい折檻の末に果てた。亡骸《なきがら》が吉原にほど近い下谷三ノ輪の寺に葬られたと知り、重三郎は居ても立ってもいられなくなった。

だが、いくら探しても遊女の墓はみつからない。寺男に尋ねると、苔むした供養塔を指さした。

「仏さんの弟かい?」

重三郎は曖昧にうなずく。

「お弔いどころか卒塔婆もないんですか」

寺男は因果を含めた。

「遊女の遺骨は鉄漿《おはぐろ》ドブに捨てられる。あんたの姉ちゃんはマシな方だよ」

鉄漿ドブとは、吉原の四方を囲う高い塀の外側にめぐらせた堀のこと。幅は十七尺（約五メートル）もある。黒く澱んだ水面はブクブクと泡立ち、鼻をつまみたくなる悪臭を放つ。金魚を投げ入れたら、たちまち白い腹をみせ浮かびあがってくる。

「あのドブがお上臈さんの墓場だなんて、ひどい」

この噂は重三郎だって何度か耳にしていた。でも、まさか。吉原でそんなことが行われているとは信じたくない。そんな気持ちが強かった。だが、寺男まで嘘をつくわけはあるまい。

「化けて出るのも仕方ない」、重三郎はうめいた。

義兄がやった幽霊の真似、もうあれを笑うことはできない。艶やかで華やかな光に包まれている、そんなお上臈の印象が歪んできた。

廓《くるわ》という檻に閉じ込められ、好きでもない男に抱かれる日々。花魁と呼ばれ、お大尽の寵愛《ちょうあい》を受けるのはたった数人。残りの数千人ものお上臈たちは、絶望に塗り込められた明日と、汚辱で染められた昨日の間で生きていかねばならない。

あの日、必死で駆けていたお上臈の顔には怒りが宿っていた。憤怒は我が身の不幸ばかりか、厳酷な妓楼の主や柔肌を貪る客にも向けられていたのではないか。

「いや、それだけじゃない」

お上臈のおかげで、ぬくぬくと御飯《おまんま》を食べている引手茶屋の養子も同罪。重三郎はお上臈に指を差されたような気がして、ギュッと眼をつむる。事情を知らぬ寺男は同情してくれた。

「姉ちゃんが成仏するよう懇《ねんご》ろに祈ってあげな」

重三郎はよろめくように供養塔へ向かった――。


寺を出て吉原まで九町（約一キロ）、その道のりがとてつもなく長く感じる。

野辺に咲く名もない花がお上臈と重なった。脂粉の香りと妖艶の気に包まれた遊郭で、愛しい母を想い、本と絵を友に育った少年。感傷の波濤《はとう》は並み外れて高く、繊細さが剥き出しになることも再三だった。

日本堤から五十間道へ、ここから大門までの下り路は大きく三回くねる。まず東へ曲がる衣紋坂。遊客が襟を直し、男ぶりをあげるところから名付けられた。なお続くだらだら坂の両脇には商家や引手茶屋が連なる。重三郎の実家もこの並びだった。だが親と別れて以来、意識して実家をみないようにしている。

大門の左右には不審者を監視する面番所と会所、それぞれに一礼し吉原のなかへ。

顔をあげた途端、重三郎を覆う黒雲が吹き飛んだ。前を、いくつもの葛籠《つづら》を重ね、背丈より高く背負った男が歩いている。荷の中身は本に他ならない。

「貸本屋さん！」、ふたり分の声がこだまする。

貸本屋を呼び止めたのは重三郎だけではないようだ。重三郎が話しかけた貸本屋、前の方からも手招きされたようで、大きな荷を担いだまま右往左往している。

「こっちこっち」、女の声がして、貸本屋はそっちへ歩をやりかける。

「与八っあん！」、重三郎に大声で名指しされ回れ右、たちまち荷はぐらぐら、均衡がとれずに尻もちをついてしまった。貸本屋、苦笑を漏らす。

「やれやれ、商売繁盛も善し悪しだ」

重三郎と女が駆けよる。ふたりから手を差し伸べられ、貸本屋は立ち上がった。

重三郎と女の眼があう。この人はお上臈だろう。直感が動いた。大年増で白粉《おしろい》が目尻の皺を隠すどころか反対に目立たせている。着物も値が張るようにみえない。

「あんた」、お上臈は顎先を重三郎に向け、次いで数軒先の駿河屋へやった。

「あそこの養子だろ」

伝法なうえ礼儀知らず。そのうえ、お上臈なら口にする「ありんす」調の廓言葉を使わない。でも嫌な感じはうけなかった。酒焼けのせいか、しゃがれてはいるが温かみのある声音。ぽっちゃり丸顔、眼もぱっちりしていて悪い人じゃない気がする。

とはいえこのお上臈、駿河屋の馴染み客があがる一流の妓楼に出ているとは思えない。

それにしても、どうして自分のことを知っているのだろう。義兄のように悪童で鳴らしているならともかく――考えあぐねた重三郎、口を開こうとした途端に貸本屋が割って入った。

「駿河屋の坊ちゃんは大の本好き。それが昂じて子どもが読んじゃいけねえ本まで無心なさる」

「道理で」、女は合点した。

「アタシが読みたい本を先に借りるのはこの子だね」

「ごめんなさい」

「悪いことをしたわけじゃなし、謝ることはないよ」

「はい。すみません」

「また謝った」、女は赤児を叱るように「めっ」とやった。戸惑いと照れで赤面する重三郎、貸本屋が女をたしなめる。

「かげろうさん、お得意様をからかっちゃ困ります」

かげろうという源氏名、陽炎それとも蜉蝣？

「妙な名だと思ってるね」、お上臈には重三郎の胸の内などお見通しのようだ。

「ゆらゆら揺れて正体がわからず、捕まえようとしたら、ふわふわ翔んでいく」

「そういう意味なんですか」

納得する重三郎、かげろうは得意気にむっちりした胸元を反らす。貸本屋が荷を背負い直した。

「じゃ吉原をひと回りしてきます。おふた方のとこには順に顔を出しますから」

重三郎とかげろうは貸本屋を見送る形になった。

「まるで火《ひ》の見櫓《みやぐら》を担いだみたいじゃないか」

「あの本、全部読みたいな」

「そんなに本が好きなの。こりゃ母親似だね」、お上臈は改めて重三郎をまじまじとみつめる。

「アタシ、津与さんにはずいぶん世話になったんだ」

津与――それは母の名！　重三郎は眼をみひらく。

「あの、その、どうして？」、舌をもつれさせる重三郎を尻目に大年増の遊女は言葉を添えた。

「アタシにだって売れっ子だった頃があった。情夫《まぶ》が蔦屋を贔屓にしてたのさ」

茶屋が忙しい時、津与さんが若い衆に代わって客の知らせを持ってきてくれた。

彼女は乳房の前で腕を丸め、子をあやす仕草をした。

「あんたを抱っこしたことだってあるんだよ」

重三郎は棒立ちになってしまった。

五

かげろうは重三郎にすり寄ると袖を引いた。

「立ち話もナンだし。よかったらウチへくるかい？」

白粉だけでなく煮詰めたような女体の匂いが鼻先をくすぐる。その鼻のすぐ下にお上臈の濡れた双眸《そうぼう》。重三郎は大人と子どもの端境《はざかい》期《き》の十五歳、声変わりしたし、背丈だって柱に刻んだ去年の傷を追い越している。もう、母より大きくなっているのかもしれない。

重三郎は辺りに眼を配った。吉原を行き来する人たちは、ここがどういう町だかよーく知っている。派手な痴話喧嘩をしていても知らんぷりだ。しかし艶っぽい大年増とおぼこそうな少年の組み合わせ、これにはチト異な想いをきたすのか、チラッチラッと視線を送ってきたりする。

ましで駿河屋はすぐ近く。重三郎としてはいささか居心地が悪い。店の者にみられたら、どう言い訳をすればいいのだろう。

「取って喰うわけじゃないから安心おし」、お上臈はくすっと笑う。

「心配なんかしてません」

重三郎、つい声が大きくなる。かげろうはそんな反応を愉しんでいるようだ。

「ナンなら喰っちまってもいいんだよ」

「うわっ」今度は金切り声になってしまった。かげろうが呆れた。

「洒落本や咄本を漁ってんだったら、知らなくていいことまでご存知だろうに」

彼女は衣紋を抜いてシナをつくった。脂の乗った肌が重三郎の眼に飛び込む。

「女郎に誘われるなんて、男冥利につきるってもんじゃないか」

ゴクリ、ングッ。重三郎は生唾を呑み込む。それを合図に、かげろうはすたすたと歩き出した。

「待ってください」、数歩先にぽってり肉厚の尻。双の丘が着物の下で押し競《くら》をしている。重三郎は視線をそらそうとするのだが、つい吸い寄せられてしまう。

かげろうは昼間にだけ立つ青物市場と肴市場を過ぎ西へ曲がった。そこは角町《すみちょう》、さっき重三郎が墓参りしたお上臈のいた妓楼がある。かげろうが振り返った。

「涼音《すずね》の足抜けのことは知ってるのかい？」

重三郎が涼音の名を耳にするのは初めてだが、察しはつく。

「現場に居合わせました」、吉原で生まれ育って、あんな修羅場は初めてだった。

「まだ十七だったんだよ」、かげろうの声が湿った。

「あの世に遊郭はないだろうから、涼音もようやく安気に暮らせるさ」

かげろうの呟きに重三郎は粛然となった。紙風船に穴があいたように、さっきまでのムラムラッとした熱気が萎んでいく――。

角町の行き止まりまできて南へ曲がる。

ぐるりと吉原を囲う高い塀、その向こう側の鉄漿ドブから漂う異臭。塀に沿って長々と伸びるこの小路を「羅生門河岸《かし》」という。

道幅わずか三尺（約一メートル）、肩を触れずに行き交うのも難しい狭道《せばじ》に面して、一戸あたり間口四尺八寸（一・五メートル）、奥行き六尺（一・八メートル）に小さく区切った棟割長屋がびっしり並び、切見世と呼ばれている。

物心がついて以来、重三郎はこの一帯に足を踏み入れるのを禁忌としていた。羅生門河岸は遊び代ばかりかお上臈の質、治安まで最低最悪と蔑まれている。義兄だったら「鼻欠けになっちまう」と顔をしかめるだろう。かげろうが板戸を引く。

「ここがアタシのお城」

重三郎はおっかなびっくり敷居を跨いだ。

六

重三郎はたった二畳しかない小部屋にあがった。

擦り切れた畳表、三つ折りにした蒲団。柱に貼られた紅摺り絵は人気女形《おやま》の中村粂太郎、石川豊信が描いた作だと目星をつける重三郎だった。

隅に積まれた数冊の草紙、気になるのは題名ながら、手鏡が置かれ表紙を隠している。一輪挿しに活けられた菖蒲は萎れかけていた。

表に人の気配、大あくびしながら通る女が無遠慮に中を覗き込み「おやまあ」と声をあげる。

「昼間っから客かえ。しかも、ねんねじゃないか」

「うるさいよ！」

ピシャリ、かげろうは狭い土間に降り戸を閉めた。改めて少年と向き合う。

「お茶も出せないけど辛抱しておくれ」

台所どころか厠《かわや》すらない。催してきたら、向かいの黒塀に立ち小便しとくれ。こういってから、年増のお上臈は笑いをこらえた。

「とんでもないところについてきてしまったねえ」

「いや、大丈夫です」、それより母の話を。重三郎は膝を正す。かげろうは遠くをみる眼になった。

「津与さんとは同い年、だから気が合ったのかも」

それなら、かげろうは数え三十六歳ということになる。

「あの頃アタシは大文字屋にいて、なかなかの売れっ子だったんだ」

大文字屋は吉原の南西、京町一丁目にある一流の妓楼。主人の市兵衛はちんちくりんのうえ、でっぷりして頭でっかち。「かぼちゃ」の異名をとる名物男で、その容姿を茶化した戯れ歌が大流行したこともある。

「アタシの年季明けが二十九の時、その年に津与さんは離縁されちまった」

　あんたの母さんは挨拶する間もなくどこかへ行っちゃった。一方のアタシは情夫に騙されて。貢いだ金はすっくり持ち逃げ、男の揚げ代に花代、飲み食い代まで借金を背負わされ、またぞろの女郎稼業。大見世の大文字屋から追い出しを喰らい、中見世そして小見世と店の格を落としていった。

「とうとう羅生門河岸に居ついちまったわけさ」

　重三郎はどう返事をすればいいのかわからない。その当惑をみてとった大年増、話題を母に戻してくれた。

「津与さん、あんたには吉原の仕事をしてほしくないっていってたよ」

「そうだったんですか……」

「女郎の上前をさらうなんてロクでもないってね。身を売るアタシたちに同情してくれたもんさ」

　母にとって引手茶屋の仕事が忌むべきものだったのは合点がいく。客の接待を嫌い、重三郎の世話にかこつけ、奥へ引っ込んでいたのだから。それでも月に何度かは、お大尽ご指名のお上臈の名が書かれた差紙《さしがみ》を携え妓楼へ赴いた——。

「小柄で痩せてて、キリッとした佇まいの人だった」、かげろうは追憶した。

「津与さんは戯作者か絵師になりたかったそうだよ」

「初めて知りました」

　しかし、それが母の夢でもおかしくはない。重三郎にたんと昔話やおとぎ話をしてくれた。しかも大半が母の考えた筋書きだった。

「いろんな本が敵味方になって合戦したり、かちかち山の兎と狸のその後の話とか、今でも覚えています」

絵も達者で鳥に花、虫、何でもスラスラと描いてくれた。書の腕前だって蔦屋の表看板を手掛けたほど。かげろうが請け負った。

「津与さんの話、草双紙にしたら売れるんじゃないの」

だが、母はもういない。


かげろうは膝元に転がっていた煙管《きせる》を拾いあげると、雁首《がんくび》を使って煙草盆を引きよせた。

「でもまあ、女子の戯作者や絵師なんて、あんまり耳にしたことはありゃしない」

何事につけ女は損だ。才があっても活かしどころがない。お上臈の口調がどんどんきつくなる。

「男に生まれなきゃ、やりたいこともできやしない」

スッパ、スッパ。かげろうは腹立ちまぎれ、立て続けに煙を吐いた。

「アタシなんかは親の借金で身を売られ、あんたのおっ母さんだって、せっかく子を産んでも男や家の都合で離縁されちまう」、かげろうは毒づく。

「津与さんはこの世を恨んでるよ、きっと」

女に生まれたことだって悔いているはずだ。かげろうの愚痴は止まらない。

「女三界に家無しってね。ふんっ、女をバカにするのもたいがいにしてもらいたいね」

あたかも自分が責められているかのよう、重三郎はシュンとなる。でも、お上臈のいうように、母が生きづらさを感じていたとしたら、それは当然だとも思う。

そして重三郎は、いかにも彼らしく夢想の羽を広げていく。自分がもし女に生まれていたら――遊郭に売られただろうか。吉原には禿《かむろ》と呼ばれる六、七歳の頑是《がんぜ》ない少女がいる。重三郎は家に閉じこもってばかりだったから、あまり禿と遊んだことはない。だが義兄なんぞは、いろんな妓楼の禿たちと仲良くしていた。義兄は嘯いたものだ。

「けどな、あいつらは忙しい。お上臈の身の回りの世話とか行儀作法、音曲の稽古……それだけじゃなくって、ガキの頃から夜の奥義も仕込まれるんだ」

禿が今の重三郎と同じくらいの年齢、十四、五歳になれば振袖新造としてお披露目される。

初めての床入り、これが水揚げ。お大尽が小判を積み、未通娘《おぼこ》に男の刻印を打つ。義兄は知ったかぶりをした。

「水揚げともなれば何十両も払うスケベがいるんだぜ」

重三郎、義兄のしたり顔を打っちゃり、妄想の中ですっかり新造になりきっている。行燈《あんどん》のあかりを落とし蒲団の隅で震えていると、中年男が下卑た笑いを浮かべ夜着を脱がしにかかった。

「堪忍しておくんなまし」

叔父が営む引手茶屋の常連客の脂ぎった顔を思い浮かべてしまった。あのオヤジ、有名な本屋だといってたっけ……。

カキンッ。鋭い響きに重三郎は伏せた眼をあげた。かげろうが雁首を灰吹きの縁に打ち付けたのだ。

「あんた、アタシの話をきいてるの？」

「…………」

ポコンッ。煙管の火皿から吸い殻がバッタみたいに飛び出した。間の抜けた剽軽《ひょうきん》な音、それに釣られてお上臈が笑う。

「世迷言はもうお終い」、話題は母に戻った。

「津与さんには逢いにいってあげたのかい？」

重三郎に翳が差した。母の実家は神田村松町の表長屋。今よりもっと幼かった頃、叔父の眼を盗み、その一方で胸を膨らませて訪ねたことがある。だが、そこは空き家だった。

「ここン家の人、とりわけ津与はどうしたんですか」

隣の煮売り屋の店先でおしゃべりに花を咲かせていた女房たちが顔を見合わせる。

「何の用事だい？」、でっぷりした女が重三郎を睨みつけた。

「オレ、広瀬の孫です」

広瀬は母方の屋号。祖父は浮世絵の彫り職人、ここで小さな工房を構えていた。

たちまち、女房たちの間にざわめきが起こった。太った女が険しかった表情を改めた。

「娘さんが戻ってきてすぐ、あたふたと越していったよ」

煮売り屋の奥からも、こめかみに小っちゃな膏薬を貼った老婆が出てきた。

「お隣のお孫さんかい。ずいぶん大きくなったね」

重三郎も婆さんには覚えがある。婆さんは「こっちも歳を取るはずだ」とボヤきつつ教えてくれた。

「夜逃げ同然、朝にはもぬけの殻だったんだよ」

「どこへいったんだろ」

「上州安中に親戚がいるとかいってた気がするがね」

重三郎には初耳だった。父と叔父の系譜は尾張にたどりつく。だが母方の在所といえば神田村松町の表長屋しか思い当たらない。そういえば、母は両国広小路の水茶屋で働いている時、父と知り合ったのだという。ふたりの馴れ初めを教えてくれたのも両親ではなく叔父だった。

「安中か。遠いなあ」

中山道六十九次の起点日本橋から十五番目の宿場町、重三郎の足だと三日はかかるだろう。第一、安中にたどり着いてもそこから先のアテがない。

「おじゃましました」

気落ちした重三郎、老婆や女房たちの慰めを背に吉原へ帰ってきた——。


重三郎の話をきき、大年増のお上臈も溜息をつく。

「七年も消息がつかないなんて。本当に長い間だねえ」

「もう慣れました」、その言葉にウソはない。でも、あきらめたというほうが当たっているのかも。ただ、母のことは片時も忘れたことがない。きっと母も自分を想ってくれているはず。こう信じているからこそ、日々を生きていける。

「母の話をきくことができてうれしかったです」

そろそろ潮時、重三郎は腰を浮かした。

「あっ」、足を伸ばした途端、香炉に当たってしまった。畳一面に灰がぶちまかれる。

この香炉に線香を立て、燃え尽きるまでが「ちょんの間」。客はそそくさと下帯を解き、お上臈の肉体を貪る。香炉はかげろうたちにとって大切な、それでいて哀しい商売道具だ。

「ごめんなさい！」

「いいよ、アタシが片付けるから」

半身を捩り、灰を集めようとする重三郎、かげろうも四つん這いになって腕を伸ばす。色白でやわらかそうな二の腕が露わになった。

ふたりの身体が否応なしに密着する。重三郎が下をみれば、すぐそこにかげろうの顔。しかも重三郎の脇腹に彼女の胸乳が。着物の上からでも、むっちりとした肉感が伝わってくる。

年増女は乳房を押しつけたまま上目遣いになった。

「おっ母さんのことを忘れさせてあげようか」

「………」

かげろうの瞳はしっとり濡れ、妖艶な光が宿っている。濃醇な女の匂いがたちのぼった。重三郎は震える手をかげろうの肩に回す。少年の腕のなかに母と同い年の女がすっぽり収まった。

「初めてかい？」

「はい……」

声がかすれた。心の臓は早鐘を打ち、全身の血が逆巻いている。かげろうは、やさしく微笑みながら眼を閉じた。重三郎は激情に翻弄されるがまま、ぷっくりとした唇を吸う。

夕暮れ前の初夏の陽が戸口の僅かな隙間から差し込んでいる。それを遮る影、戸の前に人が立った。

「どうも貸本屋です！」

弾かれたかのように重三郎とかげろうは離れた。

七

重三郎は、さえない色を浮かべて歩を進めている。

貸本屋がこなかったら、あのまま――お上臈の唇の感触が生々しい。もう一度、かげろうを訪ねたいような、気恥ずかしいような、ちょっと恐いような。意を決したとしても、逢ったらどんな顔をすればいいのだろう。

とりとめもない想いを反芻しながら羅生門河岸をいく。とうとう吉原の南詰め、九郎助稲荷の赤い鳥居に突き当たってしまった。

ポンッ、誰かが肩を叩く。

「おや、妙なところで逢うもんだねえ」

何と、利兵衛叔父ではないか。重三郎は言葉を失ったまま眼を白黒させる。

「そのなりはどうしたんだい？　妙だな、灰まみれだよ」

パタパタ、叔父は重三郎の着物をはたきながら羅生門河岸の方を振り返る。

「それにしても、妙な方から歩いてきたもんだ」

うろたえる重三郎。叔父はニヤリ、片方の口の端をあげた。

「妙な所で悪い遊びかい？」

遊郭や引手茶屋の男はお上臈を抱いてはいけない。それが吉原の不文律。もっとも、叔父にかかれば少し様子が違ってくる。

「世の中は例外だらけ。例外のないことなんて、ひとつとてありゃしない」

まして男と女のことじゃないか。そうそう決まりどおりにいくわけがない。

もっとも叔父は吉原の顔役、店の男たちの行動には目ばかりか気も配っている。

「一度の過ちはともかく、二度目の露見は具合が悪い」

不行跡の目立つ若い衆には噛んで含めて詰め腹を切らせる。義兄もそこはちゃんと心得ており、吉原の外で羽を伸ばしている。

叔父は、赤くなったり青くなったりしている重三郎をいつもの調子で諭した。

「遊ぶのはいいけど、粋にやんなきゃならないよ」

お上臈たちが稲荷の鳥居をくぐっていく。かたく眼をつむり、唇を震わせるように願い事を唱える彼女たち。重三郎の眼にかげろうや涼音の姿が重なった。

「それはそうと、叔父さんはどうしてここにいるの」

「ついそこ、京町二丁目で寄り合いがあってね」

また一軒、妓楼が身売りされるという。幕府は御家人子弟の風俗紊乱《びんらん》を厳しく取り締まり、放蕩息子の豪遊がめっきり減った。長崎貿易も不振、俵物といわれる煎海鼠《いりこ》や乾鮑《かんぼお》、鱶鰭《ふかひれ》などを扱う問屋は吉原での散財を渋るようになっている。

「二本差しと豪商がクシャミしたら、たちまち吉原は風邪を引いちまう」

愚痴をこぼす叔父、重三郎まで賢しらなことをいう。

「べらぼうに景気をよくするお侍が出てこないかな」

「田沼意次って御用取次は、かなりのキレ者らしいけどね」

田沼は先代将軍家重の股肱《ここう》だったが、新将軍家治にも重用されている。先般は秋田藩阿仁銅山の幕府召し上げをめぐるゴタゴタを見事に解決してみせた。

「田沼様が老中に就いたら、毎晩千両のお金が吉原に落ちるなんてことになる？」

「わしだって、昨日もそんな夢をみたよ」

叔父の人を喰った言い草、重三郎は声に出して笑ってしまう。叔父はそんな重三郎を横目にみた。

「吉原の商いは難しい。ウチもそろそろ次の身上のことを考えなきゃいけない」

「だって駿河屋は義兄さんが跡取りでしょ」

それはあいつ次第、茶屋を仕切れる度量と才覚があるかどうかはまだ見極められない。淡々とした口ぶりながら中身は辛辣だ。

「重三郎は蔦屋を取り戻したくないのかい？」

重三郎と利兵衛叔父は九郎助稲荷から京町二丁目を抜け仲の町通りに出た。

妓楼の店先には早々とあかりが灯り、お上臈を冷やかす遊客の姿もちらほら。

「重三郎にその気があるのなら、わしも動かなきゃ」

十五っちゃ、お侍の子息なら元服、町の子だって働き出す歳。腹を決めるには頃合いってもんだ。

こう続けた叔父を重三郎は見上げた。叔父は目立つほどの長身、そのうえ痩身で姿勢がいいから余計に背が高く映る。

「蔦屋をもう一回なんて考えたことがなかった」

「吉原の仕事は気乗りしないってわけかい？」

「別のことをやってみたいって思ったりもする」

「ほう。そうきたか」

重三郎は叔父の反応を窺う。いつもの茫洋とした顔つき、特に気を悪くした様子はなさそうだ。

「茶屋の主人は気苦労ばかりだからねえ。おかげで、わしも肥えたことがない」

一度は、大文字屋のかぼちゃ親父みたいにコロコロ太ってみたいもんだ。

「そんなことといって、誰がきいてるかわからないよ」

「平気さ、かぼちゃそっくりなのにかぼちゃといって何が悪い？」

あちこちから三味線の音が鳴り響く。これが夜見世が始まる合図。京町に角町、江戸町の木戸が騒々しい。お大尽を茶屋へ迎えにいく花魁道中の準備で大わらわのようだ。駿河屋も主人の帰りを待ちわびているはず。

「話の続きはまたにしよう」、「うん、わかった」

ふたりは足を速めた——。


その夜、重三郎が部屋で貸本を広げていると次郎兵衛が障子を開けた。

ニコニコしているのはいいことがあった証拠、義兄という男は誠にわかりやすい。

「ほれ」手を開くと鈍く光る一分銀、義兄は鼻高々だ。

「客が祝儀をくれたんだ」

義兄お得意のおべんちゃら、ちょこまかとした気配りが功を奏したらしい。

「よかったじゃない」

「これだから茶屋稼業はやめられねえってんだ」

叔父がきいたらどんな顔をするやら。鼻歌まじりの義兄に重三郎はいった。

「どうせなら一両小判をはずんでほしかったね」

「まァな」、義兄はカリカリと一分銀の角で鬢《びん》のあたりを掻く。

「ケチでスケベな鱗形屋《うろこがたや》からせしめたんだ、上々だぜ」

「あの人、遊び方が吝《しわ》いって評判が悪いんでしょ」

鱗形屋は大手本屋、その三代目の孫兵衛《まごべえ》が吉原に入り浸っている。義兄がいう。

「松葉屋の松の井ってお上臈にぞっこんなんだってよ」

重三郎が、かげろうの部屋で己をお上臈になぞらえた妄想に耽《ふけ》った時、脂ぎった客に当て込んだのが他ならぬ鱗形屋孫兵衛だった。

「あんな野暮で無粋な狒々爺《ひひじじ》ィ、モテるわけがねえぜ」

兄はその狒々爺から頂戴した銭を懐に仕舞うと、やおら改まった。

「それよりお前、茶屋をやりたかねえんだって？」

「叔父さんにきいたの」

「まァ、な」、義兄はまっすぐに重三郎を見据えた。

「オレにはホントのことをいえよ。お前、何になりてえんだ？」

「誰にもいっちゃダメだよ……絵師か戯作者がいいなって」

「本好きが昂じて病膏肓《やまいこうこう》に入るってやつか」

図星！　しかし、そこにはお上臈から教えられた母の志望も重なっている。

「どれ」、義兄は文机の上の筆と紙をとった。

「試しに燕を描いてみな。オレがお前の画才を見極めてやらあ」

たちまち燕の色合いや飛翔する姿だけでなくさえずりまでが浮かぶ。重三郎は得意満面で筆を走らせた。

だが――覗き込んでいた義兄は涙まで浮かべ爆笑した。

「何だこれ。こうもりの風流踊りか？」

ガハハ、ウハハ、ワッツハッハ！　兄の哄笑がとめどなく続いた。

ムッ。心外と不満で語調まで荒ぶる。

「バカなことをいわないでよ。義兄さんの眼、どこかおかしいんじゃないの？」

義兄は笑いすぎて滲んだ涙を拭っている。

「じゃ、名誉挽回だ。もう一枚やってみろ」

チェッ、重三郎は舌打ちしながら新しい紙片に向かう。我ながら、しなやかな筆づかい。

「有名な絵柄だから、これだったらわかるでしょ」

兄はじっと絵に見入ってから、パチンッと膝を打った。

「大関の雪見山が旗竿を振り回してンだな。うん、間違いない。そうだろ？」

「違う！」、重三郎は兄の見立てに憤然と抗議した。

「鉞《まさかり》の稽古をしている金太郎だよ！」

雪見山は重三郎が父母と生き別れた宝暦七年（一七五七）に江戸の勧進相撲で初の大関となった名力士――それはさておき。

「じゃ、これはどう？」、重三郎は意地になって筆をふるう。

「おう、魚だったら鳥や人よりマシに描くじゃねえか」

しかし奇妙な絵柄だな。どっちからみればいいのか、わかんねえぞ。兄は絵を上にしたり逆さまにしたり。重三郎はイライラして絵を正す。

「こっちが上に決まってるじゃない」

「おお、そうか。うむ、鯔《ぼら》がうどんを喰ってンだ」

「鯉の滝登りなんだけど……」

重三郎は失望と恥ずかしさで下をむいてしまった。

第二章

貸本屋

一

重三郎は懐かしい絵を手にした。羽の生えた禍々しい化け物が飛び回っている。

「ダメだ、こりゃ」、重三郎は赤面した。耳の奥で義兄の大笑いが響く。

十五歳だった重三郎は絵師を夢みていた。兄にいわれるまま、大空を翔る燕を描いた。にもかかわらず「こうもりの風流踊り」なんていわれてしまった。

「あれから……五年かぁ」、少年だった彼は青年のとば口に足を踏みいれ、ますます本への情熱が高まっている。その間には明和元年（一七六四）、平賀源内が火鼠の皮衣に負けぬ燃えない布「火浣布《かかんぷ》」をつくって話題になった。本だと明和二年に柄井川柳《からいせんりゅう》が『誹風柳多留《はいふうやなぎだる》』の初篇を編んだ。天明五年には上田秋成が読本『雨月物語』を完成させている。

数え二十歳になった重三郎は若書きの絵を前にして溜息をつく。

「あの時、義兄さんは正直にみたまんまを口にしただけだ」

竹編みの手文庫には、もっと凄まじい誤解を呼んだ迷作がたんと眠っている。

「描こうとするものの特徴や細かなところ、色あい。それどころか心の様、周りの音まできこえてくるというのに」

それをそのまま絵にできれば。ところが、筆を持つとなぜかヘンテコになってしまう。眼から頭を通って腕そして指先に至るどこかで、何か善からぬモノが悪さをしているのに違いない。

「結局……絵の才はなかった」、残念そして無念。されど観念するしかあるまい。

「母さんに似ず、父さんに似てしまったんだ、きっと」

またぞろ湧きあがる父への疑念と怨念、でもそれは断念。重三郎は前を向く。

「絵はダメでも文がある。そっちで勝負だ」

母は新しい物語をこさえるのも得意だった。重三郎は、そんな母のつくったおとぎ話をきいて育った。

「話の筋、登場人物の面白さは母さんに負けない」

ここ数年、あれやこれやと草稿を書き溜めてきた。これが戯作になったら、挿絵は若手で一、二を争う浮世絵師、北尾重政か勝川春章に描いてもらおう。

「筆名は蔦唐丸《つたのからまる》にしようかな」

蔦屋の屋号は重三郎が八つの時、もう十二年前に途絶えている。唐丸の由来は重三郎の諱《いみな》の柯理《からまる》にちなむ。「柯」とは枝や茎のことだ。

「蔦が枝葉を絡ませ生い茂るみたいに、江戸中の本屋に戯作を並べたい」

そうなったら、きっと本好きの母が手にしてくれる。これがきっかけで母と再会できるかもしれない。父だって息子の大成を知るだろう。何しろ両親とも音信不通、母は上州安中にいるのかもしれぬが手掛かりは皆無。父にいたっては足跡すら不明。叔父のいうとおり天狗に攫《さら》われたのかも――。

「母さんや父さんのことは心配だけど。自分が何で身を立てるかの心配をしなきゃいけない」

戯作者になることができれば、という気持ちを抑えることができない。


この明和六年（一七六九）、田沼意次が数え五十一歳で、十代将軍徳川家治の側用人を兼務したまま老中格に出世した。

田沼家は紀州藩の足軽だった。しかし、紀州徳川家から吉宗が八代将軍に就いたことで田沼家の運命も変わる。意次の父は旗本に取りたてられ、意次も吉宗の世子で九代将軍となる家重の小姓に。

意次は言語不明瞭だった家重の意を巧みに理解し、取り次いだことから「まとうどのもの（正直者）」と重用された。以降、順調に家禄を増やし遠江国相良まで拝領し大名に昇格、家重の死後は家治からも信任され権勢をふるうようになっている。

「田沼って人はなかなかやるね」、叔父は帳簿をつける手を休めていったものだ。

「おかげで少しずつ景気がよくなって、吉原の人出も盛り返してきたよ」

銅座開設で「座」という名の幕府専売制が動き出し、市井においても株仲間の公認が進んでいくといわれている。重三郎もそのことは知っていた。

「株仲間で仕事を独占して儲けられれば、御上に上納する冥加金も増えるもんね」

「世の中ってのは、物と銭が動き出すと景気もよくなるようになってるんだよ」

商人の富はいずれ庶民の懐を潤してくれる。そうすりゃ吉原へ繰り出そうかという気にもなる。

「田沼さまはいずれ正式に老中に昇進するだろう。その時、どれだけ景気をよくしてくれるか、今から愉しみで仕方がないねえ」

ニヤリ、叔父は不敵に笑うと再び算盤を入れた。

二

重三郎は吉原を出て馬喰町を目指していた。

通りの左右に並ぶのは公事宿、訴事を抱えて江戸にきた人たちの旅籠だ。黒の羽織に藍鼠の小袖、地味できちんとした身なりの男が携える風呂敷の中身は目安や裏判などの書類だろう。

あちらは武家の奥方らしき婦人、渋い抹茶色の着物に濃紫の帯、老年の家僕を従え足早にいく。どの顔にも緊張と切迫が漂うのは係争の行方を気にかけているからか。その点、吉原でお上臈を冷やかす連中はこぞってユルユルのダラダラ。おまけにニタニタとデレデレまでくっつけている。

「ええと……与八っあんの店はどこだ？」

重三郎は眼を走らせた。

「あった！」、地本問屋と大書した軒行燈、軒先に吊られ揺れる浮世絵、書棚に山と積まれた戯作。ここは絵草紙や浮世絵を売るだけでなく戯作の板元《はんもと》にもなっている。

本屋の前は人だかり、えらく繁盛していた。

重三郎、訪ねた本屋が思ったよりずっと立派なのにも驚いた。気忙しそうに行き来する老若男女、その誰もが店の前で「おやっ」という顔になる。眉間の皺が消え、足が止まった。

「また客が入っていった」

店は間口が広く奥行きもある。御家人風の侍が棚の戯作をあれこれ試し読み、商家のお内儀風の年増女は役者絵を見比べてニンマリ。田舎じみた風体、百姓らしい男は江戸の土産にするのだろう、絵草紙に美人絵、江戸の名所案内と手当たり次第に買い込んでいた。

「本当にこの本屋で間違いないのかな」

重三郎、ポカンと口を空けたまま立ちつくす。吉原には何人もの貸本屋が出入りしているが、重三郎の贔屓は流行りの本を誰よりも早く持ってきてくれた「与八っあん」だった。

「馬喰町からきてるっていってたもんなあ」

だが彼は一、二年前からぷっつり姿をみせなくなってしまった。与八の薦める本はどれも面白かった。重三郎は調子にのって大人の本まで借りたものだ。

今日、こうして彼の奉公する「西村屋」を訪ねたのは、与八っあんが懐かしいだけでなく、彼を見込んでの相談事があったから。

「あの、与八さんいます？」

手代らしき男に声をかける。愛想笑いを顔に貼り付けたまま彼は応じた。

「主人でございますか」

重三郎またしてもポカンとしてしまう。

「与八さんが、この店の？」

「西村屋与八はウチの二代目でございますが」

「えっええええっ？」

事情が呑み込めない重三郎に、店の者は訝しげな眼をむける。

「どちらさまで？」

重三郎はしどろもどろになりながら、「吉原の」と住処《すみか》を述べ、「駿河屋の息子で」と身分を明かす。続けて与八から「毎日のように本を貸りていた」と説明した。

「はあはあ、さようですか」

店の者は胡乱《うろん》そうにしながらも、とりあえずは取り次いでくれた――。


「しばらくですな」

与八っあんは、やっぱり西村屋与八、この大きな本屋の若主人だった。藍染めの麻の着物に茶の帯、こざっぱりした格好は綿のお仕着せを尻端折《しりはしょ》りしていた頃とは雲泥の差だ。

「何の御用でしょう」、与八は上目遣いになった。ズズッと茶を啜り、もったいぶってみせる。

「半刻（一時間）したら打ち合わせが始まる。それまでの間ならお相手しましょう」

そこに嫌味と皮肉の色が差す。分厚い座布団に座っていながら、重三郎はどうにも居心地が悪い。

「まさか与八っ、いや与八さんがご主人とは」

「ふんっ」、与八は鼻を鳴らした。貸本屋の規模はピンキリ、ひとりで行商する者から、こうした大店が貸本を手掛ける例もある。

「どうせ、チンケな貸本屋だと思ってたんでしょう」

与八は陰気な、それでいて粘りつく声で説明した。

「ウチの親父は厳しくてね。本屋稼業をやるなら貸本屋から始めろっていうんで」

毎日、大きく重い荷を背負って吉原くんだりまで出かけることになった。

「だけど、いい修業をさせてもらいましたよ」

禿《かむろ》から小娘、花魁そして遣手婆《やりてばばあ》。女芸者に女将もいる。年齢、仕事、立場が違う女たちに合った本を用意しなきゃいけない。勢い、背負う荷物も大きく重くなった。

西村屋与八は湯飲みに残った茶を、またズズズッと下品な音をたて呑み干した。

「女郎に戯作の値打ちがわかろうはずもなかろうに、不思議と吉原で評判のいいのは売れましたな」

重三郎、女郎云々の言い草にはムッとしたものの、それでもお上臈たちの本をみる眼は認めてもらえ、何やらうれしくなってくる。

「廓から一歩も出られなくたって、お上臈さんはいろんな客から世の中のことをききますからね」

だから、今時の事々にくわしいし、次の潮流だって肌感覚で予見できるのだろう。

だが与八はニベもない。

「ふんッ、しょせんは売女《ばいた》ですよ。まぐれ当たりが続いたのかもしれない」

女郎といえば——与八はニタリと笑った。

「いつぞやは、大年増の女郎と乳繰りあってるところを邪魔しちまって」

「その話は勘弁してください」

真っ赤になった重三郎を与八は冷笑した。

「出くわしたこっちだって、えらい迷惑だったよ」

与八の口調から丁寧さが消えた。

「あの女郎も本好きでね。偉そうに、その絵師は女が描けるやら、この戯作者はなっちゃいないだとか生意気なことをいいやがって」

「そんな……」

「憚りながら西村屋を任された以上、女郎ごときの御宣託じゃなく、私の判断で絵草紙を世に問うているんだ」

それで身上を大きくしているんだから文句はいわせない。与八にぴしゃりといわれ、重三郎は話の接ぎ穂を失った。

「………」

大手書肆の客間からは庭がみえた。盛りを過ぎた紫陽花はきれいに剪定され、池に葉だけが映っている。視線を戻せば、否応なしに与八と眼があう。

与八の頰は削げ、眉が薄いうえに三白眼。義兄と同じ二十六歳のはずだが、もう髪は薄くなり月代《さかやき》を剃るのに手間が省けそうだ。いっては失礼ながら、ずいぶん悪相になった。

貸本屋として吉原に出入りしていた頃は快活で愛想がよかったのに。与八はそんな重三郎の心を読んだかのようにまくしたてた。

「本屋は苦労ばかり。草紙や浮世絵なんぞは口銭が少ないんだ。大当たりをいくつもこさえなきゃいけない」

店先に戯作を並べてりゃ御飯《おまんま》が喰えるほど甘くはない。本屋は絵草紙と浮世絵の目利きじゃないと。いきまく与八の唾が重三郎の鼻先まで飛んだ。

与八は腰を浮かしかける。

「そろそろ客がくる。もう、よろしいかな」

重三郎は彼を制した。

「ご主人に相談があって」

「銭なら貸せませんよ」

「そういうんじゃなくて」

重三郎は風呂敷包みを解く。数冊の帳面が畳の上に並べられた。

「絵草紙を書いてみたんです。絵はヘタなんで文章だけですけど」

「はあ？　あんたが？」

与八にまじまじとみつめられ、また重三郎は頬を染める。だが、己を鼓舞して声を張りあげた。

「ご高覧をお願いします！」

「昨今は素人風情が玄人の真似事をする。恐ろしい世の中になったもんだ」

「戯作者だって生まれた時から玄人じゃない。素人が才を伸ばして玄人になったんじゃないですか」

今度は重三郎の唾が与八の禿げあがった、いや広々としたおでこにかかる。

「うむ、そこまでいうなら」、与八は気圧された形で帳面を手にした。


重三郎は湯飲みを手にした。茶はすっかり冷めてしまっている。

だが、興奮のあまり声を振り絞った喉にはうまく感じられた。

重三郎は、渋々習作に眼を通している与八を窺う。本屋は眉を顰《ひそ》め、鼻をひくつかせ、口の端を上げたり下げたりしている。読み終わったところで天井を仰ぎ太い息。無言のまま、おもむろに指を舐め次の頁に移る。

「…………………」

重三郎は声をかけたいのだが、どうにも気詰まり、何とも落ち着かない。与八は一冊目の帳面を終え二冊目を開く。行の上から下、下まできたら左へ。目線が文字を追う。

女中がきて茶を入れ替え、そっと与八に耳打ちした。「お客様」というのが漏れきこえた。

「取り込み中だ。待たせておきなさい」

与八が叱るようにいう。女中はうなずき、重三郎をチラリとみてさがった。

帳面が何冊も積み重なる。

「あの……」、重三郎はようやく蚊の鳴くような声を出した。ギロリ、それでなくても悪い眼つきの与八が凄い顔になって睨みつける。

「ううっ、うんっ」

与八は痰を吐き出すような空咳を打った。ゴクン、重三郎は口に溜まった生唾を呑み込む。

「どうでしょうか？」

与八の額に何本も溝が刻まれる。鋭い三白眼が重三郎を見据えた。

「しょせんは素人。それに尽きますな」

ガクリ、気落ちのあまり肩を落とす重三郎。与八は追い討ちをかけた。

「ウチで本にするのは無理。他所へ持っていっても二つ返事とはいかんでしょう」

門前払いか。重三郎はシュンとなる。画才ばかりか文才もない。ないない尽くしの当年とって数えでいえば二十歳。戯作でお江戸をひっくり返すのは夢のまた夢——。

「お邪魔しました」

重三郎は帳面を風呂敷に包み直す。その手に与八の手が重なった。脂っ気の抜けたガサガサの指。そういえば、本屋は年中、紙を触っているから指先が荒れるときいたことがある。

「ちょっと待ちなさい」、与八の声が急に温かいものになった。

「とはいえ、趣向はまんざらでもありませんよ」

ぞんざいだった口振りまで改まっている。

「どれも草双紙の種というか芽にはなります。箕山《きざん》や西鶴のような筆達者にこの筋立てで描かせたら、粋な戯作に仕立てそうだ」

藤本箕山は『色道大鏡《しきどうおおかがみ》』、井原西鶴なら『好色一代男』、重三郎はとっくに読んでいる。だけど、両人とも延宝や元禄の人。九十年近くも昔に戻って筆硯《ひっけん》をお願いするわけにはいかない。

「子どものくせに大人の本を読み漁りやがって、ヘンなガキだと思っていたが」

褒めてもらっているのか、貶されているのか――どちらにせよ重三郎は戯作の道に何とか望みを繋ぎたい。

「もう少し文章を勉強したらモノになりますか?」

与八は腕を組んだ。

「戯作者ってのは、本を書く才と読む才だけでなく、筋立てを考える才が必要」

あんたは読む才と考える才ばかりが先走って、なかなか書く才は追いつかないいんじゃないかな。

「戯作者はあきらめろということですか?」

こくり、与八は首を縦に動かした。

三

重三郎は吉原大門を潜った。

つい数刻前、大門を出て馬喰町へ向かった時は勇躍、心弾み胸を張っていたのだが。帰りは落胆、心萎えて背中を丸めている。

「結局は駿河屋で働くしかないんだろうな……」

叔父を仰ぎ義兄を盛り立て、お大尽に愛想笑いをふりまく日々。

「吉原で働いていると知ったら母さんは哀しむかな」

重三郎作の絵草紙が本屋の店頭を飾り母の眼にとまる。そんな夢が消えていく。

「肝心の書く才がなけりゃ戯作は無理だもの」

ぶつくさ、ぐずぐず、つべこべ……重三郎の愚痴は止まない。たちまち駿河屋まできてしまった。

玄関の奥から義兄の張り切った声がきこえる。

「雑巾じゃダメだ、糠袋をもってこい。湯に入ェるンじゃないよ、バカ。廊下をピカピカに磨くの！」

六つ上の義兄次郎兵衛は二十六歳、このところ若旦那ぶりが板についてきた。

「ただいま」

暖簾《のれん》をあげれば、たすき掛けに尻端折り、姐さん被りの義兄がせっせと拭き掃除に励んでいた。

「おう」、義兄は手を休めず眼を廊下の奥へ向ける。

「親父が奥でお前の帰ェりを待ってるぜ」

「うん、わかった」

「何でイ、どうした？　シケた面すんじゃねえよ」

重三郎は脱いだ草履を揃えると内証へ向かう。そこは主人と女将の居室、帳簿づけや客の差配、妓楼とのやりとりを行うし、接客の合間に一服つけたりもする。

「今、戻りました」

叔父は長火鉢を前にして煙管をくゆらせていた。背にした縁起棚にはお稲荷様と観音様の御札が並ぶ。吉原では陽物を象《かたど》った金精《こんせい》様を祀るものだが、叔父は「男のナニを拝むのもねえ」と他所の真似をしない。

「首尾はどうだった？」

叔父は煙管を置くと、長火鉢の銅壺《どうこ》で湯気をたてている鉄瓶の弦を取り、茶を淹れてくれる。端座した重三郎、事の次第を端的に報告した。叔父は猫板に湯飲みを並べた。

「大門の横に、ぽっかり、焼け跡のままの土地があるのは知っているね」

そこは父が主だった蔦屋のあった場所。重三郎が八つの時、人手に渡っている。ところが先般、吉原を襲った火難で類焼してしまった。火付けの下手人は吉原を恨むお上臈だと噂されている。

「あれ、買い戻したんだよ」

「わざわざどうして？」

「うん、蔦屋を再開させようと思ってね」

「じゃ私が蔦屋を継ぐってこと？」、重三郎は叔父をみつめる。

「もちろん、それは考えた」

年貢の納め時とはこのことか。叔父の厚意をムゲにはできない。でも叔父はいつもの口調で問うてきた。

「ホントに本や絵をあきらめられるのかい？」

「それは……」、あきらめられないと明言したい。でも西村屋でのあれこれが浮かび上がってくる。絵だけじゃなく文もダメ。そんなので、どうして戯作者になれる？

叔父は急須の蓋をあけ茶葉の開きを確かめている。

「絵や戯作がダメでも他にやり方ってのがあるだろ」

「他のやり方？」、そういえば与八が本を読む才、戯作の筋を考える才は認めてくれたっけ。それを活かす方法といえば——重三郎の脳裏に閃光が走った。

「叔父さん！」

叔父は長火鉢の引き出しを開く。中には菓子折りが。叔父は饅頭をひとつ摘まみ、すまし顔で甥にすすめた。

「お食べ。江戸でいちばんの本屋になる妙薬だときいてね、買ったんだよ」

重三郎は何の変哲もない饅頭を頬ばる。うまい。叔父の慈愛が口中に広がった。

四

本屋の「ほ」の字は何から始めりゃいい？　いや、それだと違う意味になってしまう。

絵草紙屋の「いろは」、基本の「き」を知りたい、こいつを考えなきゃ。

重三郎は箸と茶碗を持ったまま、飯を噛むのも疎かになってしまっている。

「重、お前いつまで喰ってんだ」、義兄の次郎兵衛が顔を覗かせた。

「二階の小座敷の障子、破れてるのを貼り換えといてくれ」

「あっ、うん。わかった」、慌てて飯を掻きこむ。

「お前、近頃チィと様子がおかしいな」、台所に入ってきた義兄は鼻先がくっつくほど近づく。

「ははん、レコか？」、意味深長に小指を立てた。

「まさか銀波楼の小紫って評判のお上臈にぞっこんじゃねえンだろな」

このテの話になると義兄は本当にうれしそうだ。

小紫のことは重三郎も知っていた。駿河屋に何度か花魁道中のお供できている。透きとおる肌と卵型の輪郭、整った目鼻立ち、強い眼の光。その美貌は近寄り難ささえ漂う。年齢は重三郎より少し若いと思うが、すでに少女を脱し大人の女の風格を身にまとっている。

「吉原の男がお上臈にちょっかい出すのは禁物だよ」

「違ェねえ」、パシッ。兄は帯に挟んだ扇子を抜き、しくじった幇間みたいに額を叩いた。

「それじゃ悩みってのはナンだ？　オレでよけりゃ相談に乗るぜ」

「ありがとう」、従兄弟が変じて兄弟となって早や十二年、当初こそぎくしゃくした仲だったが、いつしか気の置けない同士になっている。

「戯作者や絵師はよして、本気で本屋になる」

「ほう」、義兄は重三郎をまじまじとみつめた。

「オレは本なんぞ一冊も読まねえが、本屋も茶屋と同ンなじで安気な商売じゃねえだろ」

「西村屋なんて大繁盛だけど、そうじゃない本屋だって山ほどあるんだ」

「妓楼と一緒だな」、義兄は訳知り顔になる。

「それって、どういう意味？」

「並べる本の良し悪しで差がつくってことよ。お上臈がべっぴん揃いなら、客が押すな押すなだろ」

義兄はまた小紫を持ち出した。彼女のおかげで銀波楼の人気は鰻のぼり、松葉屋や扇屋、玉屋に大文字屋ら名うての妓楼もたじたじ。なるほど、と重三郎は相づちを打ちつつ首を傾げた。

「でも、面白い戯作を並べるだけでお客さんはきてくれるものなのかな？」

まずは上出来の戯作をこさえなきゃいけない。いや、その前にいい物書きと絵師が必要。いやいや、どんな戯作にするかの思案が肝心。売るより前につくる、つくる先に考える。

いやいやいや、ちょっと待て。

「本の面白さ、どうやって広めればいいんだろ？」

重三郎は矢継ぎ早に疑問を並べたてる。ううむ、義兄も唸って腕を組んだ。

その時、玄関で叔父のよく通る声が響いた——。

「銀波楼〜ッ、京藤《きょうふじ》お上臈御一行のお越し〜〜ッ」

重三郎と義兄、同時に立ちあがる。ドンドン、廊下を鳴らし駆け足で花魁道中のお迎え。京藤は件の小紫の姐御分、「呼び出し昼三《ちゅうさん》」というお上臈の最高位に君臨する。花魁の格は呼び出し昼三、昼三（附廻《つけまわし》）、座敷持ち、部屋持ちの順だ。

駿河屋の玄関には叔父と叔母を先頭に若い衆《し》、仲居が総出になり、作り笑いに揉み手のお愛想、そこに重三郎と義兄も連なった。

「おい、小紫がいるぜ」

「うん」、耳打ちされなくてもとっくに気づいている。

京藤が引き連れた三人のお上臈、ふたりの禿の中でも際立つ気品と美貌。濃紫の振袖と紺色の前帯がよく似合う。じっとみつめる重三郎、それに気づいた小紫、ふたりの視線が重なった。


花魁道中は吉原の華。黒漆に深紅の鼻緒、三つ歯の下駄をしゃなりしゃなり、外八文字で歩けば、打掛から間着そして襦袢の裾が割れ、チラリと覗く雪の肌。

銀波楼の京藤は、待ち構えていた主人と女将に手を引かれ駿河屋の二階、花魁の到着を今か今かと焦れるお大尽が待つ広間へ向かう。

京藤のいっち（一番の）お気に入り、振袖新造の小紫も続いた。重三郎は玄関の隅から彼女をみやる。それに気づいた小紫、束の間視線を絡ませたが、すぐツンと顎をあげ知らぬふり。

「堪ンねえ、小紫がじっとオレをみてやがった」

義兄が太い息をついた。けど、それって思いっきりの勘違い。でも、重三郎は野暮をいわない。ただ、小さな苦笑を漏らしてしまった。と、小紫が振り向く。

あらら、彼女も重三郎の表情を勘違い、小紫の口元がほんの少し緩んだ。再び絡むふたりの視線。

小紫は微笑を浮かべたまま階上へ消えていく。

五

翌日、重三郎は叔父から用事を仰せつかった。

「花魁の揚げ代や心づけ、この紙に書き付けてあるから銀波楼へ届けておくれ」

「ぼったくりじゃないの」、重三郎は書き付けをみて眼を丸くする。

「あのお客様は札差だよ」、叔父は澄まし顔だ。

「近頃あくどく稼いでいらっしゃるようだから、ちょいと毒気を抜いて差し上げないとねえ」

田沼の政治はイケイケドンドン、派手に儲けて惜しまず豪奢に使う。旗本や御家人の金を差配する札差はその恩恵を最も蒙っている。叔父は袖をまくり上げた。

「あのお大尽、今月はもう二、三回くるんじゃないか。節季の集金が愉しみだ」

料理に美酒、部屋代、幇間と女芸者の花代、花魁との秘め事……吉原での遊興費は一切合切を引手茶屋が立て替える。その、なまなかでない代金をしっかり、がっちり取りたてるのが茶屋の主人の大事な仕事だ。

「叔父さんは凄腕だね」、重三郎の声と視線には掛け値なしの畏敬がこもっている。

「自分でも時々そう思うことがある」

さ、早く用事を済ませておしまい。叔父はこういうと、いたずらっぽく笑った。

「銀波楼で何かいいことがあるかもしれないよ」

ひょっとしたら小紫に逢えるかも。重三郎、心なしか早足になった――。

銀波楼は吉原でも格式の高い大見世、上り口には天井まで格子がずらりと巡らされている。重三郎、こいつが牢屋の檻にみえて仕方がないのだが、そんなことは口が裂けてもいえない。

女将に書き付けを渡す。金額をみてニヤリ、そしてこんなことをいった。

「京藤花魁の部屋を覗いてごらん。小紫がいるから」

棚から牡丹餅とはこのこと、重三郎は頬をつねる。

「痛いっ！」

「何をやってんだい？」

女将が訝るのを尻目に二階へ駆け上がる。花魁の本間の前で深く息をつき、そっと中の様子を窺いつつ、障子に手をかけた。

座敷を彩る豪奢な調度に圧倒される。京指物の鏡台、連なる藤房を螺鈿《らでん》で象った用箪笥《ようだんす》、掛け軸は女達磨、床の間に伊万里の大壺、その絵は藤花に不如帰《ほととぎす》。

すぐさま京藤の鈴を鳴らすような声がした。

「駿河屋の重さんかえ、そこにお座りなんし」

大座布団に尻を埋め煙管を使う花魁、屏風の前に小紫が立っている。小紫は得意が六分に照れ四分の態、襟に顎を埋め小声でいった。

「絵師さんに、あちしの画を描いてもらいんす」

重三郎、花魁の本間に入ったのはいいけれど、息が詰まるやら弾ませるやら忙しい。やっとのことで大息《おおいき》をついた。そして、掛け値なしのホンネを漏らす。

「小紫さん、きれいだ」

ぽっ。小紫は頬を染める。

むっくり。焼筆と呼ばれる消し炭で小紫を写していた絵師が半身を起こす。

「重政親分！」、重三郎が声を裏返した。

「おい、親分はよせっていってんだろ」

重政親分こと北尾重政は数えの三十一、重三郎のほぼひとまわり年上。売れっ子の浮世絵師として和歌本や絵本でいい仕事をしている。小紫がクスッ、京藤も口元に手をやりながらきく。

「絵師さんは任侠の元締めもしてなんすのかえ？」

「花魁、違いますって」、重政は冷や汗を拭う。

「重の野郎が勝手につけやがったアダ名なんです」

ここで重三郎が事の次第を説明する——重政の外見は偉丈夫そのもの。喧嘩の相手にはご遠慮いただきたい武骨さだけど、実のところ気はやさしくて力持ち、おまけに面倒見がよく侠気にあふれている。もちろん絵の腕前はピカ一、江戸中の絵草紙屋から注目を集めている。

「重政さんは名をあげ、浮世絵の親分になる人です」

重三郎だってそんな重政を慕っている。叔父も眼をかけ、吉原での遊び代を出精値引《しゅっせいねび》き。もっとも、その分はちゃっかり豪商や旗本たちに回しているのだが。

重三郎の話が終わると、重政親分は頭を掻いた。

「駿河屋の利兵衛さんにはお世話になりっぱなしで」

親分が再び焼筆を手にする。小紫も背を伸ばし、ゾクッとする流し目を送る。すっ、さーっ。重政がその姿を画帳に写す。花魁は満足そうだ。

「小紫は近々、水揚げするでありんす」

水揚げとは一人前のお上臈になる御披露目、その記念に肉筆美人画を。小紫は禿時代から京藤に可愛がられ、長じて怜悧な美貌だけでなく歌に俳諧、琴や三弦、書と教養も身につけてきた。早晩、お上臈の最高位「呼び出し昼三」になるのは間違いなかろう。

「ますます手が届かなくなっちゃうなあ……」

重三郎は独りごつ。それを耳にした小紫がフフフと意味深長に笑う。

「いいね、謎めいた笑顔」、重政が手を動かす。京藤は重三郎に尋ねた。

「重さんは本屋になりいしんすかえ？」

どうしてそのことを？　でも重三郎は胸を張った。

「はい、そのつもりです」

小紫が、あらっという表情に。重三郎はうなずく。

「本でお江戸をひっくり返してみせます」

「大きく出やがって」、重政は焼筆を置いた。

「利兵衛さんから、そのことであれこれ教えてやってくれといわれてんだ」

「これで、事のからくりがわかりぃしたか？」、京藤が重政の話を継ぐ。

なるほど！　重三郎は眼玉をくるりと回してみせた。

まず花魁が小紫の美人画の件で叔父に相談、叔父は絵師重政を推薦、行きがけの駄賃で親分に重三郎のことを頼んだ――。

「だけど、親分が小紫さんの絵を描くのはいいとして。どうして叔父は絵じゃなくて本屋の話を親分に頼んだんだろう？」

重政が疑問を払拭する。

「親父が本屋でな。オレもしばらく家業を手伝ってたから事情通なんだぜ」

実家は小伝馬町の須原屋、その長男が重政だ。

「江戸の書林の魁《かい》といわれる、あの須原屋さんですか」

「いや、それは須原屋茂兵衛。親父は本家須原屋から暖簾分けして貰ったんだ」

千鐘房《せんしょうぼう》こと須原屋茂兵衛は江戸の中心地、日本橋を南へいった通一丁目に壮大な店を構えている。代々の当主が茂兵衛の名を受け継いでおり、当代は五代目のはずだ。

須原屋といえは「武鑑」。諸大名と嗣子《しし》、家老以下の配下の皆々の姓名、石高や住まいはもちろん、江戸城に出入りする御用商人から能役者にいたるまで網羅されている。「武鑑」は江戸の長寿人気商品《ロングセラー》、武家と付き合いのある商人の必携品。かくいう駿河屋の棚にも鎮座し、叔父が客を品定めするため、時おり頁をめくっている。

「へえーっ」、重三郎は声をあげた。それに驚いたかのようにコロリ、コロコロ、焼筆が転がる。

「重政親分が本屋の息子だなんて知りませんでした」

「別に吹聴するようなこっちゃねえよ」

縁は異なもの味なもの、世の中には不思議な糸が張り巡らされている。その糸に導かれ、運命の歯車が少しずつ回り始めたようだ。

「それもこれも、わちきのおかげでありんすえ」

小紫が甘く睨みつけた。ぞくりとする色香、重三郎はたじたじとなる。

重三郎のどぎまぎぶりをみて京藤が茶々をいれた。

「小紫、重さんに何ぞお礼をしてもらいなんし」

「はい、そうしんす」

小紫の声が弾む。凄いほどの嬌艶《きょうえん》さが消え、少女の面影にかわった。重政まで「そいつは高くつくぜ」なんてことをいう。

「勘弁してくださいよ」、重三郎は懐から手拭いを出して額に浮かんだ汗をふいた。

一同が笑顔になったところで、再び重政が下描きにとりかかった。

「もう一枚、立ち姿を片付けたら一服だ。その時に本屋の話をしよう」

それでいいですか？　重政が京藤と小紫に眼で尋ねる。重三郎も頭を下げた。

「よろしくお願いします」

それをきっかけに、小紫が重政の前でしなをつくる。滲む婀娜《あだ》っぽさ、重三郎はまたもや見惚れた。

画帳に素描された小紫はいずれ菖蒲《あやめ》か杜若《かきつばた》。立っても座っても芍薬《しゃくやく》に牡丹《ぼたん》、百合の花よろしく咲き誇る。

だが重三郎は小紫に見惚れていたばかりではない。さっそく名案をひねくり出す。

「有るようで無いのが、お上臈さんを花にたとえた名鑑。こいつは売れますよ」

重政親分、ぜひ絵を描いてください。悦に入る重三郎を重政が混ぜっ返す。

「おいおい、本屋になるのが先決だろうが」

「……そうでした」、蔦重が頭に手をやる。名花のお上臈たちが口元に手をやった。頃合いよし、と禿がお茶菓子を用意してくれた。童女ながらお上臈の端くれ、いっちょ前に薄化粧をしている。つい十年前まで小紫も禿だった。

塗りの皿に鎮座するのは黄色をおびた見慣れぬ菓子。これ、厚切りの芋羊羹《ようかん》？　それにしては柔らかそうだ。花魁が説明してくれた。

「長崎渡来の南蛮菓子、カステイラでありんす」

食感はふんわり、濃厚な甘さと香ばしさ、淡雪の口溶け。風味絶佳の味わいだ。

小紫も上品にくろもじを使い南蛮菓子を口に運ぶ。重政はパクリとひと口で平らげた。まあ、花魁と小紫が笑う。重三郎は渋茶で口を漱《すす》いで話を始めた。

「本屋になりたいのはやまやまですが、当分は店を持てそうにありません」

「銭なら叔父御に頼めば出してくれるだろ」

「それはイヤなんです」

「ほほう」、重政は意外そう、京藤と小紫も重三郎をみる。

コツコツと銭を貯めてはいるけれど、自分で店を持つのはまだまだ先になる。

「本屋奉公も考えました」

しかし、これは義兄が諫めてくれた。

「オレはもちろんお前だって苦労知らずの道楽息子」

本道楽という言葉があるなら、まさにその通り。

「二十歳にもなって、今さら他人の飯を喰うのは辛いぜ」

「次郎兵衛さんも、たまにはいいことをいいなんす」

京藤も義兄を知っている。妙なことで花魁に褒められ、義兄は今頃クシャミをしているだろう。

「貸本屋を考えています」、重三郎は語気を強めた。まずは元手が少なくて済む。蜘蛛のように店で網に客が引っかかるのを待つより、蟷螂《かまきり》みたいに客を狩りにいきたい。

しかし、重政は待ったをかけた。

「そうはいっても貸本屋てのは大変な仕事だ」


重政は頑丈そうな顎を撫でる。青髭がジャリジャリと音をたてた。

「貸本屋風情なんて思ってたらとても務まらねえ」

何より戯作の目利きでなきゃならない。つまらぬ本を担いで回っても商売にならない。お愛想だって必要。身体も丈夫が肝心——重政が並べ立てる。重三郎は即答した。

「面白い本、そうでない本はカンでわかります」

あん、えれえ自信だな。けれど重政も重三郎が筋金入りの本好きと知っている。

「貸本屋は商売敵がやたらと多いぞ」

確かに貸本屋は江戸中、裏長屋から商家、武家屋敷にまで入り込んでいる。

「ところが、いい貸本屋がこない町があるんです」

小紫が顔をあげた。

「重さんは吉原で貸本屋をやりなんすか？」

小紫は正面にいる重三郎へ膝を詰めた。着物に焚き込めた、涼やかさの中に、ふっと濃艶な薫りの混じった芳香が鼻先をくすぐる。

「重さんが選びいした本なら、読みとうござりんす」

「あれ、貸本屋の最初の客は小紫でありんすかえ」

京藤に冷やかされ重三郎と小紫は頬を染めた。重政が膝を崩し胡坐《あぐら》をかく。

「吉原にも何人か貸本屋が出入りしてるじゃないか」

「でも、面白い本を持ってくる人がいないんです」

与八っあん、いや西村屋の若主人に匹敵する目利きはいない。それが吉原の本好きの不平と不満。

重三郎は小紫を真正面にみた。

「本が好きなんですね」

「粋で洒落た、通好みの戯作を読みとうおす」

「任せてください！」

「待った」重政が熊手さながらの掌《てのひら》を突き出した。

「貸本屋は新規開拓が難しい。まずは門前払いだぞ」

「強い味方がいます」、重三郎、不敵に笑った。叔父の駿河屋利兵衛は吉原の顔役。その甥が挨拶にきたらムゲには断れまい。この特権を充分に活用してみせる。

「一度、私が選んだ本を借りてもらえばこちらのもの。きっと次回の約束をとりつけてみせます」

「したたかなヤツだ」重政、毒気を抜かれ感心した。

「貸本屋で終わる気はありません。いつか店を開くのだって当然のことです」

重三郎には算段がある。小紫ばかりか、大年増のかげろうをはじめ、お上臈は本にくわしいうえ厳しい目利きが多い。彼女たちの間で評判になった本は、きっと江戸の人気をさらう。

「吉原には次の傑作の卵が眠っています。それを孵《かえ》し、雛を育てたいんです」

重三郎は重政から小紫、京藤と順にみやった。

「私はただの本屋じゃなくて、本屋の常道からはみ出た本屋になります」

若者らしい気負いと気概が重三郎の顔を輝かせる。

「私の胸の内に詰まっている妙案を戯作者や絵師の力を借りて本にします」

本をつくるには作、為、製……どの「つくる」も大事。だが重三郎はそれらの中でも、江戸をひっくり返す本を「創って」いきたい。

「本屋と戯作者、絵師が一緒に一から創る本です」

「うぅむ、うむ。なるほど」、重政が唸り声をあげた。

「重が、新しい本屋の時代をこさえるってわけか」

重三郎だけでなく京藤と小紫がうなずく。重政、「よしっ」と手を打った。

「さっそく親父を紹介しよう。本の仕入れ、まずは須原屋の世話になりゃいい」

それまでに本を包む風呂敷やら葛籠《つづら》を用意しとけ。そうそう草鞋《わらじ》も必要だ。重政にいわれ、ドン、重三郎は胸を叩く。

「重い荷を背負って、草鞋を擦り切らすつもりで吉原を歩いて回ります」

風呂敷や葛籠に染め抜く紋様は決めてある。

富士山形に蔦の葉——これこそ、父母が営んでいた蔦屋の紋章だ。

六

吉原大門の板葺《いたぶ》きの屋根、そのずっと上でお天道様が銀白の光を放っている。

「よいしょ」、重三郎は身の丈ほどもある葛籠を背負う。

真夏の陽光が葛籠に描かれた蔦屋の紋章を照らした。巳ノ刻（十時）を過ぎ未ノ刻（十四時）まで、暑い盛りが貸本屋の稼ぎ時。八ツ刻（十五時）には昼見世が始まり、お上臈さんたち、真っ昼間から鼻の下を伸ばす男どもを相手にしなきゃいけない。

荷に積んだのは洒落本、浮世草紙、読本や小咄本などなど。絵草紙は青、赤、黒本と表紙の色で呼ばれる。ふんだんに挿絵が入った子ども向きの本ながら、お上臈さんのヒマ潰しには最適だ。

地誌、軍記そして寺社御利益案内、刀剣絵図帳に眼がないお上臈さんも。花魁になれば歌道、茶道、書道の本に四書五経までひもとく。

「あのひとのために料理の本も用意した」

うふふ。重三郎、小紫を思い浮かべてニヤつく。

「年季明けには好いた主《ぬし》さんと所帯を持ちとうおす」

小紫は幼少時から吉原暮らし、世間の女子が身につける家事のあれこれを知らない。

「せめて煮炊きくらいはできるようになりとうござりんす」

うら若き花魁の健気な想いが叶うよう何冊も料理本を仕入れてきた。厨《くりや》に立つ小紫、重三郎はその肩をそっと抱く。彼女のうなじが朱に染まる。

「いかん、いかん！」、急いで妄想を打ち消し仕事に向かう。

貸本屋になった当初は荷を担ごうとしてひっくり返ったり、つんのめったり。立ち上がろうにもウンともスンともいかなかったり。見兼ねた義兄が荷を半分持ってくれたことも。

「蔦屋と駿河屋、兄弟あわせて蔦河屋かい？」、ヘンなことで吉原の話題になってしまった。

だが、あれから二年――今ではいっぱしの本の目利きと認められ、お上臈はじめ吉原の皆は蔦屋重三郎を約《つづ》めて「蔦重」と呼んでくれる。

「どこから回ろうか」、江戸町、伏見町、角町、京町と妓楼、茶屋を巡る。廓の両端、チョンの間遊びの切見世が並ぶ東西河岸に足を運ぶのも厭わない。

「吉原の全員がお得意様」、勝手口から覗く吉原の舞台裏は粋や通からほど遠い。化粧前のお上臈が、寝間着のまま寝ぼけ眼《まなこ》で冷や飯を掻きこんでいる。盛切りの飯、菜は青物と油揚げの煮ものだけ。昨夜の客の食べ残しに群がる姿は浅ましくて悲惨、彼女たちの不都合な真実でもあった。

「お上臈さんの邪魔をせず、うるさがられずの間合いが大事」

その呼吸は身につけた。しかも、ひとりひとりの好みを頭に叩き込んである。そいつを踏まえ、新趣向の本を薦めるのが蔦重の真骨頂。

「でも歯痒くてならない」、どの本も帯に短し襷に長し、傑作なんてそうそうあるわけがない。

「こうなりゃ、自分で本を創るしかないぞ」

蔦重、他人のこさえた本を貸すだけではとても満足できない。

「ちょっとお待ち。素通りとは薄情じゃないか」

京町一丁目を代表する大見世、大文字屋の奥からダミ声がかかった。

「かげろうさん」、大年増との馴れ初めは蔦重が十五歳の春に遡る。

うれし恥ずかし、あの時の顛末はこっちへおいといて——かげろうは借財を完済、かつて身を置いた大文字屋の主人に見込まれ遣手の職を得た。お上臈のお目付け役だけでなく、無粋で野暮な客から彼女たちを守ってやるのも大事な仕事だ。そんな役目だから、遊客どころかお上臈からも煙たがられ、陰では遣手に「ババア」をつけ遣手婆といわれている。もっとも、年齢からいえばその名も否定しきれないのだが……。

「これをどう思う？」

かげろうが浴衣の袂《たもと》から小さい冊子を取り出した。大文字屋の遣手が広げたのは「吉原細見」、妓楼と茶屋の地図、お上臈の源氏名から格、揚げ代まで細かに記した案内書だ。かげろうが口を尖らせる。

「ロクな出来じゃないよ」

「そうなんですか」

もちろん、蔦重だって吉原細見を知ってはいる。だけど、じっくり読んだことはないし、貸本の荷にも入れていない。何しろ自分は眼をつむっていても吉原の隅から隅まで歩ける。それに、お上臈さんがわざわざ細見を借りて何を調べる？

「あんたはどう思う？」、かげろうは冊子を差し出した。

「どれどれ、この蔦重が仔細に拝見いたしましょう」

蔦重は最新版をめくる。地図で駿河屋、次いで小紫のいる銀波楼を確かめた。大文字屋の遣手婆が口うるさいと書いてあるかもみておこうか。

だが蔦重は薄い冊子をめくるうち「あれっ」「おやっ」「なんだこれ」を連発した。

「文字が書いてあったら、何だって熱心になるねえ」、かげろうが呆れる。

ようやく顔をあげた蔦重、吉原細見を丸めてパンパンと掌を叩いた。

「かげろうさんのいうとおり。まったくもって工夫がなってませんね」

字が細かすぎる。地図はわかりにくい。お上臈の調べが杜撰《ずさん》で間違いが目立つ。摺りだって粗雑。

いいたいことは山ほどある。

「でも吉原細見は江戸市中じゃ売れてるんでしょ？」

「そうなんだよ。でも、だから困るんだって」

こいつは新春と文月（七月）の二回を基本に年に何度か改訂され、いなせな姿の細見売りが町々を回って呼ばわる。

〽改まりましたァ吉原細見
横丁に声が響けば、あちこちからぞろぞろ男どもが這い出てきて買い求めるという。もちろん侍や学者だって吉原のことが気になって仕方がない。

細見を　四書文選の間に読み
足音が　すると論語の　下に入れ
なんて具合で細見は江戸の男子《おのこ》の必携品、地方からきた連中も格好の江戸土産として買っていく。

だからこそ、遣手のかげろうはボヤくのだ。

「出来の悪い細見が罷り通っていちゃ、引いては吉原《さと》の名折れになっちまう」

「それは大変。細見の板元はどこなんです？」

「吉原によく顔を出すケチで助平な本屋だよ」

それって、ひょっとして。蔦重が眉をすっと上げる。かげろうがニッと笑った。

「あんたの予想どおり、あいつだよ、あいつ」

「鶴鱗堂《かくりんどう》こと鱗形屋さんですか」

鱗形屋は百年近い歴史を持つ名うて書肆、三代目の孫兵衛は凄腕との評判だ。しかし孫兵衛がケチでスケベなうえ権高なのは吉原に知れ渡っている。蔦重の少年時代は松葉屋の名妓松の井に熱心だったが、あえなく袖にされてしまった。近頃は誰にご執心なのやら。

「確かに、このまま細見を放ってはおけません」

「ここはひとつ、あんたが何とかしておくれ」

「そうですねえ……」

蔦重、貸本の大きな荷を背負ったまま腕を組んだ。孫兵衛は西村屋与八や北尾重政の父須原屋三郎兵衛をも凌駕する大物。吉原の貸本屋風情など歯牙にもかけぬだろう――。

されど、虎穴に入らずんば虎子を得ず。何とか手蔓《てづる》をたぐって孫兵衛の懐へ飛び込んでみよう。鬼が出るか蛇が出るか、やってみなきゃ前へ進めぬ。

「この蔦重、鬼なら桃太郎、大蛇《おろち》ときたら素戔嗚尊《すさのおのみこと》に変じて進ぜましょう」

「またアタシを放ったらかしで戯作の新案かえ？」、かげろうが肩をすくめる。

「それはそうと、お薦めの本を貸しとくれ」

「かげろうさんのお眼鏡にかなう草双紙が少なくて」

「玩世道人《げんせいどうじん》なんて漢文調で堅苦しくっていけないよ」

「十年前の赤本なら観水堂丈阿《じょうあ》や近藤助五郎清春、富川吟雪らがいたんですが」

「近頃はこれぞという書き手が出てこないねえ」

「ごめんなさい」

「あんたが謝まるこっちゃなかろうに」

いや、蔦重だって本に関わる一員、そういう書き手をみつける責任がある。

「もう少し待ってください、きっと私が当世風の面白い本をこさえます」

七

ぐいぐい、トントン、ぎゅっぎゅっ。

蔦重は肩を揉み、腰を叩いたついでに膝の裏を強く押した。

仕入れ先の本屋が集まる日本橋界隈と吉原は片道一里。重い荷を担ぎ廓の中をくまなく二里は歩く。貸本屋稼業は指折り数えて三年目、慣れたとはいえ夕刻には身体が悲鳴をあげる。

「だけどお上臈のお勤めに比べたら、何のこれしき」

それに、蔦重の頭の中はあれやこれやと懸案だらけ、いずれお江戸の本屋を牽引する日を想い描いている。肩が凝る、腰が痛いなんて嘆いているヒマはない。

「まずは吉原細見を何とかしよう」

蔦重、意を決して細見を開板《かいばん》する江戸で有数の書肆を訪問した。しかし鱗形屋孫兵衛、傲岸が着物をまとったような御仁だ。

「吉原のちっぽけな貸本屋が私に何の用だい？」

これが初対面のご挨拶、さしもの蔦重もムッとしかけたけれど、グッと堪えた。だが孫兵衛はすぐ二の矢を放ってきた。

「お前なんかがウチに出入りするのは十年早いというもんだ」

「……………」

「見返りに花魁との仲を取り持ってくれるのかい？」

あっはっは！　孫兵衛はでっぷりした腹をゆすった。蔦重は二の句が継げず、じっと孫兵衛をみつめる。胡坐をかいた大きな鼻に厚い唇、クセモノなのは口元が緩んでも笑っていない眼だ。肌は油を刷いたようにギラついている。齢は五十くらいか。


孫兵衛との手引きは叔父がつけてくれた。

この本屋は駿河屋の馴染み客。叔父は甥に耳打ちするのを忘れなかった。

「鱗形屋さんは、ナントカもおだてりゃ木に登るって手合いだよ」

しかし、蔦重にだって矜持がある。おまけに偉そうなヤツが大嫌いときている。損な性分だとわかっていても、みえみえのお世辞を献上する気にはなれない。

ならば、真正面からいうべきことをいうだけだ。

「細見のことでお伺いしました。判型から地図、内容まで全面改訂をお願いします」

吉原の誰もが細見に納得していません。ことに吉原の連中は閉口しています。何より、ひと夜の夢を抱いて吉原細見を買い求める皆さんに失礼ではありませんか？

ところが孫兵衛は余裕たっぷり、薄笑いまで浮かべている。

「ご注進、ありがたく承っておこう」

孫兵衛の肚《はら》の内はみえみえ。不遜な面構えには、たかが吉原の貸本屋、しかも若僧が生意気をいいやがってとハッキリ書いてある。

「生憎《あいにく》、細見は鱗形屋の独占でね。気に入らなきゃ新しい細見をこさえりゃいい」

結局はそこか。蔦重はとてつもない徒労感に苛まれた。ちくしょう。いつかきっと、この親父がひっくり返るような正確で読みやすい細見を開板してやろう。

だが、蔦重はバカ丁寧にお辞儀をして引き下がった。

「失礼な相手と同じ土俵に上がっちゃいけない。無礼のお返しは慇懃《いんぎん》がいちばん」

叔父伝授の商い心得をここで実践したわけだ。

「そろそろ貸本屋から、ひとつ階段を登らなきゃ」

このことを痛感させてくれたのだから孫兵衛には感謝しなければいけないのかも。それに細見の改善点を並べたおかげで、改めて新しい細見の姿がはっきりしてきた。

「吉原細見も私が創ってみせる」

しかし手元不如意は歴然、貸本屋稼業にもうひとつの柱となる売り物が必要だ。

突き出した盃に酒を満たしたのは、お目当ての花魁ではなく、お付きの禿だった。

「クソッ」、鱗形屋孫兵衛、ヤケになって酒を干す。

孫兵衛は銀波楼の小紫を前にじりじりしている。本屋として向かうところ敵なしの孫兵衛ながら、吉原では神通力が及ばない。あっちのお上臈にすげなくされ、こっちの名妓もつれない。

それでも孫兵衛はまったく懲りない。近頃は新進の花魁小紫にご執心なのだった。

本屋は不興を露わにした。

「その口は何もしゃべらぬように出来てるのかい？」

小紫は余裕たっぷりに艶然と微笑む。今宵、孫兵衛と小紫は「初会」、最初の逢瀬となる。

花魁と客が初会から懇ろになるのは無粋の極み。二回目の「裏を返す」を経て三回目でようやく「馴染み」という手順が必要だ。初会は花魁が客を吟味するわけで、軽々に酌をしたり愛想をみせたりはしない。客はそれでも遊興費を支払う。孫兵衛はこの仕組みが忌々しくてならぬ。

「岡場所の女を抱く方がよっぽど簡単で安上がりだ」

ふと漏らした愚痴、小紫に侮蔑の色が浮かぶ。大店の本屋、野暮な振る舞いに気づき、照れ隠しもあって盃をまた差し出す。またまた、禿が酒器を傾ける。

すっ。小紫が金糸入の半襟を白い指でしごいた。

「主さんの売る細見の評判はどうでありんすか？」

花魁が初めて口を開いた。孫兵衛は盃を膝へやる。

「イマイチだな。特に吉原じゃさっぱり売れん」

「蔦重はんをご存知かえ？」

「あの生意気な若僧か」

「吉原でいっち（一番）の貸本屋でありんす」

小紫が我が事のように胸を張る。こましゃくれた禿も小賢し気につけ加えた。

「蔦重兄さんのお薦めくれなんす絵本は吉原の禿の間で引っぱり凧でありんす」

「へえ、あいつが……」

おほほ、花魁は袖で口元を隠す。だが眼差しは鋭い。

「吉原の女子はこぞって蔦重はんの味方、そこを勘案して算盤《そろばん》をお弾きなんせ」

蔦重を贔屓《ひいき》にする皆が客に細見を買えとねだったら、その数は何冊になる？

「吉原の女子が三千人として。蔦重はんを軽ぅみいすと、損をしいなんすえ」

小紫は悠然と顔をそむけた。パクパク、孫兵衛は口を動かすが声にならない。膝に置いた盃から酒が零れるのにも気づかない――。


数日後、駿河屋の内証に重三郎と叔父、義兄が揃った。

三人の前にはわらび餅。ツルッ、まずは叔父が菓子を口にする。

「夏はこれに限るね……ところで、鱗形屋さんの呼び出しは何だったんだい？」

「細見のことでした」

あくる年、明和九年（一七七二）の春から特別に吉原細見を売らせてやる。孫兵衛はこう居丈高にいってきた。

「ついでに鱗形屋開板の草紙も卸してくれるって」

話の途中で、義兄が辛抱たまらんとばかりに口を挟む。

「重が貸本屋になって今年で三年目だっけ。来年は念願の本屋になれるのか!?」

「そうなんだ。でも……」

鱗形屋は子飼いの本屋の扱いが苛烈だというもっぱらの噂。しかも本屋とあらば身ひとつで商いはできない。小さくとも店を構えなくては。

「お金の蓄えはまだまだ、吉原に空き家もないし」、重三郎は肩をすくめた。

「せっかくだけど、時期尚早ってことだね」

静かに義兄弟のやりとりをきいていた叔父が、唇についた黄な粉を指先で拭った。

「そんなことはないよ」

お前たちに伝えることがある。叔父はふたりの息子に、もう少し前へと命じた。

「ようやく、大門の横に茶屋を建てることにした」

八

蔦重はじ〜〜っと本棚を睨む。

おもむろに吉原細見を右へ。ちょっと違う。ならば左へずらす。でも、そうすると洒落本が目立たなくなってしまう気がする。

「本を並べるって案外むつかしい」

そこに義兄の次郎兵衛の声がかかる。

「いつまで同ンなじことをやってんだ」

そういう義兄も座敷の鬼簾《おにすだれ》をクルクルッと巻き上げたかと思ったら、すぐスルスルッと降ろすことを繰り返している。その度に外の光が差し込んで明るくなったり、遮られて薄暗くなったりした。

「何だか、ちっとも落ち着かないね」、重三郎は義兄に声をかけた。

「そんなことあるもんか。オレは堂々たるもんだ」

義兄はその尻からまた鬼簾を巻き上げた。

明和九年は十一月十六日をもって安永元年と改まった。この年、吉原大門横にふたつの「蔦屋」が開店した。ひとつは十五年ぶりに復活した引手茶屋、もうひとつが細見や草双紙を扱う本屋。真冬の風が、建材の木香や新畳の匂いを運んでいく。蔦重は照れ笑いした。

「本屋といっても、茶屋の玄関脇にちょこっと棚を置かせてもらっただけ……」

父が消え、離縁された母も行方知れずとなり引手茶屋「蔦屋」は人手に。それを買い戻してくれたのは叔父だった。しかし、旧蔦屋の場所はずっと空き地のまま年月が流れた。重三郎は指を繰る。

「明和五年、明和八年、九年と続いた火難で吉原は焼け落ちた」

蔦重は棚に並ぶ草紙や細見にハタキをかけながら、数えの十九、二十二、二十三歳と三回も見舞われた火難を振り返る。


どの火事も記憶に鮮明、あれこそ修羅場というべきものだ。

空が紅蓮、紅、丹と濃淡さまざまな赤に染まった。そこに橙《だいだい》と黄の入り混じった焔《ほのお》、黒々とした煙が加わる。焼き鏝《ごて》をかざされたような熱気、鼻を衝く焼け焦げた臭気が襲いくる。半裸、裸足で逃げ惑うお上臈、大門へ殺到する下帯だけの客。蔦重も生きた心地のしないまま、ありったけの本を葛籠に詰めた。それをみて義兄が怒鳴る。

「バカ野郎、本なんか放っておけ。そんなのを担いだらお前が火だるまだ」

だが本は重三郎の命。ここは絶対に譲れない。

「イヤだ、全部の本を持っていく」

譲らぬ兄弟、焦れた次郎兵衛が折れた。

「よし、じゃあ頭から水をひっかぶれ」

葛籠に重ね塗りした柿渋が水を弾く。中の本まで濡れはしねえだろ。

「わかった。それより叔父さんと叔母さんは？」

「ここにいるよ」、のほほんとした返事、普段から泰然自若が板についている叔父だが……。

「女将と女子衆は先に避難させたから安心おし」

荷の半分を持ってやろう。叔父は葛籠に手をやる。

「客の勘定の書き付けは懐に入れた。これさえあれば新しい金蔵が建つ」

吉原の顔役たちも叔父と大同小異。仲の町通りにズラリと並んでいる用水桶の水を掛けようとしない。火消しを呼びに走った形跡もない。

「どうせなら丸焼けになった方がいいのサ」

叔父はまったく悪びれない。火の手が迫るなか、重三郎は思わず問うた。

「それってどういうこと？」

「すっくり吉原が燃えてしまえば、その時に限って御上から仮宅の許可が貰えるんだよ」

仮宅とは吉原が再建されるまで今戸、山谷、両国、深川なんぞへ散らばり臨時営業をすること。料理屋や旅籠《はたご》、果ては民家まで借りて妓楼に仕立てる。

「これがまた、客にしたら、お江戸の北の外れまで脚を運ばなくてすむから大繁盛なんだね」

叔父は鼻をうごめかせた。

「仮宅の儲けで、吉原再建の材木代や大工の手当てを払っても銭はたんまり残る」

吉原は転んでも絶対にタダで起きない。

叔父をはじめ吉原の皆々のしたたかさには舌を巻いてしまう。何しろ火災にあう度、吉原は建て替えられ、すっかり新装、すっくり新規開店と相なったからだ。

「おかげで本屋と茶屋のお目見えができたんだけど」

それに……蔦重は辺りに人がいないのを確かめる。

「火事のどさくさに紛れて、とんずらしちゃったお上臈さんが、たくさんいたし」

叶うことなら、とことん逃げおおして、新たな人生を掴んでほしい。

「それはそうと、叔父さんって人はやっぱり凄い」

四年前、明和五年の火事の後、叔父はじっくりとふたりの息子の資質、意向を見極めた。

「あの時、私は迷うことなく本屋の道を選んだ」

義兄は水商売が適職。よしっ、と叔父が腰を上げかけた途端に明和八年の火事。またまた仮宅、その儲けを投じての吉原普請、駿河屋も新築なったが、叔父は蔦屋着工を延期した。

「ムシの知らせだった？」

果たして明和九年二月二十九日、目黒行人坂で出た火は日本橋、神田、浅草から吉原まで大被害を及ぼす。だが、吉原は今度も焼け太り、いやしぶとく復活。ご難続きの明和は、寒さが本格的になってきた霜月、安永に御代替わりとなった。

「迷惑（明和）九年にケリつけて、寿安永寧の新しい年に吉原の本屋の船出だ」

蔦重は腕を撫した。

「形《なり》は小さくても、込めた想いは特大なんだ！」

本屋を「蔦屋耕書堂《こうしょどう》」と名付けた。「書」すなわち本を「耕」す——蔦重が戯作者や絵師と一緒に本を作、為、製そして創っていく。

「きっとお江戸をひっくり返してみせます」

茶屋の主人はいわずもがな、次郎兵衛。こちらは二十八歳、父の駿河屋利兵衛から蔦屋を任され、たちまちしゃちほこ張った。

「これを機に酒も女も博奕もぜ〜んぶやめる！」

叔父は眉をひそめた。

「そんなことをしたら、お前、三日で息が詰まってしまうよ」

叔父は重三郎に眼を移す。

「小さく産んで大きく育てる、これが商いの醍醐味さ。五年で自分の店を持つ、そのつもりで気張ればいい」

重三郎なら、きっとできるよ。こう叔父はいってくれた。義兄が指を鼻の下にやり強く擦った。

「重助伯父貴の名を穢さぬよう蔦屋を繁盛させるぜ」

重助は重三郎の父の名。十五年前にふっと消えてしまい、そこから重三郎の人生は大きく変わった。

重三郎は声を押し殺す。

「父さん、それに母さんはどうしているんだろう」

叔父は遠くをみる眼つきになった。

「蔦屋の再興と耕書堂の開店を風の噂で知るかもしれないね」

重三郎は返事する代わりにぐいっと顎を引いた。

九

安永になったのは真冬、陽光の温かさより北風の冷たさが勝っている。

今日も蔦重は本の荷を担ぎ、吉原大門をくぐって耕書堂に帰った。

「昼間は貸本屋、夕方から本屋。さあ商売商売」

蔦重は鼻の穴を思いっきり膨らませた。茶屋「蔦屋」の玄関の一画、本屋というにはおこがましいけれど、棚には吉原細見やら戯作が見栄えよく並べられている。

上がり框《かまち》の隅、棚の隣に小さな座布団を敷き、蔦重はちょこなんと座った。「耕書堂」の主にして店員兼小僧、そして貸本屋。時には茶屋の下足番にも変じる。

「細見、ひとつ貰おうか」「新しい絵草紙はある?」

酔客はもとより女将連中や女芸者が耕書堂のお客様だ。お上臈さんたちが自由に大門を出入りできたら、きっと彼女たちも上顧客、しかし籠の鳥は檻から出ることが叶わない。

「その分、貸本屋の仕事が増えているから善し、と」

義兄だってしゃかりきになって働いている。本屋、茶屋とも蔦屋の出足快調、重三郎には叔父の満足そうな笑顔がうれしい。

「客だよ」、眼の前に黒い影。

「客に、いらっしゃいませもいわないのか」

ダミ声がじっとりと絡みついてきた。

「それにこのテイタラク。ろくな商品もないくせ、一人前の本屋でございとよくいえたもんだ」

鱗形屋孫兵衛が立っている。茶屋と本屋の「蔦屋」、ささやかなお披露目の会には顔をみせなかったくせ、今頃になって——。

しかも棚にあるのは、ほとんどが鱗形屋で開板（出版）した草紙。吉原細見を売るのに抱き合わせて、無理やり押しつけられたのだ。

こういうあこぎな商いには辟易するけれど、蔦重には細見への強い想いがある。だから、孫兵衛への反感はぐっと肚に収めている。

そんな蔦重の気持ちを知るよしもなく、孫兵衛は渋い顔になった。

「細見が山積みじゃないか」

「ついさっき、補充したばかりです」、蔦重は即応した。

「ふ〜ん」、孫兵衛の疑わしそうな眼。だが、蔦重は嘘をついていない。茶屋の客は例外なく玄関の脇に置かれた細見を持っていく。代金は義兄が請求してくれるから取りっぱぐれはない。

茶屋に出入りの仕出し屋はじめ植木屋、経師屋、畳屋に幇間や女芸者も然り、眼にとまれば手にする。吉原の廓内でも売り上げ好調、こうして細見は存在感を増すようになってきた。

「日に二度、三度と新しいのを積み直しています」

「そういや、番頭が細見を摺り増しするといってたな」

それでも孫兵衛はまだ蔦重の働きを認めない。

「細見に通し番号が振ってあるわけじゃなし」

どれが、どれだけ、どこで売れているのか調べようがない。

「まして、この眼で売れるのをみたわけでもない」

天下一品の減らず口、孫兵衛はとことん憎たらしい。平気で人の心を踏みにじる。


外が騒がしくなった。足早に人々が行き来する気配、ほどなく軋みをあげ吉原大門が閉まった。

「おや、もう亥ノ刻（二十二時）か」、鱗形屋孫兵衛が舌打ちをする。

「蔦屋に上がるんですか、それとも駿河屋へ？」

重三郎の問いに孫兵衛は巨体を玄関に向けることで応じた。大門が閉じた後でも、客は脇の潜り戸から出入りできる。暖簾に手をやった孫兵衛が振り返った。

「細見なんか、売れたってたかがビタ銭の儲けにしかならん」

でも、それが蔦重にはお似合いというものだ。

「このちっぽけな店で、せいぜい気張って細見を売っておくれ」

カチンッ。さしもの蔦重だって堪忍袋の緒が切れかかった。細見を鷲掴みにし、みっしりと肉のついた孫兵衛の背中に投げつけてやろうか——だが、それはできなかった。

蔦重は吉原細見の表紙をやさしく撫でた。

「細見、お前に罪はない。私がきっと、見違えるほど素敵に仕立ててやるよ」

鱗形屋みたいな本屋に開板されているこの小冊子が不憫でならない。

蔦重は花魁小紫と交わした言葉を思い出す。

「なして重さんは細見に眼の色を変えなんすか？」

「お上臈さんのためです」

遊女の身の上は浮河竹《うきかわたけ》、河辺の竹さながら、激しい浮き沈みを余儀なくされる。

「吉原細見がそんな日々の、ちょっとした糧になれれば」

細見が吉原の案内冊子としてもっと格を上げ、江戸の人々から一目置かれたら——細見に自分の名が載ることで、お上臈さんも少しは矜持を保つことができるのではないか。

「吉原は今のままじゃいけない。火事で焼け太るんじゃなく、新しい力を発揮して儲けなきゃ」

その中心になるのは他ならぬお上臈さんだ。

「細見をはじめ本や絵で、お上臈さんの魅力をもっと江戸に広めたいんです」

それを、どうやって？　小紫が小首を傾げる。

「例えば花魁の着物や小間物、お化粧品はどれも超のつく一流品ばかり、髪型だって当世の最先端」

呉服屋の越後屋あるいは大丸と手を結んで衣装を選び、北尾重政親分や彼の好敵手勝川春章ら人気絵師が浮世絵に仕立てる。そいつを絵草紙屋で大々的に売り出す。

「この絵をいちばん欲しがるのは誰だと思います？」

「あっ」、蔦重に問われ小紫は大事なことに気づいたようだ。花魁に想いを寄せるのは男ばかりじゃない。花魁ともなれば美貌と気高さだけでなく詩歌に音曲、書、茶や花の道に精通している。町娘たちもまた、そんな花魁の真似をしたくなるのは当然のこと。吉原の名花にはそれだけの価値がある。

「お上臈さんの絵を片手にした町娘が、こういうのをくれと呉服屋、小間物屋に詰めかけますよ」

吉原、お上臈さんを起点にして絵師、商店、本屋が提携《タイアップ》することで、それぞれに利潤がもたらされる。それればかりか、ぐるっと一周してお上臈さんの値打ちを底上げしてくれる。

「お上臈さんと粋な通人が主人公の戯作もこさえます」

そうなれば、ひと目でいいから本に描かれた花魁の姿を拝みたいと人々が押し寄せるだろう。

「あれ、事はそんな上手《うもう》にいきいすか？」

「私がやってみせます」

とはいえ、春をひさぎ借金に縛られるお上臈の真相から眼を反らそうというわけではない。

「つらい日々だからこそ、お上臈さんに誇りや希望の一条の光が差し込めば」

小紫はふいに蔦重の手に自分の手を重ねた。花魁の眼が潤んでいる。

「あちきらのために……うれしゅうござりんす」

蔦重の手には、今もあの柔らかな感触が残っている——。


茶屋の階段が軋んだ。二階からどやどやとお大尽の一行が降りてくる。

迎えた義兄は満面の笑み、猫なで声をだす。

「布施屋様、お近いうちにまたのお越しを」

このお大尽は河内木綿が主力の太物問屋、老中にあがった田沼意次の景気浮揚策でウケに入っている商人のひとりだ。顎が二重にくびれているのは美食三昧の証拠だろう。

「妓楼では遺漏なく手筈を整え、お上臈がお待ち申し上げております」

「ふむ、ご苦労さま」

　ポイッ。布施屋は黄金に光るものを放り投げる。小判が緋毛氈《ひもうせん》の上で弾んだ。それを眼で追う重三郎と義兄。ふたりの想いはひとつ——こんなマネをしていると、いつか天罰が下るぞ。

　若い衆が「蔦屋」と大書した提灯を手に商人を妓楼まで送り届ける。義兄は小判を拾うと、後に残った店の者や女芸者に示した。

「この金で何かうまい物でも喰ってくれ」

　喜色、朗色、気色の皆々、口々に礼をいう。重三郎も義兄を褒めた。

「やるなあ、粋だねえ」

「親父の真似をしただけサ」

　店の前、五十間道とよばれる通りを夜鳴き蕎麦の屋台がいく。義兄が表を指さした。

「小腹が減った。オレらは蕎麦でもたぐるか？」

「いいね、そうしよう」

第三章

恋

一

妓楼の内風呂、面格子の間から入る早春の朝陽が裸体を浮かび上がらせた。

雪白の裸体が火照り、桜色に染まっている。花魁は首筋から肩、胸乳へと糠袋を滑らせていく。

「また、少し、痩せいした」

これは恋煩いの証なのか。乳房、下腹、尻……傍目には豊満ではあるものの、本人だけが知り得る、あえかな感覚だった。花魁の胸の内は、身近にいる新造や禿《かむろ》、遣手《やりて》とて気づいていまい。

「一度だけでいい、あの方に抱かれとうござりんす」

口づけを交わすかのように、花魁はそっと頤《おとがい》をあげた——。

同じ頃、蔦重は本を仕入れるため日本橋界隈をめざしていた。行きは空荷だが、帰りとなればずっしり重くなる。その、まだ軽い背に軽い調子で声がかかった。

「おい、蔦重じゃねえか、どこへいくんだ?」

浮世絵師の北尾重政だ。武者絵から飛び出してきたような偉丈夫ながら、気がやさしくて面倒見がいい。蔦重が重政のことを親分と呼ぶ由縁はそこにある。

「私は本の仕入れに。親分はどちらへ？」

「注文していた画材を取りにいこうとおもってな」

「近頃はご活躍ですね。とりわけ艶本《えほん》『姿見鏡』の役者絵と美人画の組み合わせはさすがでした」

蔦重がいうとおりで、重政親分は絵本や草紙の挿画、錦絵ばかりか男女の秘め事を描く艶本（春画）でもいい仕事をしている。

艶本はもちろん本屋の店頭で堂々と売り捌くものではない。だが、そこはそれ、本を求められたら売るのが本屋、こっそり客の手に渡す。貸本屋だって艶本の流通には大いに一役買っている。荷の底にそっと忍ばせ、周りを窺ってから引っぱり出す。

艶本は嫁入り道具に忍ばせるという需要も多い。それに、艶本は縁起物としても重宝されている。性の営みは子孫繁栄と五穀豊穣に通じるからだ。そして、艶本は浮世絵師にとって腕の見せどころでもある。男女の裸体、欲望と快楽の表情を巧みに表現できてこそ一人前。だから大家から新人まで絵師は精魂込めて艶本に取り組む。

「人気役者と美女とのまぐわいの画集、お上臈の間でも話題の秘本になっています」

「評判がいいのはうれしいが、半分は春章の手柄だ」

重政は柄にもなく照れた。この艶本、好敵手と認めあう重政と勝川春章が組んだことでも注目を集めている。

「春章は役者、オレが女子を描いたって寸法さ」

「早く私も親分と本をこさえたいです」

「焦るな。蔦重と仕事をする日は遠いこっちゃないという気がしてならねえ」

重政は眼で水茶屋を示す。

「四半刻（三十分）ほど、いいか？」

蔦重はうなずいた。「御休處」の掛行灯、まだ昼四つ（午前十時）というのに、こってりと厚化粧をした若い女が案内する。

「ここの看板娘ですか？」、「あれじゃ絵筆が萎れる」

ムッとした娘が振り返る。男どもは首をすくめた。

「さて」、重政は立派な節の連なる煙管を取り出した。

「細見の方はどうだ？」

鱗形屋は意地悪ばかり……つい愚痴をいいそうになるのを抑え、攻めの姿勢をみせる。

「改所《あらためどころ》に名乗り出ます」――改所は細見の要、掲載する遊女の情報を精緻に詳細に調査せねばならない。現行の細見の弱点は改所。だが蔦重には、吉原のあれこれを落ち度なく調べあげる自信がある。改所を務めることで細見の販売だけでなく編纂にも関わっていく。

「吉原細見の調べる、まとめる、売るっていうのをまとめて請け負うわけか」

「吉原は私の庭ですから、この蔦重に任せてください」

「また大きく出やがって。けど、その案は上々だ」

オレからも鱗形屋へ注進しといてやろう、重政は請け合ってくれた。

蔦重はぺこりと頭を下げてから、自分も煙管に煙草の葉を詰めた。煙が重政の方へ流れぬよう少し首を捩じる。ところが重政の眼がキラリ。身を乗り出してきた。

「蔦重、ちょっと待った、その煙管、女物じゃないか」

あちちっ。うろたえた蔦重、煙管を隠すつもりが火皿で指を焦がしてしまった。

「ははアん。情婦《まぶ》から貰ったんだな。みせてみろ」

「親分、そいつはご勘弁を」、「減るもんじゃなし」

大の男が煙管を真ん中にして大騒ぎ――。


蔦重、重政にねじ伏せられそうになり煙管を差し出す。

「あるお上臈から、いただいたんです」

面を伏せる蔦重、重政は豪傑笑いで応じてくれた。

「歌舞伎の助六そこのけ、吉原の本屋の蔦重に煙管の雨が降るってわけか」

お上臈さんが籬《まがき》の向こうから客を引くのを張見世という。粋な客が近づけば、お上臈は火をつけた煙管を格子の間から差し出す。二枚目のうえ粋でいなせ、腕っぷしまで強い助六が吉原をそぞろ歩けば、次々続々と吸い付け煙草の雨が降る。

「大した色男ぶり、蔦重もやるもんだ」

「いじめないでください」

「羅宇《らお》の色具合からして、ははん、小紫のモンだろ？」

蔦重は眼を白黒、舌がもつれて言葉にならない。

「図星か。でもあの花魁は高嶺の花だぞ」

小紫と添い遂げるにはいくら小判を積まねばならない？

吉原の伝説となった三浦屋お抱えの花魁たち、仙台高尾や榊原高尾は何千両もの大金で身請けされたという。

銭金の現実は無粋で野暮、恋心も木っ端微塵。だが、重政は励ましてくれた。

「小紫のためにも江戸でいちばんの本屋になれ」

二

仕事を終えた蔦重、大きな算盤《そろばん》を弾いて帳簿をつけている。

パチパチ。珠は柘植《つげ》、枠と梁が黒檀《こくたん》の高級品、耕書堂の開店祝いに叔父が贈ってくれた。

「これは立派過ぎるんじゃ……」

「江戸をひっくり返す本屋になった時に重宝するよ」

遠慮せず使いなさい。それに大は小を兼ねる。叔父は空で指を動かした。

「この算盤の端から端まで使う大きな商いをおやり」

パチパチ、茶屋の内証からも珠を置く音がきこえてきた。同じものを貰った義兄の次郎兵衛だ。

「義兄さん、すっかり夜遊びをしなくなったな」

安永二年（一七七三）になり、蔦重には細見の改所という仕事が増えた。吉原の隅から隅まで訪ね、お上臈さんの在籍状況から揚げ代までくわしく調べ上げる。

「とはいえ、ついでに貸本屋の仕事はもちろん、マメに細見の補充もできるし、妓楼の人たちとはいっそう懇意になれる」

一石三鳥どころか四鳥、あの妓楼へ顔を出せば、あのお上臈が座敷にあげてくれる。禿や新造が必ず侍り、ふたりだけになれないのは残念だけど――。

「いかん、つい余計なことを。それより仕事だ仕事」

蔦重は自分の頭を小突くと帳簿に戻った。やがてザザッ、蔦重だけでなく義兄も算盤を手前に倒す音。ファ〜ッ、あくびまで同じ間合い。

窓の外は春の夜空、群雲の切れ目から月の光が見え隠れしている。

「仕事を終えた後の、これが愉しみなんだ」

ふ〜っ、くゆる紫煙、床を敷く前に一服。煙管の羅宇は深く濃い紫にほんのり赤みが入った小紫色、ただ女物なので全体が小ぶりに設えてある。

先般は重政親分に出会い、煙管の由縁をすっかり白状させられてしまった。でも親分は応援してやるといってくれた。

「小紫と添い遂げたいのなら、しっかりと次を見据えろ」

叔父だって同じことをいうだろう。蔦重は数えの二十四歳、あと三、四年で自前の店舗を構えるつもりでいる。

小紫とふたりして本屋が開けたら――。そのためにも、細見を売り捌くだけでなく、改所として内容の大幅充実を図りたい。こうなれば、鱗形屋だって蔦重に信を置かざるを得ない。細見の体裁や内容の改訂にも応じてくれよう。

「まどろっこしいけど、一段ずつ上がっていこう」

だがその尻から、このままでいいのかという焦りに苛まれる。階段を登っていった先はみえてはいる。しかし、あまりに遠い場所のような気がしてならない。

「おいっ、重。もう帳簿は付け終わったんだろ？」

障子の向こうに義兄の声。蔦重は煙を吐き出すと煙管の火を消す。小さくとも本屋、火の元はしっかり用心しなきゃいけない。

「いいか、入るぞ」、義兄が障子を開ける。

「明日、天気がよけりゃ散策がてらにちょいと出かけようと思うんだが、お前も来るか？」

「明日は早いうちから、何軒か地本問屋を回るつもりなんだ」

「相変わらずだな」、義兄はちょっと恨めしそう。だが、すぐ気を取り直してくれたようだ。

「本屋稼業が忙しいのはけっこうなことだもんな。じゃ、オレひとりでいってくらァ」

吉原から日本堤を東へ半里（二キロ）、待乳山聖天《まっちやましょうでん》で手を合わせているのは、吉原大門横の引手茶屋「蔦屋」を率いる次郎兵衛だ。数え三十になり、少しは貫禄がついてきた。

社殿を出た次郎兵衛、山谷堀へ踵《きびす》を返すのではなく渡し船に乗った。銀波、金波がさざめく大川の川面、梅雨明けは近い。

「隅田堤の上に大鳥居がちょこんと頭だけみえてらア」

子どもじゃあるまいに、次郎兵衛は船べりからぐいっと腕を伸ばす。三囲《みめぐり》神社の鳥居の笠木の上あたりに指先をやり、宙で撫でる真似をする。

「お札は三枚貫わなきゃ」

次郎兵衛、自分だけでなく親父と弟の分も三囲神社で商売繁盛の御神徳を授かろうというわけだ。拝殿の左右に侍る神使いの狐も、殊勝な心掛けにニッコリ。

「ようやく親父の苦労がわかってきた」

マセた本読みだったのは重三郎、次郎兵衛はニキビ面の頃から、いっぱしの遊び人を気取っていた。

「でも、親父はとやかくうるさくいわなかった」

見て見ぬフリとはあのこと、手箱に銭を忍ばせてあったのも、次郎兵衛がくすねるのを見越してのこと。それをいいことに浅草から両国、深川、内藤新宿、品川まで悪所を総なめにした。

「遊び先では痛ぇメにもあったけど、おかげで水商売の勘所がつかめた」

客あしらい、店の者のしつけ、うまい酒と料理、掛け取り、妓楼とのやりとり等々、茶屋は難事難題難件だらけ。それらを放蕩の経験に照らして捌いていく。

「客だったオレがヤだったことはやんないに限る」

重三郎も「義兄さんお見事」と感心してくれる。

「とはいえ、まだまだ親父の足元にも及ばねぇや」

境内には恵比寿様、大国様とこれまた千客万来、家運隆盛の霊験あらたかな福の神がおわす。次郎兵衛、ぬかりなく参詣して回った。

「今頃、重三郎も細見の改所の仕事で吉原《さと》のあちこちを走り回ってンだろうな」

格式高い大見世（総籬《そうまがき》）から中見世（半籬）、小見世（総半籬）はいうに及ばず、廓の東西端にあるちょんの間遊びの河岸見世まで、俗に「遊女三千人」といわれるお上臈の出入りをすっかり調べ上げている。

「来年の細見はそいつをすっくり載せるんだから、てえしたモンになるぜ」

だが弟は、他の書肆がこさえた本を売るだけじゃつまらない、自分で戯作を創りたいと訴える。

「江戸をひっくり返す本屋になるってのが口癖だ」

重三郎、近頃は妙手を思いついたらしく帳面にあれやこれやと書き留めている。

「義兄さん、来年早々に耕書堂から本を出すよ」

「そのためにゃ、たんまりと銭が入用だろが」

「うん。そのことだけど」

重三郎が耳打ちした策に次郎兵衛は眼を丸くした。

「そういう手があったか……こいつは吉原ならではの算段だ」

三囲神社を出た次郎兵衛、大事な願い事を忘れていたと頭を掻きながら引き返す。

「一日も早く、いい嫁がみつかりますように」

大川べりへ向かえば小体の菓子屋、眼と鼻の先の長命寺は桜餅で有名だが。

「ウチの名物は葛饅頭!」

丸顔の愛嬌娘が袖を引く。次郎兵衛はにっこりしながら店頭を覗きこんだ。

「なかなかうまそうじゃねえか。よしっ、店にあるの全部くれ」

「そんなにたくさん?」、娘が声を裏返す。

「冗談、冗談。十個もありゃ御の字なんだよ。それはそうと、あんた器量良しだな」

「みえみえのお世辞をいったってお代は負けませんよ」

次郎兵衛と店番の娘、声をあわせて大笑いした。

三

このところ、何だか義兄の機嫌がとってもいい。

ちょいと能天気なところのある次郎兵衛、何かというと向島へ行きたがり、やたらと葛饅頭を買い込んでくる。重三郎はボヤく。

「うまいけど、さすがに三日にあげずじゃ飽きちゃう」

叔父もお裾分けにあずかる。襟元をゆるめ、痩せた身体を覗きこんだ。

「葛饅頭五臓まで透き通り――わしも肌越しに心の臓がうっすらみえてきたよ」

生地が透明で中のあんこがみえる菓子を当て擦った。

「きっと何かある。ひとつ川向こうへ出張って様子をみてくるか」

「叔父さんはもう見当がついてるんじゃないの？」

「ううむ」、叔父はひと唸りして顎に手をやった。

「女子だな、こりゃ」、確信に満ちた微笑を浮かべた叔父、返す刀で重三郎を横目にみた。

「お前の噂もちょいちょい耳にしているよ」

重三郎、空っ惚けを決め込もうとするが、如何《いかん》せん、そういう腹芸は大の苦手。頬を赤らめ白状する。

「初めて女の人を好きになった気がする」

「それがお上臈というのも皮肉だねえ」

「吉原の掟は承知してます」

「じゃ、お前とお上臈は清い仲なのかい？」

こくり、重三郎はうなずく。叔父は天を仰いだ。

「あの子はお前より二つばかり歳下だろ。年季明けまでまだ六、七年はあるな」

お上臈は数え二十七で自由の身となれる。だが、かげろうのように、お上臈奉公中に膨らんだ借金で檻から出られない例が多い。花魁ともなれば高級な衣装に調度、お抱えの禿や新造の経費だって加わる。だから、お上臈は客に財布を開かせようと手練手管を駆使する——。

「あれだけの才色兼備、年季明けを待たずにお大尽が身請けするかもしれない」

十代将軍となった徳川家治も九代家重同様に田沼意次を重用。田沼が糸を操る安永の好景気、豪商の懐にはザックザックと大判小判が流れ込んでいる。

「わしから身請けの話を持ち出してもいいが」

きっと銀波楼は足元をみて吹っ掛けてくる。叔父は渋い顔になった。

「駿河屋と蔦屋、それに耕書堂の身代をあわせた額はいってくるだろう」

叔父はチェッと軽く舌打ちし、上歯を唇にあてた。

「妓楼の連中は仁義礼智忠信孝悌の八徳を忘れた〝忘八〟さ。お上臈で儲けられるンなら何だってやるよ」

「…………」

「でも抜け道のない街道はないいんだから、ここが思案のしどころってやつだ」

饅頭屋の件があるし、やっぱり三囲のお稲荷様に参詣して知恵を授かってこよう。呟いた叔父は、いつもの調子に戻った。

「土産は葛饅頭じゃなくて桜餅にするから安心おし」

叔父とは吉原大門の前で別れた。叔父は衣紋坂をスタスタとあがっていく。

蔦重は吉原へ。右手の会所に吉原の衆、左の面番所では町奉行の同心が女の出入りを厳しく監視している。

心なしか、見張りの視線が背に突き刺さる。恋仲のふたりが足抜けしようものなら、蔦重は半死半生の私刑《リンチ》、お上臈も折檻のうえ行燈《あんどん》部屋に幽閉されてしまう。

だが、仲の町通りをいけば、一歩進むごとにお上臈に近づく。それがうれしいし、気恥ずかしくもある。

「色恋の切なさ、つらさ、これも草紙に仕立てたい」

恋煩いさえ戯作の種。若者は肚《はら》に本屋の深い業を飼っている。

熱気をおびた夏の風が、そんな蔦重の着物の裾を揺らした。


「重さんはご存知かえ？」、小紫が本を差し出した。

蔦重は貸本や細見の仕事にかこつけ、花魁の本間に上がり込んでいる。もっとも水入らずというわけにはいかず、小紫付きの禿がこちらを窺っているのが玉に瑕《きず》というやつ。

冊子には『寝惚《ねぼけ》先生文集初編』の題箋《だいせん》。

「懐かしいなぁ」、「重さんも読みィした？」

もちろんだ。こいつは狂詩狂文集、全編が漢字尽くしだけに、とっつきにくそう。だけど全頁に滑稽と諧謔が散りばめられ、意外にスラスラ読める。

「ちんぷんかんしかく（陳奮翰子角）の筆名、ふざけてますよね」

「編者はあんぽんたんおやだま（安本丹親玉）でありんす」

小紫、頬が綻ぶどころか破顔といいたくなる朗色をみせた。美貌と怜悧さゆえ「取りつく島がない」なんて陰口を叩かれることもある小紫が、コロコロと可愛い声を出している。

日頃のツンッが一転してデレッ。蔦重の目尻は下がり口角が上がる。胸いっぱいに愛おしさが募る。

「あちきも〈貧すれば鈍する〉やら〈地獄の沙汰も金次第〉が気に入りりんした」

「この作者、うまいことといいますよねえ、ホント」

陳奮翰子角の正体は大田南畝《おおたなんぼ》なる御家人、年齢は蔦重よりたったひとつ上。『寝惚先生文集』の開板は明和四年（一七六七）だから作者が数えの十九、蔦重は十八歳だった。早熟の天才の登場は衝撃というにふさわしかった。

「こういう文才のある人と本を創りたいんです」

「重さんも戯家《たわけ》の同士になりりんすかえ？」

「私がたわけの仲間？」、蔦重は何のことやらわけがわからない。小紫が、この本の序文に「与に戯家を言う可き」やら「同好の戯家《たわけ》」と書かれていることを教えてくれた。

「戯家ってそういうことか。私もその同士……まいったなあ」

序文を認《したた》めたのは、博覧強記にして書画、戯作、脚本なんでもござれの平賀源内だ。

「この方とも仕事をしたい。ずっとそう思っているんです」

「ぜひ、おやりなんし」

「これから戯家の時代がくるかもしれません」

田沼政治の要は商業振興。諸色高直しようとも、実入りが増えれば景気は浮かれだす。財布の紐が緩み、日本橋の呉服店では高価な着物が売れている。

「吉原も目立って繁多になってきんした」

「そんな世の中と合わせ鏡になるのが明るい笑い」

たちまち蔦重には戯作の案が浮かんできた。吉原を行き交う男たち、通と粋を気取る彼らの着物や髪型、お洒落ぶりから心根までを図鑑にするのはどうだ。

「それ、面白うありんす」

お江戸で一攫千金、田舎から出てきた無粋で野暮な男が夢の立身出世を果たすという戯作も売れそうな気がする。小紫、すぐに喰いついてくれた。

「読みとうござりんす」、「ね、そうでしょ！」

だが蔦重、己の現実を直視して舌打ちする。どこかの大手書肆が、すでに同工の戯作を画策しているかも。貸本や細見の仕事に忙殺される身が恨めしい。地団駄を踏みたい気分だ。しかし、焦れる蔦重を小紫は宥《なだ》めてくれた。

「今は力をお貯めなんせ。きっと重さんは江戸をひっくり返す本屋になりんす」

小紫の瞳に力がこもる。蔦重は外に吹いていた熱風よりも熱いものを感じた。

「あちきも戯家の同士、重さんと一緒でありんす」

蔦重は胸がはち切れそうになり膝立ちする。眼を反らさぬ小紫も腰を浮かせた。

その時、花魁が少し傾いだ。顔色はたちまち白磁色から蒼白に急変、間をおかず心棒が外れたかのように大きくよろける。

「小紫さん！」、花魁を抱きとめた蔦重、座敷の隅で絵本に夢中の禿に怒鳴った。

「早く、女将を呼ぶんだ！」

四

吉原大門を駕籠が出ていく。

中を改めた、会所に詰める吉原の男たちが駕籠を見送るかたちになった。

そもそも吉原は駕籠の乗り入れ禁止、例外は町奉行の裁可を受けた御免駕籠、そして医者くらい。

駕籠は重三郎と義兄を追い越していく。重三郎が土煙を払いながらいった。

「どこかの大名かお大尽が、お忍びで昼見世遊びかな」

次郎兵衛が鼻を鳴らす。

「昼間からスケベな野郎だ。けど、そんな御仁のおかげで御飯《おまんま》が喰えるんだけど」

ふたりが大笑いしていると駕籠がとまった。引き戸が少し開き、こっちを凝視する様子。義兄は
「やべえ」と口に手をやった。

「きこえちまったか」、「まさか」

とはいえ相手が武家ならお咎めを受けるかも。おっかなびっくり、兄弟は駕籠をみやる。

だが駕籠は急に動き出した。見返り柳の葉を揺らす勢いで東へ曲がっていく。

ほっ。兄弟は今戸町に店を構える老舗料亭を目指して歩きだす。本日は土用の丑、鰻を喰うのが安永の新しい流行りになっている。

お目当ての二文字屋が近づくにつれ義兄は落ち着きを失った。待ち人が心配でならないのだ。義兄はそわそわしながら、仲居に吉原の蔦屋と告げた。

「お連れ様、お先にお待ちになっています」

「ほら、ちゃんときてるよ」

「あ〜〜、よかった」

兄貴ってホントにわかりやすい。アテが外れたらシュン太郎になっていたはず。

二階の小座敷、開け放った窓から川風、風鈴が涼しげな音を響かせる。

「立派な料亭にお招きいただきありがとうございます」

濃紺と白の格子柄、夏着物の娘が挨拶する。丸顔にくりっとした瞳、愛嬌あふれる笑顔。川向こうの葛饅頭屋の娘おもんだ。

「初めまして、弟の重三郎です」

「こちらこそ、よろしくお願いします。重三郎さんのことは、たくさん、いろいろきいてます」

「兄は口が悪いですから」

「いえいえ、重三郎さんのことはいっつも褒めてばっかり」

おもんをお披露目したくて仕方がない義兄、暑気払いの席を設けた次第。

おもんは二十二歳で義兄の八つ下、重三郎と二つ違いになる。すぐ場が和んだのは、やはり彼女の人柄が大きい。蒲焼を待つ間、摂津池田から下った満願寺酒を注文、おもんが、かいがいしく酌をしてくれる。井戸でキンッと冷やした酒は格別、上機嫌の義兄がいった。

「銀波楼のお上臈さんの按配はどうなんだ？」

小紫のことは兄からきいて知っているのか、おもんも酒器を置いた。

「……それが、ずっと逢えてないんだ」

女将は暑気当たりといい繕うものの、座敷へ通してくれない。重三郎、搦手《からめて》を使い禿に探りを入れてはみたが、夏風邪だ、癪《しゃく》を起したと要領を得ない。地獄耳の叔父ですら、見世に出ていないことしか知らない。

「あの人に何通も文をやってはいるんだけど」

返事はいつも、心配いらない、いい本をこさえてくれというばかり。だが、これでは却って憂いが募る。まさか嫌われたのでは。重三郎は仕事が手につかない。

「今夜あたり、盗人みたいに妓楼へ忍び込もうかな」

義兄とおもんは顔を見合わせた。重三郎は席をたち、窓べりから身を乗り出す。

大川沿いには瀟洒な寮（別荘）が並んでいる。

「あの駕籠、さっきの……」

黒塀に囲まれた洒脱な平屋の玄関先に駕籠がみえた。人の動きが慌ただしい。

重三郎の背におもんの毬《まり》が弾むような声がかかる。

「重さん、お待ちかねの鰻の蒲焼がきました」

だが重三郎は粋な造作の寮（別荘）から眼を外そうとしない。次郎兵衛は重三郎には眼もくれず、おもんにひとくさり。

「最初から飯に蒲焼を乗っけちまった方が、手間いらずでよかねえかい？」

「それって、いうなら鰻丼ってことになるの？」

「ありそうでないのが鰻丼、売れるかもしンねえぞ」

「面白そうだし、案外おいしいかも。蔦屋で試してみる？」

「鰻はあっちに効くから客はウハウハよろこぶぜ」

「やだ、すぐそういうところにもっていくんだから」

義兄とおもん、傍からすればバカらしくてきいてられないような話に花を咲かせている。ニヤけた次郎兵衛、蒲焼をつつきながらいった。

「重、冷めちまうぞ。早くこっちへきて喰えよ」

「…………」

だが弟は木像のように動かない。義兄とおもんは箸を置いて立ち上がる。

「ン？　どうしたんだ」、義兄が重三郎の肩に手をやった。

「あそこに小紫さんがいる」

座敷の和んだ雰囲気が一変した。どれ、次郎兵衛とおもんも少し川上の方をみやる。

「あの黒塀で囲まれた、でっかい平屋か？」

「築山や小さな橋のかかった池まであって、ずいぶんお金がかかっていそう」

義兄とおもんがいい交わすのをよそに、重三郎は凝らしていた息を吐いた。

「さっきまで玄関が騒がしかったんだ」

総髪の年配者と若い男たちに小太りの大年増、狼狽する駕籠かき。そして——。

「あれは医者と弟子じゃないかな。それに銀波楼の女将さんがいた」

「銀波楼の寮ってわけか」、吉原の妓楼が建てた寮は、もっぱらお上臈の遊芸の稽古や保養、病気療養のために供される。

「駕籠から運び出されたのは、間違いなく小紫さんだった」

愛しい女《ひと》は痩せ細って血の気が失せ、ぐったりしたまま医者の弟子たちに抱きかかえられ寮に入っていった。空になった駕籠はようやく寮を出ようとしている。

「すると、あれは」、義兄は合点がいったようだ。

「うん。衣紋坂で停まってこっちをみていたよね」

重三郎は眼をつむる。義兄が悲痛な面持ちになった。

「お上臈はお前のことに気づいたけれど、振り切るようにしていっちまった」

だから、お上臈が寮に着いたのは、重三郎たちが料亭に入るより先だったはず。

「小紫さん、すぐに駕籠から出られないほど……」

「まあ」、おもんが両手を頬にあてる。

「兄さんとおもんさんには悪いけど中座させてもらう」

重三郎は蒼白、決意の強さが知れる。だが、次郎兵衛は諭す調子になった。

「ちょっと待て。いきなり寮に乗り込んでいっても、お上臈さんに逢えはしねえぞ」

まして彼女は重篤の身、そっとしてやるほうがいい。

「お前の顔が何よりの薬になるのはわかっている」

でも、今はダメだ。義兄は強い力で重三郎の肩をつかんだ。

「重、腹が減っては戦なんかできねえ。まずはうまい鰻で身と心に精をつけろ」

おもんも同じ意見だ。

「今日は、居場所がわかったことで善しとしなきゃ」

「三人寄れば文殊のなんやら、いっとういい方法を、親父も交えて考えようぜ」

「叔父さんと一緒に？」、重三郎はようやく大事なことに気づいた。眼の前には義兄とおもん、吉原へ戻れば叔父。自分には気の置けない、強い味方がついている。重三郎に血の気が戻った。


叔父の利兵衛は腕を組んだまま眼を閉じている。

唇をへの字にしての長考、瞼が時おりピクピクと震えている。しばらくして、ようやっと喉に痰がからんだような声を出した。

「お上臈が妓楼から寮へ出養生させてもらえるのは、よっぽどのことだよ」

最高位の昼三だからこその厚遇、なまじの遊女なら、病を得ても行燈部屋に押し込められ、ろくな療養をしてもらえない。

「お前がみた時、あの子は自力で歩けないほどぐったりしていたんだろ？」

「…………」

押し黙る重三郎、叔父は次の言葉を探しあぐねていたものの、ようやく考えがまとまったようだ。

「酷ないい方になるけど、辛抱しておきき」

上目に叔父をみる重三郎。

「銭を稼げぬ女は吉原じゃ用なしサ。それを医者まで呼んで養生させてるんだから、銀波楼としては精いっぱいの心づくしだろうね」

叔父は座しても人より高い上半身を折り、重三郎へ被さるようになった。

「あの子を引き取るかい？」

身請けの額は百両。相場だと破格の安値だが、銀波楼にすれば厄介払いの好機、ニコニコ顔になるだろう。

「銭は駿河屋で用立てよう」

だが、重三郎はいきりたった。こめかみにミミズのような青筋が浮き出る。

「何でお金の話なの、小紫さんは生きるか死ぬかの瀬戸際なんだよ！」

名医、名薬のことならともかく、いきなり金銭ずくの話とは。叔父のことを信頼していたのに。こんな人とは思ってもみなかった。

「小紫さんは物じゃない、生身の人間、私の大事な人なんだ！」

叔父は甥の語気におされ、少し仰け反る。

「恋しい人を金で買うなんて、お前の気持ちを踏みにじってすまない」

だけど、身請けは吉原ならではの算段、もっとも有効な方便でもある。叔父は穏やかに話した。

「お前とあの子、それにわしだって吉原で生きているんだ。わしらは吉原の掟に従うしかないんだよ」

身請けしたら、一緒に箱根か草津の湯にいき、ゆっくり養生させてやるといい。

「お金で解決するなんて、そんなのクソ喰らえだ！」

重三郎は吼える。叔父は太い息をつき、また眼を閉じた――。

バシッ、ドスッ、ボコッ。

翌日、重三郎は地に伏していた。口の中に血の味が満ちる。何とかフラフラと立ち上がったところで腕を取られ、足元が浮き、次いで身体ごと大きく宙を舞った。

ウゲッ。二度、三度と身が弾む。したたかに背中を打ちつけ息ができない。

「しつこい野郎だ」、「これで二度とツラを出さないだろう」

若い衆《し》たちが吐き捨てる。重三郎にはそれが遠くにきこえた。銀波楼の寮の裏、大川の河原に、一途な若者が血へドまみれで倒れている。

草いきれ、虫の気配。地面には熱がこもっていた。そっと眼をあけると、盛夏の青空を押しのけ、薄墨色の雲が湧いてきた。名も知らぬ鳥たちが群れ飛ぶ。

パラパラッ。大粒の滴が落ちてきた。ほどなく桶をひっくり返したような驟雨《しゅうう》となった。

悔しさ、情けなさ、腹立たしさ、切なさ。横たわったまま雨に打たれる重三郎の肚のなかを負の想いがのたうち回る。

あの黒塀を乗り越えれば、そこに小紫がいる。だが、塀は富士の山よりも高い。

「叔父さんの厚意を跳ねつけた挙句がこのザマだ」

重三郎の頬を雨と涙がいっしょくたになって流れる。ピカッ、稲妻が走った。

「小紫さんーーーッ」

重三郎の雄叫びが雷鳴に重なり、かき消された。

五

絵師の北尾重政は絵筆を持ったまま、まじまじと重三郎をみた。

「蔦重、派手にやられたな」

暴行を受けてから十日、蔦重は大伝馬町三丁目に住まう重政を訪れた。

「青あざ、赤い擦り傷に腫れ。にぎやかな色目だよ」

色白で豊頬、品がよく、実年齢より若くみえる吉原の本屋の男前が台無しだ。

「何でもありません、よそ見をしていてちょっと転んだだけです」

「バカいうな」、事情はわかっている。重政は小さく首を振った。

「銀波楼も銀波楼だ。ずいぶん手荒な真似をしやがる」

「それもこれも、自業自得ですから」

やれやれ。重政は半ば呆れながら尋ねる。

「小紫の容態はどうだ？」

今度は蔦重がゆっくりと首を左右にした。ボコッと腫れあがり、細くなった眼が濡れて光る。

「そういうことか……」

本屋の仕事で気を紛らわせるのは方便かもしれない。重政はこうつぶやくと、やりかけの下絵を片付け、胡坐《あぐら》を組み直した。蔦重も居住まいを正す。

「蔦屋耕書堂の初開板（出版）は絵本にします。挿画を重政親分にお願いします」

「よろこんで引き受けよう」

「中身は固まっているんですが、題名はまだなんです」

「わかった。表題は最後になってもかまわんよ」

蔦重が最初に手掛ける本は吉原の遊女名鑑であり名寄せ、彼女らの艶姿で彩る画集になる。

「細見の改所をやっているうち、細見にお上臈さんの似顔絵をつけたらいいなって思いつきました」

「その案、鱗形屋には注進したのか？」

重政に問われ、蔦重は苦い笑いを浮かべた。

「けんもほろろの門前払い。きく耳は持たないって感じでした」

鱗形屋孫兵衛は脂ぎって暑苦しい顔を歪めた。

「細見は安くて薄いから売れてるんだ。女郎の似顔絵なんか載せたら、分厚くなるわ、値も上るわで誰も買わなくなる」

孫兵衛はシッ、シッと野良犬を追い払うような仕草までした。

「余計な事は考えず細見の仕事を全うしろ」

顚末をきき、重政は呆れるやら憤慨するやら。再びしげしげと蔦重をみやる。

「鱗形屋をぶん殴って、蔦重と同じ面相にしてやりゃよかったんだ」

「いや、私の持ち味はそういうんじゃないんで」

そう、蔦重には吉原の本屋ならではのやり方がある。内に秘めた負けん気がムクムクと頭を起こす。

孫兵衛のド肝を抜く本をこさえて進ぜよう。

「鱗形屋さんのいう通り、薄くて安価な細見が売れるのは正解ですから」

だから、重政の垢抜けした挿画を添えた摺り物は細見とは別個の本として刊行する。当然、値も張ることになろう。重政がきいた。

「描くのは吉原の女三千人か？　下手すると十年はかかっちまうぞ」

「そうなんです……」、蔦重は首を傾け思案の態、だが、すぐさまニヤリ。

「絵は六十枚ほどです」

「えっ、たったそれっぽっち？」

おい、何かとんでもないことを企んでるな。重政、興が乗ってきたようだ。蔦重もここぞと取って置きの案を打ち明ける。

「お上臈の絵が一枚も載っていない、上臈の絵本です」

「あん」、重政の頑丈そうな巨躯が「？」に包まれた。

「お上臈を描かずに、いったい何を絵にするんだ？」

蔦重、負傷で強ばる顔を緩め部屋の一画を指さした。

「あれ、ですよ。あれ」

絵師北尾重政の仕事場は、整然としている。

画材、紙、資料などは棚と葛籠に仕分けされ一目瞭然だ。重政の細部にまで気を配った画風は、こういう心がけの賜物なのだろう。そして、柱に掛かっている、孟宗竹を寸切りにした花器には青紫の竜胆《りんどう》、引き出し箪笥の上には白菊をいけた陶器の水盤――蔦重はそれらを指さした。一輪の花が、雄々しい重政、彼の仕事場に季節感ばかりか安らぎ、華やぎを彩っている。

「お上臈さんの似顔絵じゃつまらない。全部の絵を挿花《そうか》にして、お上臈さんの名鑑をこさえます」

工夫はこれだけではない。

「芍薬、木蓮に藤。お上臈さんを美しい花になぞらえてください」

重政、着物の上から膝のあたりをポンッと叩く。

「挿花といや、粋だ通だと気取ってる連中に流行している新趣向の生け花だな」

吉原でも挿花を愛で、得意気に花を活けるお上臈、お大尽が急増中だ。花だけでなく、花器の素材や形にも大いにこだわる。

「何の工夫もせず、一輪の花を挿したって感じが大事、それが粋なんですって」

「そのくせ、あれこれ弄り倒して、せっかくの花を台無しにしちまうんだよな」

粋と無粋、通と野暮は紙一重、いや表裏一体。

「でも、挿花の絵は粋《いき》の粋《すい》を極めてください」

ここで蔦重、あたかも悪党が仲間に打ち明け話をするかのようなものいいに。

「親分、画料はたっぷり弾ませてもらいますよ」

「ナンだと、今なんていった？」

耕書堂は吉原の外じゃまったく無名、引手茶屋の玄関に棚を並べただけの、ちっぽけな本屋。そこで開板する本が、江戸の人気をさらい、版木の擦り切れるほど摺りを重ねるというのか。

「いや、全然。無理だと思います」、蔦重しれっとしている。

「それだったらお前……」、重政は二の句が継げない。だが、蔦重は悠然としたものだ。

「絵は意の赴くまま、どうぞ好きに描いてください」

重政親分に任せる以上、出来映えに関してはツユとも心配をしていない。

「大事なのは銭、カネ、費用。吹けば飛ぶような耕書堂、絶対に赤字は許されません」

「おうさ、でも売れるかどうかわからんのだろ？」

「一銭も損せず、板元の私、画工の重政親分、挿花になぞらえるお上臈の皆がニッコリする方法があります」

こういうのを「四方よし」っていうんですね。蔦重はしたり顔になる。

「おいおい、板元に画工そこに女子がくるんなら『三方よし』だろが」

「いやいやお大尽もそこに入れるから、四方よしです」

「どういうこった？　もったいぶらずにカラクリを白状しろ」

まずは蔦重、小紫の身請けをめぐっての叔父とのやりとりを話した。カッとなって叔父を罵倒してしまったことも。

「叔父はいろいろ親身に考えてくれたのに、あんな口をきいてしまって……私はバカでした」

蔦重に改悛の色が満ちる。重政は「やれやれ」と眉を顰めた。

「叔父御にはきちんと謝ったんだろうな？」

「はい」、蔦重は殊勝に返事してから一転して快活になった。

「叔父から教わった吉原の算段をこの本に使います」

細見よりずっと豪華な本に、流行の挿花という粋な見立てで名を連ねる――蔦重の趣向に興味を示すお上臈はざっと六十人ほど。

「だけど、お上臈は本をこさえる費用を自分で負担しようなんて気は、これっぽっちもありません」

蔦重は小指の爪の先を弾いた。ならば、どうするか？

「そこが吉原の掟――お上臈のお得意様、たんまりお金を持っているお大尽に負担してもらいます」

お大尽丸抱えの仕組みは以前義兄に打ち明けていた案でもある。

六

線香たなびくお盆、お上臈が白の小袖に身を包む八朔《はっさく》、菊花の浮かぶ盃を呑み干す重陽《ちょうよう》の節句――。

蔦重にとって安永二年、二十三歳の秋は足早、たちまち八月、九月と暦が代わっていった。

「そろそろ見世に火鉢が出る玄猪《げんちょ》、もう冬になる」

来春早々に開板の吉原細見、改所の仕事は大詰め、内容に訂正はないかと吉原を駆け巡っている。

「ついでに、お上臈さんたちと挿花に擬した名鑑の打ち合わせもこなさなきゃ」

本の趣向は大好評。本をつくるお代をお大尽におねだりするという、吉原の算段もお上臈には大いにウケている。蔦重は彼女たちに悪知恵いや機智を授けた。

「お大尽にすれば呉服や鼈甲《べっこう》、金銀細工の簪《かんざし》を所望されるのと同じこと。何てことはありませんほら、こうやってお大尽に甘えてみてはどうですか。蔦重は女形そこのけ、身をくねらせ流し目になる。

「あちきはこの本に載りとうござんす。どうか主さま、お力をお貸しくんなんせ」

気色の悪い、いや甲高い裏声でおねだりの台詞まで伝授する。

「絵筆を執るのは北尾重政、江戸でいっち有名な絵師。そこにあちきが描かれれば、主さまも鼻高々でありんすえ」

お上臈、クスクス笑いながらも「わかりんした」。そして真顔になる。

「で、金子はいかほど？」

かくかくしかじか、蔦重は掛かりを申し述べる。「まあ」、驚くお上臈。

「それを口説き落とすのがお上臈さんの甲斐性、吉原の算段ってやつじゃないですか」


せわしない日々は、ある意味で蔦重を救ってくれていた。

小紫のことは片時も忘れたことがない。それでも、山積みの仕事に熱中していれば……。

とはいえ、小紫の容態は杳として知れない。遠巻きながら、銀波楼の寮の様子を探ってみると、やはり医者が日参しているようだ。

「お上臈の名鑑でがっぽり稼ぎ、私の力で小紫さんを身請けしてみせます」

重三郎の決意、義兄や許嫁《いいなずけ》となったおもんばかりか、叔父も賛同してくれた。

「そうかい、自分の商才でたんと儲けるんだね。よしよし、重三郎を見直した」

それでこそ吉原の本屋。しかし、親がなくとも子は育つもんだねえ。感慨深げな叔父に蔦重は間髪を容れずにいった。

「全部、叔父さんのおかげです。大事に育ててくれてありがとう」

そんな重三郎のもとに一通の文が。

届けたのは吉原の若い衆、大文字屋の袢纏《はんてん》を羽織っている。

「遣手のかげろう姐さんから大事《でえじ》な用件でござんす」

重三郎、礼の言葉だけでなく、おひねりを懐紙に包んで渡す。届けられた文は四つ折り、盗み読みされぬよう、しっかりとへりを糊付けしてある。

「かげろうさんも、挿花の名鑑に載りたいなんていうんじゃないだろうな」

だが戯言はそこまで。文字を追う重三郎の眼つきが鋭くなり、緊張感に包まれた。

今すぐ大文字屋へ走り、かげろうに真意と真相を問いただしたい。しかし、もう夜が遅すぎる。

「明日だ、明日の朝……」、己にいいきかせるが、胸は早鐘を打っている。

重三郎はもう一度、文を開いた。大文字屋で部屋持ちの花魁だったかげろうの文字は流れるような筆跡だ。

——小紫花魁が吉原に戻ってきた。あの子の願いは、何とかしてあんたに逢いたい、ただそれだけ。

外は木枯らしが吹き、道行く人の「おゝ寒い」という声。

だが文を持つ重三郎の手はじっとり汗ばんでいた。


夜気に寒気が交じる。それでも吉原を行き来する遊客たちは上気している。

妓楼と妓楼の間の脇道、そこに吉原の若い本屋がサッと入っていくのを見咎める者はなかった。

「小紫さん……」、重三郎は呪文のようにつぶやく。

かげろうからの文を手にしたのは昨夜。朝がくるのを待ち兼ね、大文字屋の遣手のもとへ走った。

かげろうは悲愴の色を滲ませていった。

「花魁は覚悟を決めている。アタシだって同ンなじさ」

手管をつけるのは、かげろうと銀波楼の遣手婆。日頃はお上臈の口うるさい監視役ながら、浮河竹の身の辛さを誰よりもわかっているのが遣手。ここぞという時には、ひと肌もふた肌も脱いでくれる。

「こうなったら吉原の掟もクソもないんだから」

「私も覚悟しています」

「五つ半（午後九時）に、さざなみという店へおいき」

妓楼が並ぶ揚屋町、京町、角町の裏通りには「裏茶屋」がある。人目を憚り、日陰の花のようにひっそりと咲く裏茶屋は、道ならぬ逢引の場として使われている——。

蔦重が茶屋「さざなみ」の玄関に立つと、訪いを入れることもなく仲居が現れた。何もいわず、眼も合わさず仲居は座敷へ案内する。

戸襖を開くと同時に「重さま」——懐かしいけれど弱々しい声、重三郎は雪崩込むようにして中へ。

「逢いとうござりんした」

「私だって、逢いたかった。本当に逢いたかった」

小紫は痩せ細り、白蝋のように青ざめていた。再会の喜び、そして病の重篤さへの憂いが綯《な》いまぜになる。小紫はよろめきながらも立ち上がった。

「いけない、座ったままで」

重三郎が手を差し伸べると、小紫はそのまま重三郎の懐に倒れかかった。

「重さん、温かい。それに、重さんの匂いがしんす」

うっとりと眼を閉じ、うっすらと笑いを浮かべる小紫。ふたりは額をくっつけた。そして、そっと口づけを交わす。腕の中で身を任せる小紫の身体は枯れ枝のよう。だが、唇にこもる力は思いのほか強い。逢えなかった空白の期間を取り戻そうとするかのようだ。

ようやく顔を離し、ふたりは再びみつめあった。

「このままじゃ疲れてしまう。横になればいい」

座敷の奥との境は障子屏風。左から禿、振袖新造、花魁へと成長していく遊女の半生が桜、菖蒲、菊など季節の名花を添え描かれている。右端は雪景色、遊女は情夫とひとつ傘の内から紅梅を見上げていた。

重三郎は小紫を抱き屏風の向こうへ、そこには夜具が敷かれている。ギヤマンのうすく、あえかな器を扱うかのように、やさしく、ていねいに小紫を寝かせてやった。

「重さん、お願い。あかりを消して」

重三郎は行燈に息を吹きかける。暗がりの中で衣擦れの音、それが止むと女の手が男の帯に伸びる。

重三郎と小紫は長襦袢姿になって抱擁した。

「女子の盛りに、こうなりとうござりんした」

「何もしゃべらなくていい。私は今の小紫さんが愛おしくてならない」

乳房、臀《しり》とも肉が削げ、肋《あばら》は扇子さながら骨が浮き出ている。

小紫は重三郎の手を腹へともっていく。

「ここに、石のような塊が」

重三郎の指先は硬いしこりを捉えた。それは日に日に大きくなり、小紫の命を削っていく——。

「重さん……重さん」、小紫が縋りついてきた。

ふたりはひとつになった。

七

そろそろ四つ半（午後十一時）という頃、銀波楼の女将が裏茶屋の前へ駆けつけた。

血相を変えた女将が「さざなみ」と染め抜いた暖簾を荒々しく払う。と、横合いから大年増のドスのきいた声。

「ここには入れないよ」

「大文字屋のかげろうじゃないか」

お退き、邪魔をするんじゃない。女将は太り肉《じし》の身体をかげろうにぶつけ、何としても裏茶屋へ踏み込もうとする。かげろうは素早く前に回った。

「そうは問屋が卸さない、さっさと帰ってもらおうか」

「バカをいうんじゃない。この裏茶屋に小紫がシケ込んでいるのはわかっているんだ」

妓楼の客がひと段落、病人はどうしているかと様子をみれば、もぬけの殻――。

「ウチの遣手を問いつめて白状《げろ》させた」

相手は蔦重、あの腐れ本屋め、とっ捕まえて、もう一度ヤキを入れてやる。鬼面の女将がまくしたてる。だが、かげろうは怯むことなく腕まくりした。

「人の恋路を邪魔するヤツは馬に蹴られて死んじまえ」

「何をッ。お前も蔦重と同罪、素っ裸にひん剥いて桶伏せにしてやる」

桶伏せは吉原の私刑、小窓の空いた大桶をかぶせ、仲の町通りで晒し者にする。

「面白い、やれるモンならやってみな！」

六連星《すばる》が輝く冬空の下、姥桜《うばざくら》が取っ組みあいの大喧嘩。裏茶屋から出てきたワケありの男女が何度も振り返っている。

「何だか外が騒がしいね」、重三郎は夜具から首を伸ばす。腕の中では、小紫の痩せ衰えてしまった裸体をしっかりと抱きしめている。小紫も耳をそばだてた。

「あれは女将とかげろうさんの声でありんす」

「相当にやりあってるね」

たとえ女将が乗り込んできても重三郎の肚は据わっている。どんなことがあっても、愛しい女を守り抜く。吉原の掟を破った罪はすべて自分が被る。

「心配しなくていい。朝までこうしていよう」

はい。小紫がうなずく。

「重さん、あちきの夢をきいておくんなまし」

うん。重三郎はうなずき返した。小紫が微笑む。

「重さんとふたりで、吉野の千本桜をみとうおした」

「いいな。小紫さんがよくなったら、大和へいこう」

上方にはまだ脚を伸ばしたことがない。小紫とならきっと愉しい旅になる。

「吉野だけじゃなく京や大坂も廻ってこよう。早く春にならないかな」

「あちきは、もう……」、小紫は眼を瞬かせる。

「何をいってるんだ。もっといい医者に診てもらえば、きっと病は治る」

小紫は「ありがとう重さん」と呟いてから、さめざめと泣いた。重三郎の胸を涙が伝う。その温もりが恨めしく、切ない。重三郎は小紫の浮き出た貝殻骨をやさしく撫でた。

「初めて耕書堂から開板する本、題が決まった」

小紫が濡れた瞳で見上げる。重三郎はいった。

「一目千本《ひとめせんぼん》にする。奥吉野の吉水神社から眺める千本桜を一目千本っていうんだ。そりゃもう絶景らしい」

「一目、千本」、復唱してから小紫は続けた。

「重さん、あちきもその本に載せて」

「もちろん！」、巻頭で小紫を桜花になぞらえるよう重政親分に頼む。

「小紫さんが花を活けていた、雷紋の入った脚付の古伊万里の鉢があったでしょ。あれと桜を組み合わせる挿花がいいんじゃないかな」

「うれしい。重さん」

吉原の裏通りでは、かげろうと銀波楼の女将がくんずほぐれつの大乱闘。

怒声どころか手足まで振り回し、着物の裾は乱れ、土にまみれるありさま。そこへ丸い影、大玉が転がるように走りきた男、女たちの前で大見得をきる。

「待った！　その喧嘩、わしが買わせてもらおう」

かげろうが女将に馬乗りになったまま固まった。

「あら、旦那さん。どうしてここへ？」

男はかげろうの勤める妓楼の主人大文字屋市兵衛。「かぼちゃ」とあだ名される瓜ふたつのまんまる体型、おかげで一挙手一投足に滑稽さがついてまわる。その大文字屋が芝居じみた口ぶりに。

「本屋と花魁の道ならぬ恋、ふたりの行方は何処やら」

かげろうは首を回して裏茶屋の二階を指し、これまた浄瑠璃の節回しで応じる。

「恋の道行さざなみの、この世の名残り、夜も名残り」

「曽根崎心中じゃないか、粋だねえ」

大文字屋は二階に向かって猪首を伸ばし、近松の名作の続きをひとくさり。

〽死にゆく身をたとふれば　あだしが原の道の霜
一足ずつに消えてゆく　夢の夢こそあはれなれ

「あんたら、いつまでバカをやってるつもりなんだい！」

下敷きになったままの銀波楼の女将が、かげろうを押しやり起きあがった。

「大文字屋、どう落とし前をつけてくれるんだい？」

そこへ割って入るかげろう。

「蔦重は吉原の役にきっと立つ本屋、耕書堂を追い出したりしちゃいけない！」

「お前は黙っておき！」

「いいや、いわせてもらう。蔦重は吉原の宝になる」

大文字屋、突き出た腹を揺らせ、いがみ合う両人を分けた。

「蔦重のことはウチどころか、いろんな見世の女からきいているが上々の評判」

細見しかり遊女名鑑しかり。いやいや、もっと新しい企てが山盛りらしい。

「江戸を本でひっくり返すそうじゃないか」、大文字屋は女将に噛んで含めるようにいった。

「それに耕書堂の後ろ盾は駿河屋と蔦屋。ことに利兵衛を敵に回すとなると、こいつは手強いぜ」


夜が更けてきたうえ、交情の後の気怠さ、病ゆえの倦怠が小紫を包む。

「でも、今夜は痛みがありんせんから助かりんす」

重三郎はそっと小紫の腹のしこりに触れた。

「痛みはひどいの？」

こくり、小紫は情けなさそうに告白する。

「差し込んできいした時の辛さは……あの顔はとても重さんにはおみせできんせん」

「そんなの、痛くなったら我慢なんかしなくていい」

のたうち回ったってかまわない。叫んでもいい。痛みが去るまで抱きしめてあげる。

「少し眠るかい？」

「寝ている間に重さんがいなくなってしまいそうで怖い」

「大丈夫。今夜だけじゃなくずっと一緒だ」

だが小紫は眉をしかめる。

「重さん、あちきとこうなりんしたうえは、吉原の皆から白い眼で……」

「それも大丈夫」

重三郎、吉原の面々を相手に堂々とやりあう気でいる。ただ、男と女の掟の件は素直に認め、大いに詫びる。金銭でカタをつけるのは業腹だが、小紫を身請けすることでケリをつける。

「開き直りかもしれないけれど、私と小紫さんは人の倫を外しちゃいない」

そのうえで、なぜ吉原に蔦屋耕書堂が必要なのか。どんな方法で、どう吉原に寄与するのかを強い調子で訴える。重三郎の決意は固い。

小紫は重三郎の胸に顔を埋めながら、恋しい人の一計にききいっている。

重三郎も小紫の体調を気遣いつつ、気づけば饒舌に。

「吉原を儲けさせる方法はいっぱいある」

吉原の弱点は、吉原の魅力の売り方と弘《ひろ》め方をわかっていないこと。

「お上臈さんが春をひさぐだけが売り物じゃダメだ」

「それは、重さんがいつもいいしんすこと」

「そう、他に売り物がいっぱいあることを妓楼の主たちは忘れてしまっている」

彼らは、仁義礼智忠信孝悌の八徳を置き忘れた「忘八」と呼ばれている。だが、肝心の吉原の魅力まで失念されたら困る。

「例えば吉原の行事。こいつを遊客だけのモノにしていちゃもったいない」

春の花見、夏は名妓玉菊にちなみ豪奢な盆燈籠を飾る玉菊燈籠《たまぎくとうとう》。秋には幇間と女芸者が芸を披露する俄《にわか》。これらを吉原三景という。

「これを廓の外へもっと知らせれば、たくさんの人がきて江戸の風物詩になるよ」

とはいえ、催し物が魅惑的でも、ちゃんと売り弘めなければ意味がない。

「そこで役に立つのが摺り物ってやつなんだ」

一枚の引札《チラシ》、一冊の戯作が、手にした一人のものだと勘違いされては困る。

「ことに本は貸本屋が江戸中を廻るし、髪結い床や湯屋にも置かれるだろ。ということは一冊が何十人にも読まれてってことなんだ」

摺り物こそ売り弘めに欠かせぬ大事な道具。工夫を詰め込んだ戯作があれば、吉原に老若男女が押し寄せる。

「岡場所を眼の敵にする前に、もっと吉原のいいところを江戸中に知らせなきゃ」

品川に深川、根津、芝明神前などには私娼が蠢《うごめ》いている。本所や四谷には莫蓙《ござ》を片手に袖を引く夜鷹も。

「お上臈さんとあの女たちは比べモンにならない」

「重さん、待って」、小紫が言葉を継いだ。お上臈の纏う着物や小間物は一流品、髪型も当世の最新流行。そのうえ本を読み歌舞音曲や書、茶華道もこなす。お上臈は町娘の憧れにふさわしい。

「これが重さんの口癖」

「うん。今じゃ梅干を五つ六つ放り込んだみたいに口が酸っぱくなっちゃった」

「まあ」「エへへ」、明るい笑い声としあわせに満ちた表情。ひとつ蒲団の中、重三郎と小紫は頬を寄せた。

「重さんが戯家の同士の作者や絵師さんと、ささえなんす戯作を早く読みたい」

こういってから小紫は急に口をつぐんだ。重三郎には愛しい人の気持ちがわかりすぎるほどわかる。

「生きるんだ。生きなきゃいけない」――。

吉原の裏通り、大門は閉まり妓楼の窓灯りも消えていく。銀波楼の女将は大文字屋にいいくるめられ退散、かげろうも「旦那を見直した」と妓楼へ帰っていった。

そこへ、のっそりと登場したのが長身痩躯の駿河屋利兵衛、向かい合う大文字屋市兵衛は肥満短躯と好対照。利兵衛がいう。

「重三郎とあの子が世話になったようだね」

「この貸しは高くつく、よく覚えておいてもらいたい」

「遠からず、重三郎が百倍にして返してくれる、サ」

「時に、重病人を身請けして添い遂げさせるのかね？」

ぴゅーっ、吹き付ける寒風、利兵衛は懐手になった。

〽あれ、数ふれば暁の　七つの時が六つ鳴りて
のこる一つが今生の　鐘のひびきの聞きおさめ
寂滅為楽とひびく也

「おやおや、あんたまで近松かい」

近頃また曽根崎心中が流行っているのか。訝る大文字屋、利兵衛は独りごつ。

「残りひとつの鐘が鳴るまで、あのふたりは離れないよ」

八

重三郎と小紫、ふたりの仲を、道ならぬ恋と咎め立てる吉原の者は案外と少なかった。

叔父の利兵衛は泰然にして自若の態でいう。

「入れ揚げた男が公金を持ち出したり、女だって足抜けしたんじゃないんだから。心から惚れ合った誠の恋だよ。そいつを、とやかくいうのは野暮ってもん、サ」

そして、ニヤリと笑った。

「銀波楼には、重三郎が工面して身請け代と治療費にイロまでつけて払ったんだ。吉原の連中を黙らせるのはこれに限る」

小紫は耕書堂が一画に店を構える引手茶屋「蔦屋」の一室へ移り、療養を専らとしている。

重三郎は卵を落とした粥を小紫の口元へと持っていってやる。

「来年の吉原の花見が一段落したら、義兄さんとおもんさんの祝言と一緒に、私たちも夫婦になろう」

「重さん、本当?」、小紫の青白い顔に朱色、よろこびが広がった。

「それまでに元気にならなきゃ。約束だよ」

「うん。でも……」

小紫が返事をためらうのは、己の身の按配を知りすぎるほど知っているから。重三郎も胸の片隅に翳が差すのを必死に追いやる——。

あくる安永三年（一七七四）の正月。見返り柳の細枝にも似た三味線の糸に撥《ばち》があたり、鼓《つづみ》と太鼓も加わって初春を寿ぐ三番叟《さんばそう》、音曲の調べが吉原に鳴り響く。

小紫は病床から首をもたげて聴きいっている。重三郎は枕元で最新の吉原細見『細見嗚呼御江戸《さいけんああおえど》』の奥付を開く。

「ほら、ここをみて」、「あれ、重さんの名が」

改所に卸売り、小売取次と四役をこなすのは「新吉原五十間道左側の蔦屋重三郎」とあるのを小紫は食い入るように見入る。

「次は板元も私の名にしてみせる」、どうだとばかりに重三郎は胸を張る。

「重さん、その意気！」、小紫は夫になる人を見上げる。

「それから、こっちもみて」

「今度は巻頭？」、小紫は首を伸ばした。

細見の序文は福内鬼外《ふくちきがい》、その正体は平賀源内だ。

源内に依頼した発端は他ならぬ小紫の「戯家の同士」の言葉。

勇躍、重三郎は源内の家へ乗り込んでいった。座敷のあっちには描きかけの絵、こっちに原稿、そちらに積まれているのは薬草の束、向こうの頭陀袋《ずだぶくろ》からいわくありげな小石が転がり出ていた。森羅万象、この人が手掛けぬものはないといわれる源内、その博学多才ぶりは江戸中に知れ渡っている。

蔦重は作りかけの木箱に触ろうとした。途端に鋭い声がかかる。

「危ない！　その箱にはカミナリ様が封じ込めてある。ビリビリッとくるぞ」

「ひゃーーッ」、蔦重、思わず後ずさる。

細面に高い鼻、頑丈そうな顎をした源内が睨みつけた。

「廓のちっぽけな本屋がいきなりやってきたうえ、細見に寄稿しろとは無体な」

大物相手でも堂々と物申すのが蔦重、細見は吉原の値打ちを高める先兵と前置きし、序文の依頼にいたる次第を語る。

「源内先生は超のつく有名人。序文を書いていただければ細見の値打ちは鰻登り、吉原に興味のない人だって、先生の文章を読んでみようと細見を手に取ります」

しかも細見に戯作者が一文を寄せるのは例がない。この趣向は必ず話題を呼ぶ。

「おまけに、私は戯家の同士です」、蔦重はニカッと笑ってみせた。

「ほう、あんたも戯家か」、鋭い眼光だった源内の顔つきが変わる。

「先生、同士のためにぜひともご健筆を」

こうして快諾を得た――。

「重さんの大手柄！」

グンッ。小紫に褒められ、重三郎の鼻が高くなった。

九

妓楼の二階はお上臈の主戦場、夜ごと艶事が繰り広げられる。

その階段口のすぐ横が遣手部屋、遣手はここから遊女と遊客の挙動を抜かりなく監視する。

大文字屋の遣手部屋では、かげろうと蔦重が『細見嗚呼御江戸』をめくっている。

「今度の細見は上出来！」

遊女に幇間、女芸者と吉原の夜を彩る面々を漏れなく委細に記してある。廓内の地図にも一切の誤りがない。

「おまけに前書きが平賀源内だろ、さしものアタシだってたまげたよ」

碩学の大先生が、ようもまあ遊女の案内書に一文を。

「源内先生がやわらか頭の持ち主で助かりました」

部屋の障子は開け放ってある。かげろうは外に向け、塩辛声を張りあげた。

「あんたら、蔦重がいい細見をこさえてくれたんだから、いっそうお励みよ！」

ほんに。客も褒めなんした。蔦重はんの改所がいっちでありんす。行き来するお上臈の評判も上々吉だ。

「さすがに鱗形屋だって大満足しただろ？」

だが孫兵衛は渋面だった。というか、蔦重の提案とあらば、ことごとく拒絶するのだ。とりわけ源内起用の件は「細見に序文なんて陶犬瓦鶏《とうけんがけい》」と罵倒した。

「流石《さすが》は大手本屋の主、よく難しい言葉を知ってもんだ」

かげろう、感心しかけたもののすぐ蔦重をジロリ。

「あんたは、この意味がわかってんだろうね」

「はい、序文なんぞ何の役にも立たないっていわれました」

「あの野暮、とことん憎たらしいじゃないか」

「それだけじゃありません」

源内への謝礼はどうするんだと詰め寄られた。

「そいつは私が一切合切を持つと申し上げました」

近いうちに源内を引手茶屋「蔦屋」へ招き、大散財をやらかすつもりでいる。

それをきいて、かげろうがポンッと胸を叩いてみせた。

「先生がウチに登楼したら、朝までたっぷり、こってりと御礼をして差し上げるよ」

「よろしくお願いします」

だが接待の件は最初から重三郎の算段に入っていた。呑んで歌って、お上臈を抱いて。その合間に吉原の本屋の目論見を耳打ちし、次の一手への協力を仰ぐ。

「これはお侍やお大尽を参考にさせてもらいました」

田沼意次の積極財政を受け、吉原では幕閣や豪商、留守居役と呼ばれる各藩の江戸詰め役人たちが宴席にかこつけ密議に調義、謀議を繰り広げるようになった。今や、吉原は江戸城や日本橋、蔵前を凌ぐ政治と経済の場と化している。蔦重はいってのけた。

「時代は夜つくられる。私も吉原のやり方で、戯家の同士の縁を深く太くします」

大年増の遣手は、まるで母が息子をみるかのよう。

「すっかり頼もしくなって。アタシはうれしいよ」

かげろうは母と同い年。この安永三年に四十六歳、重三郎は正月七日生まれ、数えて二十五になったばかりだ。

「これから、どんどん仕掛けていきます」

開業三年目の今年は耕書堂の初作品となる『一目千本』を開板、来年には細見の板元になる。五、六年後には独立店舗を。その間にも戯家の同士を募り、話題作の量産体制に入っていく。

「それを考えると、やることが多くて寝るヒマなんてありません」

「がんばっとくれ。吉原の女子全員が蔦重の味方だよ」

かげろうに背中を押され、意気揚々と大門を出る。


しかし、店の前で義兄と許嫁のおもんが、そわそわと落ち着かぬ様子でいるのをみて、急に胸が騒いだ。重三郎をみつけた義兄が、うろたえたように吼えた。

「この野郎、どこをほっつき歩いてやがった！」、重三郎は兄の怒声を浴び駆け出した。

吉原大門を出た五十間道には、茶屋や商家が立ち並ぶ。店々の子どもたちが、「蔦屋」の前で凧遊びや突く羽根に興じているのを押しのけた。

「兄さん、どうしたの？」

「こ、小紫が大変《てえへん》だ！」

「容態が急に」、おもんが重三郎の手を取り店の中へ引き込む。

「朝はかなり元気だったのに……」

「さっき医者を呼びにやったところだ」

クソッ。兄は吐き捨てる。

「あの医者ンとこまでは遠い。下手すりゃ往復で一刻（二時間）近くもかかっちまうぞ」

「早く小紫さんのところへいってあげて」

おもんの声を背に、重三郎は草履を脱ぎ捨て大股で式台を跨ぐ。

寝所から、物凄まじい唸り声がきこえてくる。

一瞬、中に入るのを躊躇した。あれは、いつのことだったか。銀波楼の花魁京藤の本間、中に新造だった小紫がいると知りつつ、いや知っているからこそ、その戸を開くのに息を整えなければいけなかった。

しかし、今は胸のざわめきの質が異なる。

とうとう、くるべき時がきてしまったのか——重三郎に去来するのは吃驚《きっきょう》ではなかった。かといって諦観でもない。それは覚悟というべきものだ。小紫の腹中に巣食う塊は、長崎渡来の秘薬をしても如何《いかん》ともしがたい。身体の按配、その好不調は浜辺の波のように寄せたり引いたりを繰り返してきた。だが、このところの体調を冷静に振り返れば、間違いなく悪化している。

吉原の仲の町通りに桜花が咲き乱れる弥生三月はもうすぐ。花見の多忙と喧騒が一段落したら、兄とおもんの祝言。慶事に連なり、自分たちも夫婦のお披露目をする約束はどうなるんだ。

「身請けしたあの日に、仮祝言でいいから挙げておけばよかった」

後悔先に立たず。重三郎は太い息をつくと、寝所の戸を一気に引いた——。

「…………」

愛しい人は蒲団を撥ねのけ、身を「く」の字に曲げている。奥歯を噛みしめているが、獣じみた唸り声を封じ込めることはできない。

重三郎は口をつぐんだまま、背中からそっと抱きしめた。小紫が首を回す。その面相が壮絶なものであっても……重三郎にはすべてを受け入れる心づもりができている。

だが花魁の矜持なのか、血の気は失っているものの、そこには醜悪の欠片もない。

「重さん、きてくれたの」、小紫は身を翻し重三郎にしがみつく。

重三郎は肌襦袢の衿下を分け、腹のあたりをやさしく撫でてやる。

「痛いね、よく辛抱した」

小紫は伏せた睫毛《まつげ》を涙で濡らしたまま、うなずく。肉が削げ薄くなった背中が上下する。神がおわし、仏に加護があるのなら、もう二度と愛しい人に辛苦を与えないでほしい。

「重さん。禿と新造を、若い衆や幇間も呼んでおくんなまし」

「えっ？」、いきなり何をいいだすのか。しかも、すっかり影をひそめていた廓言葉まで使って。

「花魁道中の準備をする時がきいした」、小紫はしっかりとした声でいった。

苦痛と錯乱の果て、現と過去の境があやふやになってしまった……。だが次の瞬間、重三郎は息を呑んだ。かつて吉原を席巻した怜悧にして毅然、気高い美貌が再び――。

「重さん、あちしの艶姿、とくとご覧なんし」

十

吉原の目抜きの仲の町通り、お上臈がそろりそろりと外八文字に三本歯の駒下駄を進める。

道の左右を埋めた人々がどよめく。

重三郎は駿河屋の二階から花魁道中を眺めている。隣に立った叔父が問わず語りの態になった。

「齢をとると、月日の経つのが早くてならないよ」

花見の次が次郎兵衛とおもんの祝言。四月、五月はバタバタと過ぎ、もうすぐ六月晦日、玉菊燈籠が近い。玉菊は中万字屋の名妓、才色と気立ての良さで皆に愛された。四十八年前に夭折したお上臈を追善するため玉菊燈籠が催される。

「今年は玉菊だけじゃなく、あの子のためにも吉原一の豪華な燈籠を吊るそう」

重三郎の反応は、きいているのか、そうでないのか判然としない。だが、叔父は頓着せずにいった。

「手にしているのは『一目千本』の試し摺りだろ?」

どれ、わしにみせておくれ。重三郎は挿花に仮託した遊女名鑑を差し出した。

「最初に桜花か。なるほど、小紫をもってきてやったんだね」

重三郎は力なくうなずく。叔父は桜の挿花の絵をみつめる。

「あの子もよろこぶだろう。きっといい供養になるよ」

愛しい人が逝ったのは一月半ばだった。小紫の意識は混濁し、時に花魁となり、女衒に売られた童女の頃にも変じ、吉原での少女、思春期へ立ち戻った。

そして重三郎との出逢い、淡い恋から熱愛へ昇華していった濃密な日々……。

「重さん、重さん」

朦朧の靄の奥から小紫が名を呼ぶたび、重三郎は白く細い手を握りしめてやった。小紫は残る命を燃やすかのように強く握り返してくる。だが、重三郎が問いかけても返事はない。

あの日の早暁、小紫の枕元でうつらうつらと舟を漕いでいた重三郎は、ガクンと首が落ちた拍子に目覚めた。小紫は眼を開き、あるかないかの笑みを浮かべ、こちらをみつめている。

「重さん、ありがとう」

「！」、小紫は正気に戻っている。重三郎は飛び込む勢いで身を寄せた。

「さ、よう、な、ら」

「死ぬな、逝っちゃだめだ！」

小紫の唇が細かく震える。重三郎は口もとへ耳をくっつけた。あえかだったが、声は届いた。

「重さんと私、ふたりは戯家の同士」

こういうと、小紫はこと切れた。死に顔は冴え冴えと美しい。重三郎は泣くこと叫ぶことも忘れ、じっと小紫をみつめた——。


叔父に肩をつつかれ重三郎は我に返った。

「時薬《ときぐすり》が効いてくるまで、もう少しかかりそうだ」

いや、心の傷なぞ癒えることはなかろう。だが、あの子が最後に残した言葉は大事にしなくちゃいけない。

「ちゃんと約束を守らないと小紫が哀しむんじゃないかい？」

ふーっ。重三郎は溜息をひとつ。次いで、ぱちんぱちんと両頬を叩いた。

「叔父さんのいうとおり」

「とりあえずは、難しいことからぶつかっていくのがいい。奮闘努力ってのは満更でもないよ」

「そうだね、そうする」

重三郎は鱗形屋孫兵衛や妓楼の主人たちを思い浮かべた。これから耕書堂が仕掛けようとするあれこれ、彼らの壁を突き崩さねば成就はあるまい。

「まずは鱗形屋からだ」

鱗形屋は、木綿問屋をはじめ大店が並ぶ大伝馬町で百年の暖簾を誇る東都有数の書店。三代目孫兵衛は細見や浮世絵などで評判をとっている。だが、蔦重が躍進するには鱗形屋との勝負は不可避。

重三郎は翌日、黒と白の三角形を組み合わせた三つ鱗印が睥睨《へいげい》する店先に立った。

第四章　同士

一

鱗形屋の狭い座敷で長々と待たされているが、出がらしの茶ひとつ出てこない。だが蔦重は大書店の主への苛立ちを表にしたり、小さな本屋の悲哀を噛みしめ、憮然としたわけでもない。冷遇されるほど静かに闘志が沸き立つのだった。

どすんどすんと廊下を踏み鳴らす音、乱暴に障子が開いた。

「今日は何の用だ？」

頭ごなしに孫兵衛のダミ声が降ってきた。蔦重はことさらに畏まってみせる。しかし、話は単刀直入だ。

「いよいよ来年、安永四年（一七七五）に耕書堂で細見を開板いたします」

孫兵衛の分厚い唇が開きかけ、すぐ閉じた。唾の小さな泡が下唇に残る。険しくなる眼つき、胡坐《あぐら》をかいた鼻の穴が膨らんだ。

「いま、何といった？」

「はい、ですから来年から私が細見を――」

いい終わらぬうち孫兵衛の巨体がわなわなと震える。

「バカ野郎！　きさま、主家に刃向かうのか！」

蔦重は膝を揃え、ゆっくりと首を振った。これまでのご厚情とご教示には感謝する。だが、細見開板への想いは断ち難い。何より、蔦屋耕書堂は鱗形屋の家来になったつもりはない。

「吹けば飛ぶような吉原の本屋、戯家《たわけ》のたくらみです」

再々にわたり細見の改善点を具申してきたし、改所として最善を尽くした。しかし、まだまだ納得できない。重三郎は穏やかに決意を述べる。

「鱗形屋さんのもとでは、私の本意に叶った細見は開板できそうにありません」

ならば、己の手で己の想いをぶつけた細見をこさえるしかあるまい。

孫兵衛は耳まで真っ赤になって怒鳴った。

「お前のこさえた細見なんか捻り潰してやる！」

そうきたか。けれど、孫兵衛の恫喝は想定していたことでもあった。

鱗形屋は日本橋界隈の一等地に店舗を構えるだけでなく、細見や戯作をつくる板元であり、江戸中に散らばる小売本屋や貸本屋に本を卸している。本の水源から川下までを一手に握っており、その権威と権力はなまなかのものではない。引手茶屋の玄関の一画で、ちまちまと小さな商いをする蔦屋耕書堂が太刀打ちできる相手ではないのだ。

「今すぐ額を畳に擦りつけて謝れば赦《ゆる》してやる」

蔦重は少年の面影を残す豊頬に品のいい笑顔を浮かべた。どこからか「重さん、がんばって」という小紫の声がきこえる。

「長らくお世話になりました。吉原でお遊びの際には、ぜひ蔦屋へお越しを。お茶でも呑んでいってください」

孫兵衛、またまた全身から怒気を噴出させた。

「出ていけ、二度と鱗形屋の敷居を跨ぐな！」

――同じ鱗形屋の広々とした客間には武家がいる。座布団はふかふか、湯飲みに注がれた宇治の銘茶上喜撰《じょうきせん》が若草のような薫りを放つ。横の銘々皿には分厚い羊羹まで鎮座していた。

「あれはご主人の声では？　何やら家鳴り震動しております」

武家の齢は三十そこそこ、色白で華奢な身体つきのやさ男。繊細そうにみえるが、それでいて芯は強そうだ。

「怒髪天を衝く勢いですね」

「てへへ」、如才なく応じるのは鱗形屋の手代徳兵衛。小利口そうで奸智《かんち》の臭いがぷんぷんする。

「雷を落とされてるのは蔦重って女郎屋絡みのさんぴんでして」

何かどえらい失敗をやらかしたんでしょう。ひとしきり蔦重をクサしてから、徳兵衛は武家の膝の前にある風呂敷包みに眼をやる。

「先生、来春に出す戯作の絵と文章ですね」

徳兵衛は、下卑た笑顔にたっぷり阿《おもね》りをまぶしていう。

「チト、風呂敷の中身を拝見させていただいてよろしいかな？」

「ご主人より先にあなたが？」、武家は眉を曇らせる。

「そんなもの、先生さえ黙っていてくだされば、金輪際バレっこございませんよ」

徳兵衛は武家が応じる先に手を伸ばし結び目を解く。絵と原稿がこぼれ出た。徳兵衛は指先を唾で湿らせ摘まみ上げる。武家は顔を顰めたが手代は頓着しない。

「ほうほう。なかなかの出来じゃないですか」

絵草紙なんぞは子ども向け、そう見くびられているけれど、大人が愉しめるという新趣向。文はヒリリと諷刺が効いているし、絵だって吉原や大店の細部まで穿って描いてある。

「売れますぜ、こりゃ」

そこへ廊下を踏みならす音、主人がやってくる。徳兵衛は抜け目がない。

「へへへ、風呂敷に包み直しておきましょう」

二

一方、蔦重は鱗形屋を後にしていた。
〽竹や　竹ッ　七夕の竹ッ
篠竹の束を担げた竹売りが呼ばわる。大伝馬町の繁華な往来に臆するどころか、大きな竹箒《たけぼうき》で人々を掃いてわけるかのように進む。
蔦重も竹売りに負けじと大股でいく。江戸有数の書肆を敵に回した。しかし、後悔や不安より、やってやるぞという意気込みの方が強い。心地よい興奮が全身を駆け巡っている。

「あの竹を買って色紙短冊を飾ろうか」

願い事はひとつ、江戸をひっくり返す本屋になる。きっと、空の星となった小紫が見届けてくれるだろう。

「せっかく大伝馬町にきたんだから、親分のところへ」

絵師北尾重政がどんな顔をするやら。「後には引けねえぞ」と鼓舞してもらえるか。それとも「しょうがねえヤツだ」とお小言を頂戴する？

「どちらも一興、サ」、蔦重は叔父の口調を真似てみた。

蔦重は扇や団扇を商う井筒屋の角を曲がった。重政の住いはこの店の裏にある。

重政の仕事場を彩る挿花は、白い花弁に赤い斑の入った百合。絵師らしい心づくし、それとも奥方、あるいは弟子の配慮か。

蔦重が事の顛末を語ると、重政は大笑いした。

「とうとう、やらかしたか」

「骰子《さいころ》を投げたんですから、あとは丁半どっちに転ぶか、私も愉しみです」

「アハハ、そいつは蔦重らしい言い草だ」、重政は摺りたての『一目千本』を指さした。

「この本の次はどうする？」

「戦場を江戸に広げれば鱗形屋には勝てません」

だが蔦重にとって吉原なら砦の中、廓内での商売に限れば勝機はある。細見はもとより、吉原の本屋ならではの摺り物で勝負する。

「大楠公が少数で河内の千剣破《ちはや》城に籠り、鎌倉の大軍を打ち負かした戦法です」

「千五百人で二十万人もの大軍を翻弄したあの合戦？　いやはや蔦重のお手並み拝見だ」

「親分もぜひご協力を！」

「おいおい、オレまで鱗形屋に睨まれちまう」

こうはいうけれど、重政に迷惑の色など微塵もない。

「あの仕事、そろそろ春章に声をかけてみようか」

「その際は私もご一緒させてください」

蔦重には、人気を二分する重政と勝川春章を起用する新たな企みがある。

「親分と春章さんをはじめ、戯家の同士を募って、吉原に集結してもらいます」

蔦屋耕書堂を戯家の梁山泊にして、いずれ吉原から市中へ打って出る、小さな本屋の若主人は大きな夢を語る。そして、今宵またたくはずの天の川に夢の実現を誓うのだった。


するりと開いた障子、重政の弟子が来客を告げた。

「お約束があるというお武家の方が……」

蔦重は麦湯を呑み干した。

「私はお暇します。春章さんの件、よろしくお願いします」

「まあ待て。いい機会だから紹介しよう。吉原の楠木正成の味方になってくれるかもしれねえ」

重政にいわれ、蔦重は浮かせた腰をおろす。

小柄で女子のように色白、華奢な侍が入ってきた。義兄と同い年、三十くらいか。

蔦重と侍の視線が交わる。侍の眼は涼しい。温和な外見とは裏腹、相手の肚《はら》の内まで居抜く鋭利さ。蔦重は凛とするものを感じ取った。

「吉原で本屋の耕書堂を営む蔦屋重三郎、皆さんには蔦重と呼んでいただいております」

「駿河小島藩士で江戸詰め、倉橋格《くらはしいたる》といいます」

蔦重と侍が再び向き合う。侍の、刃にも似た鋭敏な光は消えている。ていねいな物言い、にこにこと順良そうな面持ち、声音もやわらかい。彼は相好をさらに崩した。

「あなたが、女郎絡みのさんぴんですか？」

「はぁ？」、何のことやらさっぱりわからない。侍は「失礼、失礼」といいつつ鱗形屋でのやりとりを話し、さらにひと言を加えた。

「鱗形屋のご主人、あなたの今後を気にしてました」

鱗形屋は人の上に立たねば気が済まぬ傲慢なところがある。けれど、蔦重の実力と将来性が侮れない点に関しては認めていた。

「吉原での商いが難しくなると愚痴ってましたね」

「へえ、そうですか」、蔦重には鱗形屋孫兵衛の反応が意外だった。これまで一度とて褒められたことはなく、虫けら同然に扱われたことさえあったのだから。侍は肩をすくめた。

「それがあの御仁の至らなさ。悪い見本だと心得れば腹も立たぬでしょう」

思いがけない鱗形屋の評価、蔦重は今更ながら満更でもない。だが、そんなことより、気になって仕方のないことがある。

「倉橋さんが本屋にいらっしゃったのは、まさか？」

侍が答える前に割って入ったのが重政、蔦重に冊子を差し出した。

「そのまさか、なんだ。蔦重だってこの本は表紙が擦り切れるほど読んだろう」

畳の上には『当世風俗通《とうせいふうぞくつう》』、蔦重は眼を瞬かせた。安永二年（一七七三）だから昨年の開板、たちまち通や粋を気取った連中の話題となった戯作。色街でモテる衣装や髷《まげ》の結い方を詳細かつ面白おかしく書き連ねてある。豊富な挿絵が詳細なうえ飄然、この本は大当たりを取り、今も売れ続けている。

「すると作者の金錦佐恵流《きんきんさえる》先生とは倉橋さんですか？」

「いや文章は朋友の担当、私が挿画を描きました」

蔦重は細かな穿ちが効いていた絵を思い出す。

「ふむふむ、ううむ」、唸って呻いてまた唸る蔦重に重政がいった。

「来春、倉橋さんは鱗形屋から新しい戯作を開板なさる」

おかげで手強い商売敵がひとり増えちまう。ガハハ、重政の豪傑笑い、侍は大いに謙遜した。

「私の絵は半人前、とても重政さんにかないません。でも、今度は文と絵の両方をこなしたから、何とか一人前の作になりました」

鱗形屋はそいつを大々的に売り出すという。蔦重はもう一度「ううむ」と腕を組む。重政が焚きつけた。

「おい蔦重。倉橋さんも戯家の同士じゃねえか？」

侍の犀利《さいり》な感性が「戯家」に素早く反応したようだ。絵と文を達者にこなす侍は毅然とした口調になった。

「たわけ……戯家なくして何が戯作か――戯家こそが神髄です」

侍の眼に焔が燃え立つ。蔦重の胸は早鐘を打った。この人とは長い付き合いになる、直感がそう囁いている。改めて頭を下げた。

「今はしがない本屋ですが、ご交誼をお願いします」

身分を考えれば、町人しかも遊郭に拠って生きている蔦重が武家にいえる台詞ではない。しかし、遠慮や躊躇より先に「戯家の同士」という想いが激流となり堰を切って流れ出してしまった。幸いにも、侍はそれをしかと受け止めてくれた。

「いずれ蔦重さんのところで私の本を開板できれば」

「ありがとうございます！」

ふたりのやりとりをみて、重政がしたのは、くいっと盃を干す仕草。

「近いうちに吉原で一献というのはどうだ？」

「よろこんで！　叔父の駿河屋か義兄の蔦屋にお招きいたします」

ふたつ返事の蔦重に、重政は告げ口するかのように小声になった。

「この人は大酒呑みだぞ。うわばみ、いや大虎だな」

侍は照れ笑いをしながらいってくれた。

「蔦重さんのお誘いとならば、金錦佐恵流さんも呼びましょうか」

「ぜひ、ぜひ！」、意気込む蔦重、侍はニッと不敵に笑った。

「酒の上の不埒《ふらち》はご寛恕《かんじょ》を」

鱗形屋や重政の住まいがある大伝馬町を東へいけば、そのまま通油町へ繋がる。

「この辺りに店を構えれば、江戸でも有数の本屋だ」

いつかは耕書堂も。蔦重は心と足取りを弾ませ吉原へ帰っていく。

蔦重は従来の貸本屋と細見の準備で繁多を極めた。そうした仕事をこなしながら、次の一手をあれこれと思案している。

「お上臈たちは、新しい戯作を読みたがっている」

黒本や青本などの絵草紙は、浄瑠璃話や英傑物語、怪異譚《たん》といった十年一日の内容が飽きられつつある。

「皆が求めているのは、新しい空気が感じられる本」

そいつは粋で洒脱、洒落が効いて細かなところまで穿った筆致と挿絵がいい。

江戸の好景気はどうやら本物のようだ。金回りの活況は吉原の遊客に反映される。あの侍が『当世風俗通』で描いたように、最新流行を追い求める男どもが夜な夜な吉原を闊歩《かっぽ》する。

「こういう人たちに剥き出しの笑いは向かない」

安直なバカ話や駄洒落は野暮というもの。世事を題材にひと工夫、諷刺の薬味をまぶした笑いがいい。当世の流行りだってそのまま便乗するのは無粋、ちょっと斜めからの視線を送りたい。

「本を面白くするのは、こちょこちょの要領だ」

蔦重の指先が糸を手繰るように妙な動きをみせる。

「どうやって読み手の心をくすぐるか、それが本屋と作者の腕のみせどころ」

オレは粋な通人、捻りの効いた笑いがわかる。読み手を、そんな気にさせる仕掛けが大事、そうすりゃ耕書堂の戯作は評判になる。

「これから江戸はもっともっと変わっていくはず」

権現さまが幕府を開いて百七十余年、江戸に生まれ育って三代、四代目という根生《ねお》いの者も珍しくない。

「城下には京、大坂を凌ぐ百万人もの人が住む」

政治と経済は江戸が中心なのは明白。何もかも上方が優れ、江戸は劣っているなんて、そろそろ昔話になりつつある。

「オレは江戸っ子だと胸を張る人が増えてきた」

蔦重の狙いはそこにある。百万もの人たちを巻き込む本をこさえてみせよう。

三

篠笛がピィ〜、ピッピッ、太鼓と鉦はドドン、ドンドンにチン、チン、チン。

獅子が大口を開け重三郎の頭を噛んだ。

「邪気は喰らいました。これで今年は安泰、大躍進！」

獅子が吼え、義兄の次郎兵衛と新妻のおもんが手を叩く。引手茶屋と本屋の「蔦屋」の店先、獅子舞が安永四年の初春を寿ぐ。重三郎は正月七日生まれ、すぐ二十五歳になる。

義兄が獅子舞の一行にたんまりと祝儀を渡した。

「おまけで、ウチの嬶《かかあ》の腹もひと噛みしてやってくれ」

おもんは恐々、膨らみが目立ちはじめてきた帯のあたりを突き出す。そっと歯を当てた獅子がまた吼えた。

「獅子の子に負けぬ、丈夫な赤児が授かります」

上機嫌の義兄がいった。

「忘れぬうちに親父のところへも挨拶にいくか」

「忘れぬうちって、叔父さんに知れると大目玉だ」

「親父は大門の向こうにいるんだから、きこえるわけがねえ」

やりとりする重三郎と義兄の背に声がかかった。

「ちゃんと耳はあるんだよ」

ヌウ～ッ、叔父が現れた。おもんに脇腹を小突かれ義兄はシュンとなる。叔父は鼻を鳴らして義兄を一瞥《いちべつ》、次いで重三郎に眼をやった。

「てっきり、やけ酒かと思ったよ」

「叔父さん、このこと?」、重三郎は袂から絵草紙を取り出した。

「江戸中の本屋、どこも軒並み売り切れだって」

新春早々、未曽有の大当たりが開板された。しかも、板元は選りによってあの鱗形屋孫兵衛ときている。

「お前のことだ、悔しいやら腹立たしいやらで、正月のめでたさも台無しかと」

その指摘は図星だが、ここでジタバタするのは野暮。

「顔で笑って心で……ってやつ。倍返しの案を練っているんだ」

叔父はやっと眼を細めた。

「またひとつ、大人になったようだね」

本は『金々先生栄花夢《きんきんせんせいえいがのゆめ》』、作と挿画が恋川春町とある。表紙は黄色を帯びていた。重三郎が、鱗形屋に果たし状を突きつけ、その足で訪れた重政から紹介された白皙《はくせき》の武家こそ恋川春町。英俊と睨んだとおりの偉才を発揮したわけだ。

おもんが夫をおしのけて舅《しゅうと》と義弟の話の輪に入る。

「でも、その本って重さんが温めてた案にそっくりなんでしょ？」

重三郎は肩をすくめる。

「だけど春町さんは大事なひと捻りを加えているんだ」

重三郎は先取りされたことより、春町の着想を褒め、よろこんだ。なぜなら近い将来、春町と組んで『金々先生栄花夢』を凌ぐ快作を開板する気でいるから――。

義兄が口を挟む。

「重が考えてたのは、田舎者が江戸へきて一攫千金、立身出世を果たして贅沢三昧ってあらすじだったな」

「うん、だけど春町さんの凄さは、それを一炊の夢に託したこと」

主人公の若者はお大尽の養子となり、栄華を極め豪遊する。だが店の手代に騙《だま》され落魄《らくはく》の憂き目、挙句には放逐されてしまう。

その一部始終が粟餅屋の座敷でうとうとしている間の夢という筋立て。

「支那の『邯鄲《かんたん》の夢』や『銭神論《せんしんろん》』が元ネタみたいだね」

これも春町に学識があればこそ。何より各頁いっぱいに配した絵、文章は諧謔《かいぎゃく》と諷刺、穿ちがギュウギュウ詰め。とりわけ、金満と驕奢に憧れる世相を痛烈に批判している点はお見事！

「恋町さんは田沼意次様をあげつらっていると思う」

田沼の異例の栄進と権力掌握。世は享楽に溺れ、賄賂が横行している。そんな田沼の栄誉も一炊の夢……なのかもしれない。重三郎の感慨に叔父たちは顔を見合わせた。

四

お江戸日本橋界隈、魚河岸は日に千両の大商い、負けてはならじと呉服屋や問屋が荷物満載の大八車を繰り出す。

その一画、大伝馬町では書肆鱗形屋の店頭が押すな押すなの大混雑、皆々のお目当ては『金々先生栄花夢』。恋川春町の名はたちまち人口に膾炙《かいしゃ》した。

「アッハッハ！」、轟く哄笑《こうしょう》、顎を外す勢いなのは他ならぬ鱗形屋孫兵衛だった。

「江戸を黄色に染めてやった」

絵草紙は赤、黒、青本と表紙の色目で親しまれてきた。だが、春町の大当たりは異色の黄、店頭で目立つのと退色が少ない利点を持つ。これを考案したのも孫兵衛、他の本屋は軒並み右へ倣え、ほどなく「黄表紙」が戯作の代名詞と相なった。

「春町に続く戯作者にも唾をつけてあるわい」

かくなる商才こそ孫兵衛の凄味、この男、文才画才を見出す伯楽でもあった。

市中を見回ってきた手代の徳兵衛が注進する。

「蔦重は指をくわえて半泣きになっておりました」

「ふん、ザマをみやがれ。吠《ほ》え面《づら》をかくとはこのこった」

「早晩、耕書堂は店じまいと相成りますでしょう」

「あの若僧め、生意気にもわしに楯ついた天罰だ」

「旦那さま、そろそろ次の一手の相談を」

「おう、売れる本ならどんどん開板してやるぞ」

——こちらは吉原、引手茶屋「蔦屋」の座敷。幇間が酌する手を止めた。

「先生、いっそ丼でおやりになったらどうです？」

困惑する先生の隣席、恰幅のいい武家が腕で大きな輪っかをこさえた。

「丼なんかで用が足るもんか。洗濯桶じゃねえと」

すかさず別の声が飛ぶ。

「今夜はほかの座敷の酒まで総ざらいになりそうだ」

あれま、白魚みたいなお姿のくせ正体は鯨とは。幇間はしげしげとみやる。先生、持っていた盃を御膳の上に置いてしまった。蔦重が助け舟を出す。

「うまい酒は小さな盃でちびちびやるのが一番。それに酒の用意は充分ありますからご安心を」

「蔦重さん、ありがとう」

先生はニッコリ、再び盃に手を伸ばす。

蔦重が招いたのは先生こと春町と重政、そしてもうひとり——。

「蔦重の叔父御とは古い仲。宝暦の時分にはふたりして悪所巡りをしたもん、サ」

その武家はサラリといってのける。不惑の歳頃、仕立てのいい値の張りそうな着物、煙管と煙草入れは渋好み。小粋な所作から年季の入った遊び人と知れる。

「おい、たいこ（幇間）、三味線をとってくれ」

武家は慣れた仕草で糸巻きを操りながら目配せ、たいこは心得たもの、太鼓の撥《ばち》を持つ。朗々たる美声が響いた。

「粋だなあ、このところ大当たりの浄瑠璃、富本節ですね」

蔦重はうっとり聴き入った。重政が指で拍子をとる。

「平沢さんがいれば芸者なんか呼ばなくていいや」

「無茶をいっちゃいけません」

幇間が泣きを入れ、座敷は明るい笑いに包まれた。

平沢常富《ひらさわつねとみ》は出羽国久保田藩士で江戸定府《じょうふ》のお偉いさん。しかし尊大、傲岸と無縁の気さくさ。そして、彼こそは平賀源内に私淑して戯家の文を磨き、春町と組み『当世風俗通』をモノした戯作者でもある。平沢は三味線を置いた。

「蔦重には悪いが、わしも鱗形屋で黄表紙を開板する」

「次作も金錦佐恵流の筆名ですか？」、蔦重は微笑で応じる。

「キンキンの流行は鼻につく」と平沢。キンキンとは洒落者が得意がる様をいう。

「いくつか考えてみたんだが、朋誠堂喜三二《ほうせいどうきさんじ》ってのはどうだ？」

「干せど気散じ、つまり武士は食ねど高楊枝というわけですね」

平沢、満足そうにうなずいた。

吉原大門の前、ふたりの男が影をつくっている。

「重政親分と春町さんは馴染みの妓楼へ。平沢、いや喜三二さんは？」

蔦重の言問い顔を、揺れる松明《たいまつ》の灯が照らす。パチリ、喜三二は碁盤に石を置く真似をした。

「叔父御と久々に一局」、「では、お送りします」

駿河屋まで眼と鼻の先、それでも蔦重はもう少し喜三二と話がしたかった。喜三二も同じ想いのようだ。

「戯家の同士、今はわしと春町、重政だけか？」

蔦重、チラリ小紫と平賀源内の顔が浮かんだものの、敢えて否定しない。だが喜三二、数の多寡を気にしているわけではなかった。

「蔦重の想い、わしは戯作者として大いに買う」

とはいえ耕書堂が開板したのは遊女の名寄せ、たった一冊。しかも吉原での限定発売でしかない。

「それじゃ新しい同士も集まりようがあるまい」

痛いところを衝かれ、蔦重は面を伏せる。

「だがな、要はこれからだ」

重政と春章の共作には大いに期待している。新春の開板を見送った耕書堂版細見、夏には必ず上梓しろ。

「はい。吉原を売り弘める策も練っています」

喜三二は「うむ」と四角い顎に手をやった。蔦重にすれば、小紫に語ったあれやこれやを実行に移すのみ。

「今宵きかせてもらった吉原が舞台の戯作、わしでよければ書かせてもらおう」

「ありがとうございます！」

「春町もその気でいる」

「おふた方に重政親分がいてくだされば鬼に金棒、心強い限りです」

「吉原のちっぽけな本屋に惚れるなんぞ、まさに戯家の至り。わしらも粋狂だ」

駿河屋の前についた。喜三二、さっと羽織の裾を翻してみせる。羽裏は夜目にも鮮やかな美人の立ち姿、五年前に亡くなった誉高き絵師鈴木春信の写しでは？

「蔦重、お前が気に入った。近いうちにまた呑もう」

喜三二は駿河屋へ。たちまち仲居の「平沢様」「お殿様」の声が飛び交った——。

五

高名と銭は無類の力、だが若さと知恵も力になる。蔦重はそれを信じて動いた。

初の耕書堂版細見は『籬《まがき》の花』、安永四年七月の開板となった。鱗形屋の細見の対抗馬が開板されても、孫兵衛は「蟷螂《とうろう》の斧」と歯牙にもかけない。しかし、蔦重には勝算があった。まず判型を大きくし、見開き上下睨み合わせの形で妓楼を紹介、鱗形屋版よりぐっとみやすくした。

お上臈との遊びに関わる情報以外を極力削ぎ落としたことで頁数はぐぐっと少ない。

おかげで細見は簡明なうえ値もぐぐっと安価に。

「もちろん改所の仕事、編纂に手抜き、落ち度はない」

これらは、そのまま細見の長所に。そのうえ蔦重は数多ある妓楼と茶屋に販売を依頼、廓内は蔦重版細見一色に染まった。噂をききつけた江戸中の本屋、細見売りがウチでも売らせてくれと耕書堂に列をなす。

「おかげさまで、版を何度重ねたことやら」

ふらり、春町が生白い顔を覗かせた。

「ご存知ですか、あのこと」

春町は初見以来、ていねいな物言いを崩そうとしない。これもまた春町の人柄。

「鱗形屋さんは細見の開板を断念しました」

「春町さん、今なんと？」、蔦重は眼をぱちくり。寝耳に水、それとも棚から牡丹餅？　繁多と些事にかまけ鱗形屋の動向にまで気を配っていなかった。春町はいう。

「鱗形屋さんに大失態がありましてね。大騒ぎです」

「その話をくわしく教えてください」

蔦重、春町を引手茶屋「蔦屋」の小座敷へ誘った。

書院風に設えた蔦屋の小座敷、丸窓から夏陽が差し込む。

蔦重は春町と向き合った。眼顔で問う蔦重、春町はうなずく。

「蔦重さんは鱗形屋の手代、徳兵衛とは面識がありますか」

もちろん。陰で蔦重のことを「女郎屋絡みのさんぴん」と貶していた男だ。

「あの手代、大坂の板元が開板した本を、許可なく改題して売り出したんです」

「重板、ですか？　そんなの許せない！」

盗賊と変わらぬ蛮行だ。蔦重、おもわず大声を出してしまった。わなわな、膝に置いた手が震える。

一冊の本には、板元と作者はもとより彫師、摺師ら多くの人々の知恵と工夫、労力が詰まっている。

それを蔑ろにするなんて。

「大坂の板元は激怒、奉行所に訴え出ました」

結果、徳兵衛は家財闕所《けっしょ》（没収）のうえ江戸十里四方所払いの重罰。孫兵衛も管理不行き届きで罰金を喰らった。

「ちきしょう！」、蔦重の言葉に春町は「ん？」という顔。蔦重はすぐ首を振る。

「違うんです。鱗形屋に与《くみ》する気は毛頭ありません」

厳罰は当然、主従に同情の余地なし。舌打ちしたのは、黄表紙の登場で江戸の本屋が隆盛に向かいつつあるのに、重板のような下劣な行為でミソをつけたこと。

「上方と江戸の本屋との間には、重板を諫める取り決めがあります」

大坂、京の本屋連中は嘲笑《あざわら》っていることだろう。

「江戸はしょせんド田舎や」

本の何たるかもわからへんアホばっかかし。いつまでたっても地本は地本やで。

「これでまた江戸がバカにされてしまいます」

「うむ」、春町も事態の深刻さに気がいったようだ。

「地方、地酒、地女に地本。確かに上方者は江戸のあれこれをクサします」

「地」とは田舎の意味、野暮で無粋と嗤っているのだ。

「せっかく春町さんが江戸の戯作に新しい値打ちをつけてくださったのに」

蔦重は居ても立ってもいられない。鱗形屋へ乗り込む勢い。だが春町は諫めた。

「大伝馬町へ駆けつけても、孫兵衛さんは陳謝のため大坂へ。店も閉まっています」

それより鱗形屋の敵失を耕書堂の利に変えるべく地固めを。こう諭された蔦重、義兄と同年六つ歳上の武家作家に頭を下げた。

「わかりました」

そこに嫂《あによめ》で女将のおもんがお盆を捧げ持って現れた。余談ながら、おもんは四月に長男坊を生したばかり。

「井戸でキンッと冷やしてあります。さ、どうぞ」

「清水とはありがたい」

湯飲みに唇をあてた春町、生真面目な表情を緩めた。

「やや、これは御酒《ごしゅ》！」

「先生には甘露でしょ？」

おもんの茶目っ気と気配り、蔦重は深く感謝した。


程なく世間は噂した。

耕書堂細見の大成功の裏に鱗形屋の大失態あり。蔦重はそれを横目に次の本づくりに傾注する。重政との打ち合わせはその一環だ。

「今度は正真正銘、吉原の美人を描いていただきます」

「いよいよだな。春章もかなり入れ込んどるぞ」

こんなやりとりで始まったのが『青楼美人合《せいろうびじんあわせ》姿鏡《すがたかがみ》』。四十二軒の妓楼から名花百六十三人が選ばれた。重政と勝川春章が絵筆を競う豪勢な布陣だけでなく、墨絵の『一目千本』とは一変、多色摺りのうえ豪奢な装幀という類例のない名鑑。お上臈の絵の横には発句を添え俳諧書にも仕立てる。

蔦重は嘯《うそぶ》いた——吉原の摺り物は贅沢さ、美麗さが自慢。ましてお上臈を扱うのだ、江戸いや日の本でいっち、いっちを誇らなきゃ。

六

吉原の顔役、大文字屋市兵衛の前には本と摺り物、それに分厚い大福帳。

ギョロリ、クルリ。市兵衛は丸ぁるい眼を剥いたり回したり。唐芋さながらの太短い指で、本と帳面を交互にめくったと思えば、おもむろに算盤の珠をパチリ。

「卵が先か鶏が先か——本が吉原に金銀を連れてきたのか、それとも吉原のおかげで耕書堂の本が売れたのか？」

蔦重、間髪を入れない。

「世は相持《ウィンウィン》ち——吉原という舞台が耕書堂の本を生み、その本が遊客を呼び込んだんです」

「あんた、駿河屋に似て口が達者だねえ」

「耕書堂の本はもっと饒舌、一冊が千人力で吉原の魅力を語ります」

「いっぽん、取られた」

市兵衛、団子鼻の下に生やした八の字髭をしごく。

「花見に燈籠、俄《にわか》。近頃、吉原の行事に男ばかりか娘や女房もどっと押し掛ける」

蔦重、吉原の行事を宣伝告知した引札《チラシ》を如才なく指さす。

「文は恋川春町、絵が北尾重政と贅沢な布陣です」

もちろん耕書堂が摺り、市中に弘めた。こいつを、お祭り好きで物見高い江戸っ子が見逃すわけはない。市兵衛は目敏く合点する。

「女子は見世に上がらんが、花魁の着物が素敵、あの簪《かんざし》はどこで買えるかと喧《かまびす》しい」

今やお上臈は歌舞伎役者に負けぬ人気者、当世流行の先導役になった。蔦重は『青楼美人合姿鏡』を開く。

「このお上臈の打掛、日本橋の呉服屋では売り切れです」

お上臈が着ることで呉服商は潤い、綺麗な着物のおかげで花魁と吉原も映える。

「世は相持ち、いや風が吹けば桶屋が何とやら、か」

「吉原の売り物はもう艶事だけじゃありません」

息づく粋と通に贅沢、当世の流行を穿ったあれこれ。老若男女が愉しめ、来るたびに何かを見つけられる町。

「お江戸の非日常空間《テーマパーク》とでもいいましょうか」

「うむ、上手いことをいう」

蔦重、引札や名鑑、三冊目の細見をはじめ吉原を題材にした『急戯花の名寄《にわかのはななよせ》』『烟花清談《えんかせいだん》』といった本を積む。それらは端座する蔦重の膝小僧あたりの高さになった。

「いずれ耕書堂の本を背丈より高く積み上げます」

市兵衛、かぼちゃそっくりの身体を揺らした。

「ますます吉原は大繁盛」


蔦重、遊郭の親玉を手玉にとった後は大門を潜って耕書堂へ戻る。

手狭になった一画で娘が書棚を覗きこんでいた。

「いらっしゃいませ」

「勝川春章が口絵を描いた吉原細見をくださいな」

この安永五年（一七七六）秋に開板したばかりの新編『家満人言葉《やまとことば》』を手渡す。

「吉原見物ですか？」、町娘たちが細見片手に吉原をうろつくのが流行りになっている。

「ひとめ花魁に逢いたくて」

女客は二十歳そこそこ、締まった身体つき、えらく背が高い。五尺六寸（一七〇センチ）はあろう。

面長のキリッとした顔立ち、切れ長の眼、受け口気味の口もと。何やら気が強そうだ。

「耕書堂ってどれだけ大きな本屋なのかと思ったら、小っちゃくてびっくり」

「そ、それは申し訳ない」、痛いところを衝かれ蔦重はたじたじ。

「ご主人、暇でしょ。せっかくだから吉原を案内してくれない？」

「な、なんと」戸惑う蔦重、だが娘は遠慮会釈なし。

「本屋の贔屓がひとり増えるんだから御の字じゃない」

蔦重、百戦錬磨の妓楼の主は難なく手懐けてみせた。だが初見の客、しかも娘っ子に翻弄される体たらく。細見片手に再び吉原へ取って返す羽目に相なった。

吉原大門、男は気軽に出入りできる。だが女となれば童女から媼《おうな》に至るまで、そうは問屋いや会所が許さない。会所には、妓楼から派遣された強面の男たちが門番として詰めている。蔦重は若い女客にいう。

「会所で女切手（通行証）をもらってください。大門を出る時に返すんです」

「面倒なことをするのね」

「女の人は吉原に入ることはできても、出るのが難しい。お上臈の足抜けを防ぐためです」

これは吉原に関わるすべての女に適用される。おもんだって駿河屋に用があれば、会所に会釈では済まされず、蔦屋で発行した切手をいちいち示さねばならない。

「わあ、凄い！」、女客は眼を見開いて歎息した。仲の町通りは水道尻まで一直線、居並ぶ瀟洒な引手茶屋。左右の木戸門を曲がれば妓楼が犇《ひし》めく。ここは魔境、市中で決して味わうことのできない妖気と色気が満ち満ちている。

「あっ花魁道中！」、「ほう、昼見世から」

どこのお大尽だろう。庶民いやお侍でも仕事に精を出さねばならぬ時刻なのに。

「ここに座ってお上臈たちの艶姿を拝見しましょう」

蔦重と女客がいるのはちょうど駿河屋の前。玄関横の桟敷に女客を誘う。

「すてき……」、彼女は呆けて蕩《とろ》けるかのように絢爛豪華な遊女たちに見入る。その目鼻立ちの整った横顔を窺いながら、蔦重は「町娘のための吉原名物案内」を企画したら大当たりしそうだとニンマリ。

もっとも蔦重、花魁道中には眼をやろうとはしない。

「どうしてもあの人のことを思い出してしまう」

今年は小紫の三回忌。愛しい人への想いは変わらない。それでも、みるともなく視線をやれば。

「わあ、あいつだ！」、素っ頓狂な大声に娘もびっくり、手にしていた細見を落っことす。

「どうしたの？」、「いや、何でもないんです」

花魁道中の行先は駿河屋の斜め向かいの茶屋。そこでお上臈を待ち受けるのが、他ならぬ鱗形屋孫兵衛とは。

蔦重、つい先日の宴席を思い出す。いつしか吉例となった「戯家の同士の会」、重政に春町、喜三二が集まってうまい酒と料理に舌鼓、当世を語りあい本と絵の案を練る。

実はあの夜、喜三二が少し遅れて顔を出した。

「すまん、すまん。何しろ黄表紙の原稿が大変なんだ」

七冊いや八冊だったかな。喜三二、途中で勘定するのを止めてしまった。春町が茶々を入れる。

「喜三二さんの筆が進まぬので、割を喰った画工が泣いているらしいですよ」

「絵師にとっては大迷惑、呑む間があるんならせっせと文を書いてほしい」

重政はこれ見よがしに唇を尖らせる。蔦重は皆々の仕事が気になって仕方ない。

「どこの本屋の開板で、画工はどなたなんです？」

一瞬、場が気まずくなった。重政は喜三二をつつく。仏頂面になった喜三二、春町に酒をすすめつつ命じた。

「ほれ、酌をしてやるから蔦重に教えてやれ」

「私が？　そんなご無体な」、しぶしぶ盃を干した春町が気の毒そうに口を開いた。

「画工は私、書肆が鱗形屋というわけなんです」

うすうす気づいてはいたものの、面と向かっていわれれば気が腐る。蔦重は唇を噛んだ。見兼ねた重政が気を取りなしてくれた。

「重板の大失態で細見は蔦重に譲ったが、黄表紙は鱗形屋のひとり勝ちだ」

「耕書堂の原稿は先に仕上げる。蔦重、安心してくれ」、喜三二も気を砕く。


——昼下がりの吉原、鱗形屋孫兵衛が油ぎった顔に好色を上塗りして花魁を迎える。

さほど遠くもないところから、蔦重が注視しているのを気づきもしない。蔦重と並んで座る娘が、心配そうに彼をみやった。

「どうしたの？　急に顔色が悪くなっちゃったけど」

「いや、何でもありません。大丈夫です」

鱗形屋は大坂で開板された本を無断で拝借する重板で信用を失墜させた。だが、それを挽回すべく黄表紙の量産に入り大繁盛、この世の春を謳歌している。

「しぶとい人だ」、相手は大店、こちらはしょせん小商い。とことん力の差をみせつけられた。悔しいけれど、それは負け犬の遠吠えでしかない。

「あの強欲そうなオヤジ、誰なの？」

蔦重、鱗形屋孫兵衛の名をしばらく舌先で転がしてから答えた。

「へえ、あれが江戸の戯作を牛耳る親玉なんだ」

「ご存知なんですか？」

「江戸の地本問屋といえばまずは鱗形屋でしょ」

並ぶは鶴屋、次が村田屋。伸張著しいのは永寿堂こと西村屋与八、娘はすらすらと有名どころをあげる。蔦重、この娘さんは本屋に詳しい、かなりの本好きだと感心しきり。

「西村屋さんもいい本を開板してますもんね」

主人の与八は吉原を廻る貸本屋だった。すっかりご無沙汰しているが、ここにきて本領を発揮し始めた。

「江戸の大きな本屋に比べたら蔦屋耕書堂はまだまだ」、娘は辛辣だ。

「だって吉原でしか耕書堂の本は買えないもん」

市中への販路拡大は蔦重の懸案。吉原に特化するのは強力な武器だが、それは諸刃の剣でもある。

「細見や花魁の絵本もいいけど、アタシは耕書堂の黄表紙を読みたいな」

「…………」

「さて。花魁は堪能できたし、次は吉原のあちこちをみて歩こうっと」

「じゃ、細見片手にどうぞ」

「そうじゃなくって蔦重さんに案内してもらいたいの」、娘はいきなり蔦重の腕を取る。

「痛っ、痛たたた。わかった、わかりましたから手を放してください」

女だてらにえらい力。蔦重、綱に引っぱられる仔犬のように歩き出す。そんなふたりを、駿河屋の玄関の隅で叔父の利兵衛がみている。

「なかなか、お似合いじゃないか」


――悠然と羽を広げた鷹が舞う。

江戸城の甍《いらか》の上、あたかも八百八町を睥睨《へいげい》するがごとく輪を描く。この城の本丸表御殿、御用部屋では、ひと握りの高官が政務にあたる。彼らの中で発言力を増していたのが田沼意次だった。

「平賀源内が『ゑれきせゑりていと（エレキテル）』なる珍妙な物を完成させたとか。雷神を封じ込めたそうです」

田沼は扶ったような頬をさらにへこませた。笑ったのだが、腫れた眼と下がったままの口角のせいで明朗快活とはほど遠い。それでも老中のひとりが追従した。

「主殿頭《とのものかみ》は世事にくわしいの」

田沼は年長の幕僚たちを睨めつけるように見渡した。

「雷の箱が人気を呼ぶのは、民が泰平を享受しているからこそでしょう。積極財政、商業振興のご政道が功を奏している証左です」

同じ頃、江戸城の東側、八丁堀にあるさ、る藩邸の上屋敷で、いかにも才気煥発、聡明さが迸《ほとばし》る若い武家が、湯気を立てる勢いで憤っていた。

「かように戯けたものがはびこるとは世も末だ！」

バシッ、山となった黄表紙を扇で叩く。たちまち崩れ散らばる冊子、いずれも春町や喜三二の作。書肆に鱗形屋とある。若者は江戸城の方を向き毒づいた。

「黄表紙は風紀紊乱《びんらん》の種。それを蒔いたのが田沼だ」

ぷりぷり、ひとりで湯気を立てている若い武家、ぱちぱちと扇子を開いたり閉じたりしている。

「朱熹《しゅき》曰く、小人閑居して不善を為すと。敢えて市中の小人どもが戯作に現《うつつ》を抜かす有様をこの眼で確かめるのも必要かもしれぬ」

何やらしかつめらしいが、要は、江戸の町へ出て人気抜群の黄表紙とやらの売れ行きを実見しようということらしい。

「おい、誰かおらぬか。外出するぞ、供をせい！」

威厳たっぷりに呼ばわる若い武家、そのくせ何やらうきうきしている。

さっそく、いそいそ、身支度にとりかかった。

七

筆をおき、帳面を閉じる。腕を組み、眼をつむって、唇を結ぶ。そして唸る。

「う〜む」蔦重の頭の中で、やりたいことが大声でやりあっている。こっちが先だ。待て、それの方が大事、ダメダメまずはあっちを片付けろ。それぞれは別個のようでいて、複雑に絡み合っているから始末が悪い。

「うう〜む」とうとう頭を抱え込んでしまった。

翌日は寝不足のまま、しかも何やらブツブツいいながら、京橋から銀座を経て木挽町へ足を運ぶ。次いで日本橋へ取って返して堺町と葺屋町《ふきやちょう》、歌舞伎やら江戸浄瑠璃の小屋を訪ねて回る。

「蔦屋耕書堂で浄瑠璃本を開板させてください」

とりわけ熱心に口説いているのが、この安永六年（一七七七）一月に二代目を襲名した富本豊前《ぶぜん》太夫だ。

「ご本人の前で口が裂けてもいえないが〝馬面豊前〟のアダ名の通りのご面相」

だが彼の美声と節回しは超凡、絶品、珠玉。たちまち人気だった常磐津節を蹴散らし、江戸の浄瑠璃を制覇した。そんな富本節だけに売れるのは眼にみえている。

「でも、耕書堂と同じ狙いの本屋は十指に余る」

豊前太夫には将来の夢を語ったし、吉原で接待もした。太夫の心証は悪くないという確信がある。

それでも、「うん」といわせる決め手に欠けるのは事実。

「殺し文句は何だろう」、懸案は浄瑠璃だけでない。

「早く黄表紙を開板したい」

恋川春町が開祖となった新しい戯作の人気は止まるところを知らない。春町を追走する朋誠堂喜三二も当たり作を連発、ふたりが黄表紙を牽引している。

「それを開板しているのが鱗形屋というのが……」

蔦重、つい「忌々しい」と口にしかけ、ぶるぶるっと首を振り、唇を針と糸で縫う仕草。

「下衆《げす》なことをいっちゃ、耕書堂の値打ちが下がる」

春町と喜三二は戯家の同士、頼めばよろこんで筆を執ってくれる。でも、耕書堂の黄表紙を吉原でしか捌けないのでは話にならない。板元を名乗る以上は市中に販売網を広げていかねば。

「江戸中の絵草紙屋に頭を下げて廻る覚悟だけど、気の遠くなるような話……」

さらに、本を量産するなら、彫りや摺りの職人を抱える工房を押さえなければ。

「おじいちゃんがいてくれたらなあ……」

祖父は神田村松町で版下の彫師をしていたが、母ともども姿をくらませている。

課題はまだまだある。細見に加えて営業の柱がほしい。それに、引手茶屋の玄関の間借りでは手狭すぎる。

「耕書堂躍進のためには、やっぱり新店舗が必要」

どうする蔦重？

どうなる耕書堂？

吉原の小さな本屋は天を仰ぐ。そんな蔦重が漏らすのは、らしくもない弱音。

「このままじゃ本で江戸をひっくり返す前に、私がひっくり返ってしまう」

悩める蔦重、いつしか堺町から葺屋町まで歩いてきた。芝居小屋の櫓から響く太鼓の音、林立する幟《のぼり》、極彩色の絵看板と躍る芝居文字。行き交う人々の雑踏は大波小波、吉原と日本橋魚河岸に同じく、日に千両の銭が落ちるといわれる芝居町だけのことはある。

「おや？　あの娘は……」

細見を買ってくれたはいいが、吉原案内をさせられた女客。皆より頭ひとつは高い背丈、いやでも目立つ。

「お嬢さん、待ってください」

蔦重は群衆を押し分け、憑かれたように娘を追った。

娘は背が高い分、脚も長い。すいすいと人の波間を進む。片や蔦重はあっぷあっぷ。

「痛てッ、足を踏んでるぞ」、「ごめんなさい」

「てめえ、肩がぶつかった」、「失礼しました」

芝居に浄瑠璃、見世物の小屋から吐き出される群衆の荒波に揉まれながらも、抜き手を切って追いかける。目印は前をいく娘が結っている島田髷《まげ》、左右に張り出した髪は毛筋が透けるほどの燈籠鬢《とうろうびん》。

「あれぞ当世、粋の極み」、こんな時でも蔦重、流行には目敏い。まして、あの髪型はお上臈から流行ったのだから誇らしい気持ち。


やがて人込みも一段落、ようやく追いついた。

と、娘が足を止める。クルリ、上半身を捻れば満面の笑顔。前は気づかなかったが、ほうれい線に交わるようにして笑窪《えくぼ》ができる。

「あたしを付けてくるのは誰かと思ったら蔦重さんか」

「人聞きの悪い、岡っ引きみたいにいわないでください」

蔦重と娘が立っているのは本屋の前、「伊賀屋」と墨書した置き行燈、付き合いのないうえ、小さな店だが繁盛しているようだ。

「よかったら中でお茶でも」

「中に入れって、それどういうことです？」

「ここ、あたしン家《ち》なの」

――伊賀屋は土地柄もあって、浄瑠璃関連の冊子や役者絵が主力、ちなみに役者絵といえば勝川春章の十八番。他には実用書に寺子屋の教本、世にいう往来物なんぞを扱っている。

主は娘の父親、初老の頃を二つ三つ過ぎた朴訥そうな人物だった。

「ウチのじゃじゃ馬がお世話になりまして」

主は蔦重のことをよく知っていた。細見であの鱗形屋を打っちゃり、重政と春章を共演させ、豪華絢爛な花魁名鑑『青楼美人合姿鏡』を開板、と並べ立てる。

「吉原は蔦重さんの独壇場だと本屋仲間も認めてます」

褒められ煽てられ、蔦重、穴があったら入りたい気分。娘が茶を差し替えてくれる。

「それより芝居町に何の用だったの？」

まさかハナからあたしを？　じろり、娘は横目に。蔦重、大慌てで否定しつつ、事情をかいつまんで話した。

「なァんだ、そんなことか」

娘の言葉に蔦重はムッ。

「富本節の冊子を手掛けられるのと、そうじゃないのでは大違いですよ」

「豊前太夫ってギュウちゃんのことでしょ」

ね、お父っあん。娘の念押しに店主はうなずく。合点がいかぬのは蔦重だけ。

「誰です、ギュウって？」

「豊前太夫は牛之助が本名なの。顔は馬みたいだけど」

娘がいうには芝居町の本屋伊賀屋と富本宗家は昵懇の仲、二代目も幼い頃から店に出入りし、伊賀屋の娘とは兄妹同然の仲だという。

「お父っあん、蔦重さんにギュウちゃんを紹介してあげようよ」

蔦重、礼をいうのも忘れてまじまじと娘をみつめる。よくぞ、先ほどこの人をみつけ、夢中で追いかけたものだ。こんな偶然と幸運が重なり合うものなのか。

「ぜひぜひ、お願いします」

ひょんなことから、富本二代目家元を攻略する新手にして妙手がみつかった。幼馴染みの助太刀あらば、商談はトントン拍子でまとまりそう。

「ところでお嬢さんは何てお名前なんです？」

「やめてよ、お嬢さんって柄じゃないんだから」

それでも娘は居住まいを正して名乗った。長身にキリッとした顔立ち、男装の麗人という雰囲気が漂う。

「とせ、です。当世のとせ、と覚えてください」

八

蔦重はウキウキと芝居町から吉原へ戻ってきた。

「今日は験《げん》がいいぞ」

そんな蔦重に、嫂《あによめ》のおもんが長男坊をあやしながら告げる。

「お客様がお待ちかねよ」

「はて、どなただろう？」

「何だかしんねりむっつりした人」

とせと出会えて、せっかく運が向いてきたとよろこんでいるのに。貧乏神がまんじりともせずに座っていたらどうしよう——何はともあれ、客間へ急ぐ。

「お久しぶりですな」、客は、じっとりとした上目遣い、声までねっとりと粘っこい。しかも辛気くさくて陰気くさい。蔦重、首を前へ後へ出したり引いたり、客を二度見、三度見する。

「与八っあん、いや西村屋さん」

「覚えていてくれたか」

馬喰町の大きな本屋の西村屋すなわち永寿堂の主人を忘れるわけがない。薄い眉に三白眼、悪相に磨きがかかったようだ。毛髪の寂しさもご同様、残り毛を集めて結った髷《まげ》が枯れ薄を思わせる。

「耕書堂はご盛業ですな」

「まだまだ永寿堂さんの足元にも及びません」

まずは腹の探り合い、間合いを窺う蔦重に、西村屋与八はいきなり斬り込んできた。耕書堂開板の『青楼美人合姿鏡』を差し出す。

「この本は見事な出来映え。それを見込んで頼みがある」

与八は若禿げの頭を深々と下げた。蔦重、大仰な仕草に驚きつつも執りなす。

「事情をお聞きしましょう」、「錦絵でひと勝負する」

錦絵とは多色摺りの豪華な浮世絵のこと。

「西村屋で吉原遊女の名が入った錦絵をこさえたい」

総点数が百五十を超える連作というから、未曽有の規模といっていい。蔦重はその壮大な構想に眼をみはった。

「で、絵師はどなたが？」「、「礒田湖龍斎《いそだこりゅうさい》を使う」

重政と春章じゃ耕書堂のモノマネと嗤われるからな。与八はいわでもがなのひと言を付け加えた。だが湖龍斎もまた安永を代表する絵師のひとり、肉感的な美人画を得意としている。

蔦重、ここまできけば与八の腹積もりが読めた。

「私にお上臈の手配をしろとおっしゃるのですか？」

「銭はそれなりに弾む」

与八は、蔦重の吉原における手腕と影響力を認めてはいるものの、しょせん金銭ずくの申し出。やっぱり、そこが引っかかる。

だが、蔦重はそっと算盤を弾いた。まず、この連作は吉原にとって格好の売り弘めの道具になるだろう。次に、蔦重の抱える懸案を解消する手立てとして活用できはしないか。

「与八さんにも貧乏神ならぬ福の神になってもらおう」

蔦重、仕事に応じる素振りをチラつかせつつ、ちゃっかりこんな条件を出した。

「私にもお願いがあります」

「何十両も出す気はない」、与八は警戒の色を深めた。

「金銭のことじゃなく、西村屋さんが配下に抱える絵草紙屋、貸本屋を残らず紹介していただきたいんです」

「蔦重、何を企んでる？」

「いえ、市中の本屋さんに、ご挨拶くらいはしたくて」

「……まあ、よかろう」

与八は渋々請け負ってから、探るようにいった。

「吉原の本屋からひと皮剥けて江戸市中へ打って出ようってのかい？」

「………」

蔦重は否定も肯定もしない。与八、面白くもなさそうにダミ声を絞り出す。

「次は黄表紙をやるのか？」

「さあ、どうでしょう」

「西村屋のコネがあっても、取引に応じるのは半分もあるまいて」

「半分どころか、四が一でも御の字です」

蔦重は胸の内でニッコリ、これで念願の販売網強化が大きく進捗しそうだ。しかし、与八は肚にイチモツありそうなことをいう。

「絵草紙屋の紹介を断れば、あんたも女郎の手配はやらねえって料簡だな」

与八は歪めた顔を寄せてきた。


「耕書堂には貸しがある」

「えっ？　昔に借りた本は全部お返ししましたよ」

「そうじゃねえ」、与八はちょっと呆れた様子。

「あんた、本屋仲間からわしのこと、何もきかされてねえのか？」

「何のことやら、さっぱりわかりません」

「本屋界隈じゃ有名な話なんだけどな」、蔦重が知らないどころか与八の経歴にさほど興味を抱いていないことに焦れ始めた。

「この西村屋与八、あんたが細見の時に、後ろ足で砂をかけた鱗形屋孫兵衛の子なんだよ」

「本当です、か。……ちっとも知らなかった」

あの鱗形屋と与八が――そういえば悪相ぶりが似ているような気もする。だけど、ふたりが父子だなんて、しかも西村屋の跡を継いでいるとは、何がどうしてどうなった？

「知らざあ、いってきかせやしょう」、与八は役者そこのけで見栄をきり、身の上話を切り出す。

――何と、孫兵衛の次男が他ならぬ与八。息子を西村屋へ送り込んで江戸の本屋を差配しようという父親の奸智術数、それとも眼に入れても痛くない次男坊に名うての店を持たせたいとの親心？

頑是ない年頃だった与八は西村屋の子となり、今や跡目を継いでいる。だが、蔦重は思い出す。まだ本屋になる前に与八を訪ねた際、西村屋の先代が厳しい人だといっていた。貸本屋稼業からみっちり修業したのも先代から命じられたから。


「なるほど」、蔦重は納得した。先代の西村屋は温厚篤実な人柄で慕われていたけれど、二代目の与八はチト評判が異なる。ふたりとも商売上手なのは共通項ながら与八のクセの強さは評判だ。

「本屋が黄表紙や浮世絵を開板してやるからこそ作者、画工の名は世に高まり広まるわけだろ」

いうならば、作者と画工のために引札を配ってやっているようなもの。与八はこう公言して憚らない。そして、さらにキツ～い一発をお見舞いする。

「そういうわけだから、本や絵を出してほしけりゃお前らの方から頼みにきやがれ」

西村屋は絶対に戯作者や絵師に頭を下げない、という話なら何度も耳にしている。与八の高慢とも強引ともいうべき言い草、あの孫兵衛の息子なら納得もできる。

かくいう蔦重は幼い頃から偉そうにしているヤツが大嫌い。

つい、そういう御仁の鼻をへし折ってやろうという気になってしまう。まして吉原細見に関わるアレコレ、蔦重には何ひとつ後ろめたいことなどない。さっそく反撃に出る。もちろん表情は穏やかに、にこやかに。

「私は吉原細見について、与八さんの実の父上へ改善策を訴えました」

だが、何をいっても門前払い、一聴だにしてくれなかった。

「あのままでは細見という読物の沽券にかかわる。だから私は自分で細見をこさえたんです」

耕書堂の細見に盛り込んだあれこれの新案、妙案はすべて蔦重が考えたもの。

「そうだったのか……」、与八は当惑している。

「しかも鱗形屋さんは手代の不始末で自ら本屋の誉に泥を塗ることになりました」

この件はくどくど説明する必要もない。耕書堂がその間隙を衝いて細見販売に乗り出したのは事実。

だが、それは商機を見逃さなかっただけのこと、どんな商売であっても責められはしないだろう。

蔦重は一気に思うところを述べた。与八も理路整然と並べられたら反撃できない。

「わかった。貸し借りの件はチャラということにしてやろう」

とはいえ与八は孫兵衛の子だけのことはある、己を不利な立場に置かない。

「ひとつ、新しい貸しをつくるつもりで西村屋が卸している絵草紙屋を紹介してやる」

蔦重、ニヤリとしたいところだが、強いて表情を引き締めてみせた。

「ありがとうございます」——ふと、とせの顔が浮かぶ。

「今日はやっぱりツイてる」

九

それでなくとも手狭な耕書堂、五尺六寸という長身の娘がいるとイヤでも人目を引く。いかにも嵩高い。だが、とせは根っから快活なうえ、あれこれ些事に拘泥せぬ、さばけた性格だ。

「両方とも面白い！」

とせが手にするのは『江戸しまん　評判記』と『娼《しょう》妃《ひ》地《ち》理《り》記《き》』、安永六年の耕書堂の新作二冊。

「これとこれ、お薦めです」

とせは入ってきた客に本を押しつける。蔦重は苦り切り、義兄とおもんが揃って大笑い。義兄はとせの肩を軽く叩いた。

「おとせちゃん、押し売りはよくねえぜ」

「だって兄さん、本当に面白いんだもん」

客は財布を出した。

「女将さんは商い上手だ。二冊とも買うよ」

「ありがとうございます！」

とせの朗々たる声、気勢を削がれた蔦重はボソリ。

「この人、私の女房じゃないんですけど」

おもんがとせの隣に立つ。

「でも、おとせちゃんのおかげで本が売れたじゃない」

「それは間違いない」、蔦重は太い息を吐いた。

「蔦重さん感謝してよ」、とせは胸を張る。蔦重は肩をすくめつつ、ようやく頬を緩めた——。

「蔦重さん、ホントのことをいって。あたしがいると迷惑？」

「いや、そんなことは……」

とせは五つ下の二十三歳。それでも、年長の蔦重が何かと圧され気味なのは、人の相生相克というものか。あの再会以来、とせは事あるごとに吉原へきて、耕書堂の手伝いをやりたがる。実家が本屋だけあって、仕事の要領は心得ているし、帳簿の勘定も手慣れたものだ。陽気なうえ、何事もテキパキとこなす彼女に義兄とおもんは一目置いている。

「こりゃ嬶天下になるぜ」、「最高の押しかけ女房ね」

蔦重は痛し痒し、苦いとも酸っぱいともつかぬ顔。とせは、周りの思惑なんぞに構わず、奥から新作を持ってきて棚を補充する。

「せっかくいい本を開板したのに、鱗形屋に遠慮しなきゃいけないなんて」

実のところ『江戸しまん　評判記』は恋川春町、『娼妃地理記』が朋誠堂喜三二の作。だが東都に響くふたりの名は伏せてある。蔦重としては忸怩たる想いが強い。

「長いものに巻かれるつもりは毛頭ないんですよ」

「うん、それはわかってる」

黄表紙は鱗形屋の代名詞、喜三二と春町は鱗形屋の二枚看板だ。蔦重はそこへ割って入った。だが、真正面から挑んでは、とても勝ち目がない。喜三二は諭してくれた。

「臥薪嘗胆、ちょっとの間、機が満ちるのを待て」

その喜三二は耕書堂で初めて書いた本に戯家の同士らしく道陀楼麻阿《どうだろうまあ》の名を使った。春町の言葉も心強い。

「私と喜三二さんは勝ち馬に乗る気はありません」

蔦重だって、ここが踏ん張りどころと覚悟している。

「おとせさんのおかげで富本節のお仕事ができます」

「ギュウちゃん、数ある本屋から、いちばん小さな耕書堂を選んでくれた」

「小さいのは今だけ。じっきに大きくなってみせます」

「それも、わかってる！」

とせの口利きで蔦重はギュウちゃんこと、二代目富本豊前太夫の懐へ飛び込めた。十一月公演にあわせ、浄瑠璃台本に役者の台詞や舞台背景、衣装までを網羅した「正本」を開板する。これが売れれば黄表紙量産へ向け、資金面の蓄えができる。

「あたし表を掃除してくる」

とせが箒を片手に外へ出た途端、悲鳴をあげた――「大変大変、すぐにきて！」

何事だ、蔦重は血相を変えて飛び出した。


「どうした、大丈夫か！」

耕書堂の店先はそのまま引手茶屋「蔦屋」の店頭、吉原大門のすぐそば、緩い勾配の衣紋坂へ三度曲がって繋がる五十間道にある。道の両側には茶屋を主体に商家がぎっしり並ぶ。

「蔦重さん、あれ！」、とせが箒の柄の先で示すのは蔦屋のご近所、大門東側の平屋。墨痕鮮やか、でかでかと書かれた「売家」の二文字が眼に飛び込んだ。

「あれれ、いつの間に？」

「あたしがきた時には、あんなの貼ってなかった」

平屋にそっと近付き、中の様子を窺う蔦重、とせ。義兄も何事かと現れた。

「兄さん、田屋半兵衛さんの家が売りに出てる」

「挨拶もなしに半兵衛が消えて無くなるわけねえだろ」

「じゃあ、あの貼り紙をみてみなよ」

「ありゃりゃ、マジじゃねえか」

義兄は矯《た》めつ眇《すが》めつ貼り紙に見入っている。とせが蔦重の袖を引いた。

「ここ、本屋にうってつけじゃない？」

指摘され初めてそのことに気がついた。次郎兵衛も「おとせちゃんのいうとおりだ」と売屋の紙を引っ剥がした。

「重、ほかのヤツにみつかる前に手を打っちまえ」

「そうするよ。でも、おとせさんと会ってから、怖いくらいに、いろんなことの果《はか》がいく」

「このあたしが？」、とせは箒の柄を今度は自分に向ける。蔦重はいった。

「富本正本、販路拡大がうまくいったと喜んでいたら、今度は新店舗。残るは腕のたつ彫師と摺師の工房を仲間にできたら、黄表紙の開板に打って出られます」

義兄がしたり顔になった。

「おとせちゃんは蔦屋耕書堂の山の神に違えねえぞ」

「兄さん、それをいうなら、福の神だよ」

毎度の兄弟のやりとりの傍ら、とせが小声になった。

「あたしは山の神でもいいんだけど」


安永中期、こうして蔦重が地固めに精を出している頃、江戸の本屋の店先は菜の花畑さながら、黄一色だった。黄表紙にあらずんば戯作にあらず。西村屋に鶴屋、村田屋なども競って黄表紙を開板したが、先頭を独走するのは鱗形屋。主の孫兵衛の高笑いが響く。

「町民だけでなく、武家も競って黄表紙を買っていく」

孫兵衛の哄笑、まさか江戸から北へ五十里も離れた、さるお城にまで届くわけはなかろうが——。

「執務中に大笑いする不届き者がおるようだ」

形のいい耳朶《じだ》に指をやったのは、少壮気鋭というにふさわしい若殿。彼の前に伺候する武家たちは、「はて?」と耳を澄ました。

「何もきこえませぬが」

「私の空耳か……まあよい」

若殿は本題に入った。江戸を去るにあたっての気懸りは、幕臣と町民に奢侈《しゃし》が蔓延していたこと。文武と徳目、倹約が軽視され、あぶく銭を儲けての贅沢三昧に憧憬が集まっている。

「その元凶は誰か?」

私がいわずとも皆も承知しておろう。怒気さえ含んだ物言いに、取り巻きたちはただうなずくのみ。

「あやつの首は私がとる」

瞳に決意の焔、そこに侍った全員が気圧された。

「そして、怪しからぬ風潮を助長するのが戯けた草紙」

卑俗と下衆の極み、黄表紙を根絶やしにしてしまえ。それもまた、若武家が日日再々のごとく口にしていること。取り巻きのひとり、年かさの侍が膝を進めた。

「件の本屋のこと、ご指示通り探らせました」

「誰でも叩けば埃が出よう」、埃が出たら、それを取り沙汰して厳しく追い詰めろ。

「鱗形屋とかいう名だったの」

「御意、ある旗本の家僕と胡散くさい動きをしておるようです」

十

初霜が降りたその日、蔦重は「蔦屋耕書堂」の看板を掲げた。

富士山形に蔦の葉の商標がまばゆい。拍手と歓声が高く蒼い空に響く。

「ありがとうございます」

蔦重、面映ゆそうに頬を綻ばせ、深々と礼をする。喜三二が看板を見上げた。

「重政の筆跡、見事なものだ」

「蔦重の門出ですからね。こっちも力が入りました」

重政が大筆を揮《ふる》う仕草をする。紛う事なき達筆、それもそのはず、重政は能筆家として鳴らしており、絵草紙や手習い書の文字板下を数多く手掛けている。

「肝心の本屋も立派だ」、だが喜三二、首を傾げる。

「前は何の店だった？」

豆腐屋だろ。水茶屋だった、いや履物屋だ。喧《かまびす》しい声を春町がまとめた。

「本日只今、耕書堂が江戸で一番新しい本屋。それでよろしいではありませんか」

妓楼の主、大文字屋市兵衛が太鼓腹を揺すった。

「この本屋こそ吉原売り弘め合戦の本陣でございます」

どうだ、うまいことというだろ。得意顔の市兵衛、蔦重はじめ面々もうなずく。

「では店の中へどうぞ」、引手茶屋の玄関間借りとは段違いの広さ、中央にドンッと構える大棚。そこには、安永元年の開店から、この六年までに手掛けた摺り物が並ぶ。

販売と改所を務めた細見、耕書堂初の富本節正本『夫婦酒替奴中仲《めおとざけかわらぬなかなか》』に加え、喜三二や春町が別名で書いた戯作、重政と春章合作の豪華絵本『青楼美人合姿鏡』などなど十四点。まだまだ数は少ないものの、これらは耕書堂の歴史を物語る。

蔦重はそっと『一目千本』の表紙を撫でた。この日を小紫と迎えたかった——。

来春早々に出す細見『人来鳥《ひときどり》』の試し刷りも用意した。喜三二がいう。

「序文はわしが仰せつかったのだが、またぞろ遊び人の評判がたってしまうわい」

「秋田の殿様も、とうにあきらめているでしょう」

春町が混ぜ返す。細見の巻末には耕書堂作品の広告がぎっしり。これは蔦重が編み出した妙案でもある。叔父は店内を見渡した。

「空になってる棚があるけど、これじゃ寂しかろう」

「春町さんや喜三二さん、重政親分が挿絵を描かれた黄表紙、春章さんの役者絵なんぞが奥に控えてます」

明日の店開きには、他の書肆の話題作を並べるし、極彩色の錦絵も吊るす。

「鱗形屋の黄表紙もかえ？」

悔しいが江戸の本屋に鱗形屋の黄表紙は外せない。でも直取引は叶わぬ。しかし懇意の本屋が横流し、いや便宜をはかってくれた。

「ささやかですが、酒肴を用意しました」

「は〜い、お待たせ！」

おもん、とせが膳を運ぶ。新生なった蔦屋耕書堂は祝宴の場に早変わりした。

義兄は弟の酌を受ける。

「お前が出ていっちまうと、物悲しくていけねえぜ」

「茶屋からたった四軒しか離れてないのに」

嫂《ねえ》さんと喧嘩したら逃げておいでよ。重三郎がいうと、おもんはぴしゃり。

「その時は帰ってこなくていいから。重さん、この人を小僧に雇ってあげて」

いっそう場が和む。重三郎は利兵衛の前に立った。

「叔父さんの子になって二十年、ここまできました」

父母との生き別れ、多感だった少年の日々、細見から始まった本屋稼業……。

「まだ、わしは褒めないよ」

「わかっています」

言葉と裏腹に叔父の面立ちはやさしい。重三郎の胸に万感が迫った。

十一

田沼意次《おきとも》が退出しようと立ち上がった時、つっと近寄ったのは松平康福《やすよし》だった。

「主殿頭《とのものかみ》、折り入って相談がござる」

康福、田沼と同い年で同職の老中ながら、幕僚としては先輩格、家柄も数段よい。しかし幕府内の権勢は田沼が大きく勝る。康福は股肱同然の態度をとっている。田沼は片眉をあげた。

「どうなされた?」

「さる旗本の用人が吉原の遊女に入れ揚げた末、家宝を質入れ、逐電いたした」

「城を傾ける女子(傾城=遊女)とはいいえて妙」、田沼は鼻先で笑った。

「それが……この旗本、い、いい、それがしの遠縁でして」

「なんと」、田沼の嫡男意知の妻は康福の娘。まんざら他人事でもない。

「降りかかる火の粉は払わねばなりますまい」

事の仔細を申されい。促された康福は苦笑交じりで事情を語る。田沼は即答した。

「誰ぞを人身御供にするしかありませんな」

話に出てきた懇意の本屋とやら、そやつに用人が唆されたという筋立てがよろしいのでは?

「どうせ本屋と用人は賂《まいない》漬けの腐れ縁、互いに甘い汁を吸っておったでしょう」

「それが世の常なれば……」

康福、かような世情の大本が田沼だと気づき、慌てて後を濁した。田沼は聞かぬふりをする。

「本屋を引っ立て、用人は隠居させる。家宝は旗本が隠密裏に買い戻すが得策」

「さすがは田沼殿」、康福は愁眉をひらいた。

「それほどでも」、田沼は謙遜したのも束の間、また眉をひそめた。

「時に、この件はなぜに露見いたしましたかな?」

「御三卿の田安様の筋から大目付に密告があったとか」

「ほう……田安様に関わる者が、我らの足元をすくうような真似を」

一瞬、田沼に翳が走った。だが、康福は気づかない。


――日本橋は大伝馬町にある北尾重政の仕事場。蔦重と若者が向き合っている。

「深川生まれで、京橋育ち。生粋の江戸っ子ですって?」

「はい。粋に通、穿ちが好物で、戯けたことばかり身についてしまいました」

若者は蔦重の前でも臆さない。だが、挑むような生意気さではなく、機智に富んだ聡明さ、屈託を知らぬ明朗さが伝わってくる。

「お洒落が身についている」

蔦重は感心した。着物から髷、煙管や手拭いの小物まで当世を踏まえていながら軽佻浮薄に傾いていない。若者はしれっといった。

「流行の真っ只中は野暮。三歩遅れると、これも無粋になってしまいます」

「では、どうすれば粋に？」

「半歩ずらして、当世なんか知らないよって顔をするのが通じゃないでしょうか」

蔦重、眼をみはる。新店のお披露目から一年を待たずして新鋭と出逢えた。

「あなたも戯家の同士だ」

黄表紙の挿画を描いていた重政が顔をあげた。

「こいつを買い被るなよ」

若者は北尾政演《まさのぶ》といって重政の愛弟子。その日は好評を博す富本正本の表紙画の打ち合わせ、蔦重は迷うことなく即断した。

「政演さんにお任せします」

師匠が政演にいう。

「急いで下絵をこさえて、まずはわしにみせろ」

「はい」、好青年は蔦重に一礼して下がった。それを見届けた重政が打ち明ける。

「あの野郎、絵だけじゃなく文章もいい筋をしてんだ」


蔦重は大満足で重政のもとを辞し、表通りに出た。

と、大勢の野次馬が口々に喚きながら駆けていくではないか。

「鱗形屋で大目付の捕り物だ！」

すわ、蔦重も走り出した。黄表紙の総本山、鱗形屋の店先は黒山のひとだかり。

「どけ、散れ！　片っ端からしょっ引くぞ！」

役人が野次馬を蹴散らす。蔦重は爪先立ちになり群衆の後から覗き込んだ。

「鱗形屋孫兵衛……」

傲慢ながら辣腕の大男が身を屈め、眼を伏している。手にはお縄。ふと隣をみやれば、何と先刻まで打ち合わせをしていた、重政と政演の子弟が息を弾ませていた。

「外がやけに騒がしいんで飛び出してきた」と重政。

「江戸っ子の血が騒いでしまいました」、これは政演。

「一体、何がどうなって、鱗形屋があんなことに？」

当惑する蔦重の周囲で人々が噂する。

「これで鱗形屋は終わりだ」

「この本屋がなくなっちまうと春町や喜三二の黄表紙はどうなるんでい？」

「西村屋与八の永寿堂、鶴屋喜右衛門の仙鶴堂あたりが引き継ぐんじゃねえか」

重政が蔦重の肩を揺する。

「この機を逃すと一生悔やむぞ。すぐ戯家の同士に召集をかけろ」


後刻、吉原大門横の蔦屋耕書堂には喜三二、春町、重政が顔を揃えた。

「覚悟は決まっています」、蔦重は宣告した。満を持しての黄表紙進出、そのため、ここに集まってもらった面々とは、かねてから相談を続けている。

「もう鱗形屋に遠慮する必要はなくなりました」

喜三二の作なのに道陀楼麻阿の別号を使ったり、ことさらに春町の名を伏せたりせず、堂々と売れっ子の作だと公言する。

　ここまで語って、蔦重は江戸の地本の重鎮たち、ひとりひとりと眼をあわせた。

「皆さんには他の本屋から注文が殺到するはずです」

　少年の面影を残し、穏やかで品のいい本屋が一変、凄まじい気魄をみせた。

「できれば——すべてお断りしていただきたい」

　重政たちは息を呑む。やがて腕を組む者、宙を睨む者、湯呑を弄る者、三人三様に思案する。店からは、とせが客応対する明るい声がきこえてきた。

　沈思黙考の時を破ったのは他ならぬ蔦重だった。

「な〜んて偉そうなことを口走ってしまいました。でも、皆さんを試すつもりでいったんじゃありません」

　江戸の人気者、本屋から引手数多の三人を耕書堂が独占するなんて野暮の骨頂。

「本屋だって相身互《あいみたが》い、それぞれが繁盛しないと絵草紙が廃れてしまいます」

　この道理がわかっていても、あんなことを口にした真意はこうだ。

「私は本で江戸をひっくり返すつもりでいます。そこが他の本屋と違うところ」

　それに、鱗形屋孫兵衛は江戸を一時所払いの憂き目に。彼が失せ、本屋の世界は戦国時代になる。

「僭越ながら、耕書堂が次の頭領になります」

　そのためには誰もが驚くことをやらねば。蔦重にいっそうの凄味が差した。

「耕書堂初の黄表紙は一挙に十点、他に咄本や洒落本も手掛けます」

「無茶だ」、重政が眼を剥く。

「いえ、やります」

二年後、安永九年（一七八〇）新春の開板を目指す。とはいえ、傑作を並べるには相応の準備が肝要。

「来冬には摺り始めなければなりませんから、残された期間は一年ちょっと」

喜三二に春町、重政ら戯家の同士は合点した。

「なるほど、来年は蔦重の仕事で手一杯になるわけだ」

「では、さっそく打ち合わせを」

同士が温めている案はもちろん、蔦重の頭の中には粋で洒脱、滑稽と諧謔、穿ちの利いたタネが、今か今かと出番を待っている。

十二

浅草寺界隈はいつに変わらぬ賑わい、雑踏を男と女が連れ添っていく。

何人もが振り返るのは、やはり女の背丈が目立つから。しかし、女にそれを気にする素振りはない。とはいえ、彼女の心の鏡には、細かな傷がいっぱい入っているのかもしれぬが……。

もっとも、女は隣の男といると伸び伸び振る舞えた。男は、身長どころか、女のすべてを受け入れてくれている。そう実感できた。

「蔦重さん、遠くなるからこのへんでいい」

「うん。でも、もう少し」

「仕事が山積みなのに」

「おとせさんを無事に送り届けるのも大事な仕事だよ」

蔦重、とせはいいかわしながら日光街道へ入る。とせが耕書堂を手伝うようになって二年になろうか。蔦重は二十代最後の年を迎え、とせも二十四歳になった。ともに独り身、男やもめに蛆が云々、女だってあと一、二年もすれば中年増とか薹《とう》がたつと要らぬ陰口を叩かれてしまう。

余談ながら、お江戸の男女比は二対一と圧倒的に男余り、生涯独身をかこつ男は星の数ほどいる。というのも、一攫千金を夢みて、あるいは食い詰め、田舎から江戸へ流入する若い男が後を絶たないからだ。されど、そのおかげで吉原には女日照りの客が詰め掛け大賑わい。お江戸の繁昌の基《もとい》は田沼が旗振るイケイケドンドンの政、諸色高騰すれども好況で実入りが増えれば天下泰平、贅沢をしようという気になる。

蔦重、とせはいつものように話に夢中になった。芝居町までは、もう四半刻（三十分）ほど歩く。

「来年は大勝負ね」

「一挙に十点近くも開板なんて口走ったけれど、それが本当のことになる」

一介の吉原の本屋がいきなり江戸の大舞台へ躍り出る。しかも喜三二、重政といった人気者の作ばかり。しかし、これらが当たればいいものの、転《こ》けたら店を畳まねばなるまい。

「ちょっとビビってる?」、とせがこちらをチラリ。

「何でもお見通しだな」、蔦重は鼻の頭を掻いた。

「大丈夫、あたしがついてるから」

とせは夜空を見上げた。今度は蔦重がチラリ。

「そうだね、ありがとう」

ニッコリ、とせは笑窪を浮かべた。蔦重はとせの笑顔が大好きだ。

「あたし、ずっと蔦重さんの側にいたいな」

「えっ、今なんて？」

「……バカ、知らない」

とせは小さく叫ぶと急に足を早めた。スタスタ、ドンドン、サッサッ。あれよという間に蔦重は置いてけぼりにされた。

「おとせさん、待って！」、逃げる女に縋る男。街道沿いの水茶屋は店仕舞い、背伸びして暖簾に手をやる女中が忍び笑いを漏らす。

「何だか、私はおとせさんを追いかけてばかりいる」

蔦重、尻からげする勢いで一気にとせの前に回った。とせは唇を尖らせる。

「蔦重さんなんか大嫌い」

「ゴメン、機嫌を直して」

とせは、やるせなさを隠そうとしない。

「小紫さんって人のこと、まだ忘れられないんでしょ」

「それは……」蔦重は口ごもったものの意を固めた。

「小紫さんは戯家の同士だった。おとせさんには、戯家の同士だけでなく、耕書堂の同士にもなってほしい」

月が雲に隠れ、とせの顔色は知れない。蔦重は構わずとせの手を取る。

とせは、しっかりと握り返してきた。

十三

祝宴の規模はささやか。だが、集まった客の顔触れは豪勢。今しも、長い顔を美酒で朱に染めた富本豊前太夫が、祝儀の曲『長生《ちょうせい》』を披露したばかり。

当代人気随一の浄瑠璃語りは重三郎に頭を下げた。

「おとせは妹も同然、末永く可愛がってやってください」

「もちろんです！」

重三郎は即答し、隣のとせが喜色に染まる。叔父の利兵衛が甥に耳打ちした。

「お前は女房運がいいようだ」

重三郎は軽く身をよじる。叔父の酒臭い息がくすぐったいだけでなく、どうにも照れ臭い。叔父はとせにも声をかけた。

「耕書堂はおとせのおかげで持っている、そういわれるようになっておくれ」

たちまち神妙になるとせ、重政が混ぜっ返した。

「叔父御、とっくにもう、そういわれてますぜ」

一同が爆笑するなか嫂《あによめ》のおもんがとせを促す。とせは、白無垢の上に羽織った白打掛を引きずるようにして座敷を後にした。白の綿帽子に隠れている鼈甲《べっこう》の簪《かんざし》は重三郎が贈ったもの。

「おとせがいないと少しの間でも寂しくて仕方ないだろ」

喜三二らが新郎の前にやってくる。春町に重政、彼の弟子の政演も招いた。政演は年若いが粋を体得した絵師、重三郎は大いに嘱望している。

春町が手酌で盃を満たそうとするのに気づいた政演、ソツなく酒器を傾けた。春町、毎度の例に漏れず早くも出来上がっている。喜三二が政演に忠告した。

「金々先生はここからが長い。ありがたいお説教を喰らわぬよう気をつけろ」

「心得ました」、微笑む政演。当の春町が酔眼を瞬かせた。

「注げども　満たぬ酒樽　魔訶不可思議　覗けば底の板なかりせば」

「おや狂歌ですか」

重三郎が身を乗り出す。喜三二は渋面で「ひどい出来だ」

「まだ御酒が少々足りませぬ」、しれっと春町。

「ではもう一献」酒をすすめる新郎の重三郎、すっかり本屋の蔦重に変じている。

最近、気にかかっているのが他ならぬ狂歌。戯家の同士はもちろん、粋人通人を自認する面々が世事や気分を五七五七七の調子に乗せて詠み、興じている。春町は盃を干した。

「バカをやらずして浮世は渡っていけません」

「その方便が狂歌ですか」

「黄表紙に挿画、そして狂歌。私は戯家を極めます」

政演が注釈を入れる。

「昔は上方で隆盛だったそうですが、昨今の狂歌は江戸前。私も新しいモノ好き、不調法ながら戯れ歌を詠じたりします」

ううむ、うむ。例のごとく蔦重が唸る。こうして、力のこもった低い声を出すのは、本屋が新しい獲物をみつけた証拠。重政や喜三二は呆れるやら感心、いや寒心するやら――。

「今日は大事な祝言だぞ」

喜三二が意見をするのと同時に座敷の戸が開いた。再び新婦の登場、お色直しは金糸銀糸で霊峰富士を刺繍した豪勢な着物、帯に絵付けされたのが蔦――見事に蔦屋耕書堂を象っている。

「とせは背丈があるから、こういう絵柄が映える」

感服する当代一の絵師の重政は感嘆し、政演がうなずく。他の者も歓声をあげた。

お雛様のように並んだ重三郎、とせ。重政に命じられ政演が新郎新婦を絵に写す。豊前太夫が寿ぎの浄瑠璃をもう一曲。

新妻が小声で夫にいう。

「仕事の話をしてたでしょ」

「どうしてわかるの？」

「顔に描いてあるもん」


祝言の夜、新郎新婦がひとつ蒲団を前にしている。

山と積まれているのは艶本《えほん》、世にいう枕絵、春画というやつ。戯家の同士から新婚夫婦へのご好意溢れる、お節介なご進物。

蔦重、やれやれといいつつ『免《ゆるし》の音色』なる一冊を手に。ところが、たちまち眼が輝いた。

「さすがは喜三二さんの文に重政親分の画だ」

「あたしにもみせて」

新婦は夫の肩に身体をぶつけるようにして艶本を覗き込む。とせは恥ずかしがるどころか、文がどうこう絵が云々と指摘してみせる。それがまた、なかなかの目利きぶり。

「こっちにあるのは春町さんの『遺精先生夢枕《いせいせんせいゆめまくら》』ね」

「春町さんの艶本は珍しい」

まさか戯家の同士とて、夫婦が秘本の出来をあげつらっているとは思いもよらぬだろう。似た者同士、戯家にして本屋の同士にふさわしい初夜というべきか。

それでも夜は更け、男と女は褥《しとね》を共に。夫婦は蛤の貝合わせ、恋慕が愛慕に昂まって、めでたく偕老同穴の契りが結ばれた——。

吉原は大引け、ようやく喧騒が収まる。かさこそ、風もないのに枕もとで懐紙が小さな音をたてた。

夫婦は顔をよせる。

「重さん、ふたりでお江戸をひっくり返そうね」

「おとせがいると心強い」、重三郎はとせの肩を抱く。いくら背丈はあるといってもそこは女子、とせはすっぽり重三郎の胸に収まった。

「新しい店まで五年かかった。今度は三年で吉原を出て江戸市中に進出するよ」

「浅草とか馬喰町、芝神明前、それとも四日市（日本橋魚河岸の対岸）あたり？」

「バカいっちゃいけない」

ツンッ。重三郎はとせの笑窪を指先で甘く突く。

「耕書堂たるもの、店を構えるなら日本橋界隈だ」

「そっか」、とせは鶴屋喜右衛門、山形屋市郎右衛門、西村屋与八、松会三四郎など日本橋周辺にある名うての本屋を諳《そら》んじた。

「早く地本問屋の株を手に入れないと」

江戸の本は地本と書物に分かれる。「地本問屋」は、人気絶頂の黄表紙を筆頭に絵草紙や浮世絵、細見などを扱う。一方の書物とは神仏儒、古典、歌書、学問などお堅い出版物のこと。こういう高尚な書籍は「書物問屋」が卸す。書物問屋は上方発祥の老舗が多い。

「地本問屋になれば江戸中に耕書堂の戯作が届く」

「西村屋さん紹介の販路だけじゃ物足りないもんね。それと、思ったんだけど往来物を売るのはどう？」

「寺子屋のお手本とか『女大学』『庭訓往来《ていきんおうらい》』かい」

学習書や家庭向け実用書が往来物。とせの実家、芝居町の本屋伊賀屋では往来物を商い、連綿と確実な実入りをあげている。

「細見と浄瑠璃本それに往来物が売り上げの柱になりそう」

「いいね。その儲けをあっちに注ぐことができる」

「あっちって狂歌でしょ？」、とせはすぐに察した。

「戯作者、絵師のほとんどが狂歌に夢中だからね」

狂歌の畑に分け入り、たわわに実る果物をもぎ取り、新たな戯家の同士を探したい。とせは眼を丸くした。

「重さん、てんてこ舞いになっちゃう」

「おとせがいれば店は安心」

「うん」、とせはうなずく。だが、しっかり念を押した。

「吉原で同士の皆さんと酒盛りはかまわない。でも浮気は絶対に許さないから」

ギュッ、ずきずき。腕を思いっきり抓られ、新郎は小さく叫んだ。

第五章　戯家《たわけ》の天下

一

最後の荷を大八車に積む。蔦重は前垂れをはたいた。

とせも姉さん被りの手拭いをとる。重三郎は爪先立ちになり、ほつれ毛を直してやった。

「うれしいけど恥ずかしい」、とせは首筋まで赤らめる。

「誰もみてなかったかな」、重三郎も照れ笑い。

安永九年（一七八〇）の初春、耕書堂は黄表紙や黄表紙仕立ての咄本など一挙十冊の大攻勢、最新版の細見『五街《ごけい》の末』も忘れちゃいけない。ガタゴト、満載の大八車が何台も連なり衣紋坂を上がっていく。遊客は道端に飛びのいた。蔦重はいった。

「本の出来には自信がある」

でも、中身がいいから売れるわけではない。それが本屋稼業のつらいところ。

「大丈夫、絶対に大当たり」

とせが太鼓判を押す。ピンッと背を伸ばした姿は芝居に出てくる美麗な若武者のよう。しかし胸や尻に漂うのは、娘にはない人妻ならではの色香だった。

女は変わるものだ。重三郎は今更ながら得心した。

「黄表紙を積み込んだら、お腹が減っちゃったよ」

「夕飯、早めにつくる」

とせはいそいそと台所へ。重三郎、両手を筒形にして口へもっていった。

「お味噌汁、最初に出汁をとるのを忘れちゃダメだよ」


数日後の朝まだき、吉原大門横の耕書堂、玄関の雨戸を怪しい者が揺すっている気配。先に眼を覚ましたのはとせ、隣で高鼾の重三郎を起こす。

「ファ〜、どうした?」

「泥棒がきた!」

ナニッ、重三郎は飛び起きたものの、腕っぷしにはからきし自信がない。

「裏口から出て兄さんのところへ知らせておいで」

「いや、あたしが相手する」

とせ、すっくと立ちあがり、用心のため枕元に立てかけた竹刀を手にする。芝居町で育って歌舞伎の立ち回りに魅了され、女だてらに道場通い、やっとうの腕前は男顔負けなのだ。

「無茶はしないでおくれよ」

重三郎、眦《まなじり》を決した妻の後からへっぴり腰でついていく。とせは小声になった。

「本棚の影に隠れていて」

おっかなびっくりの重三郎、それでもとせが劣勢になれば投げつけようと下駄を手にする。

新妻はそっと引き戸を開け、雨戸を内から蹴倒した。

「タアーーーッ！」、裂帛《れっぱく》の気合と同時に上段に構えたとせが飛び出す。

「ヒエ～ッ」、外にいた男たちが尻もちをついた。本棚から重三郎が顔を出す。

「河内屋、それに大和屋さんのご主人じゃないですか」

耕書堂の玄関先に夜明け前から集まったのは、市中の本屋たち。ざっと数えただけで十人近くもいる。蔦重、寝間着の衿をあわせた。

「いったい何事です？」

「とんだお出迎えだ」、河内屋が皆を代表してボヤく。だが、すぐ用件に入った。

「耕書堂の黄表紙、あるだけ分けてもらおうと夜駆けして吉原まできたんだよ」

「独り占めはさせないぞ」、「ウチにもくれ」

喜三二の作は軒並み上出来、重政や政演の挿画も抜群。

「重政の弟子の政演の挿画だって師匠に負けていない」

耕書堂の本が面白い。粋だ、通だ、穿《うが》ちが効いている。噂が噂を呼びたちまち売り切れてしまった。

「喜三二の作の在庫がなきゃ、王子風車とか四方屋本太郎って新顔のでもいい」

「ご安心を。本は店の奥にたんと仕舞ってあります」

蔦重は客を店内へ招き入れる。振りあげた竹刀を降ろすのも忘れキョトンとする妻を振り返った。

「お茶の用意を頼むよ」

夫婦の初夢が正夢になった。

二

寛永寺をいただく上野忍岡の森の道、木漏れ日のやわらかさが気負う心を撫でてくれる。

蔦重は連れ立って歩く北尾政演にいった。

「わざわざ申し訳ない」、「お気になさらず」

蔦重、重政一門の政演をえらく贔屓にしている。一昨年に富本正本の表紙を任せたのが初仕事、今年の黄表紙大攻勢では喜三二と名もなき新人の政演を組ませ、本屋連中を驚かせた。

「政演さんは文章も達者。喜三二、春町の両巨頭も舌を巻いてます」

耕書堂大躍進の一翼を担ったのが『夜野中狐物《よのなかこんなもの》』なる黄表紙。挿画は政演、文が王子風車となっているものの、作者も他ならぬ政演。だが当人は首をすくめる。

「風車なんて筆名がイマイチでした」

王子稲荷に引っかけるんなら、「王子狐火《きつねび》」か「王子火除《ひぶせ》の蛸」にすればよかった。だって王子稲荷の名物といえば、大晦日深夜にあらわれるという狐火の行列、そして如月の初午と二の午に売り出される火除けの凧。

「政演さんはそういうが、あの作は筆名より題名。あなたから〝こんなもの〟ときいた時には腹を抱えました」

蔦重がこの若者を買っているのは、香り立つ才気に惚れただけではない。立ち居振る舞い、物言いとも気取りとは無縁、そのくせ石部金吉にあらず。年若くして吉原で浮名を流している。

宝暦の色男が喜三二なら、当世の若き通人は政演。今日の装いは黒の正絹、所々に撚りが節をつくったり、わざと擦れさせたような凝った生地。それをオツに着こなしている。

「こういうのは越後屋それとも白木屋か大丸で？」

「いえ、青山くんだりにある小さな店で誂えています」

女将がひとりでやっていて、こだわりが強すぎるというか、独創性溢れる着物をこさえる呉服屋らしい。

「わざと穴を空けた、おこもさんみたいなのを薦められたこともありました」

「あなたなら似合いそうだ」

蔦重、しきりに感心したり得心したりするうち、目指す場所が近くなってきた。

今日、蔦重が訪うのは、嘱望すべき画才の主。数え三十一の蔦重より三つほど若く、政演とは八つの年の差ときいている。政演にも勝るという逸材を推挙してくれたのは、他ならぬ重政だった。

「あの難物、石燕さんの一門なんだが、師匠よりオレに懐いちまってな」

零陵洞《れいりょうどう》こと鳥山石燕《とりやませきえん》は狩野派の絵師ながら、流派をはみ出し、百鬼夜行の妖怪画で知られている。

重政と石燕は俳諧仲間、互いに行き来するうち、件の俊英は重政に私淑するようになったという。蔦重は合点した。

「石燕さんの門人なら春町さんが兄弟子ですね」

「そうそう。春町からも因果を含めてもらうといい」

はて？　難物やら因果云々とは穏やかではない。

「そんなに癖の強い方で？」

「蔦重と五分の勝負だな」

さらに。温厚な春町までが顔を曇らせた。

「画才は抜群なんですが」、春町はこれだけいうと口を濁す始末。さしもの蔦重とて腕を拱《こまぬ》いている
と……。「私がご一緒しましょう」と軽い調子で助太刀を買って出てくれたのが政演だった。

うたまる兄さんとはなぜか気が合うというか、扱いづらいと思ったことはない。

「あの人の辛辣な嫌味や皮肉なんか聞き流せばいいんです」

蔦重、別の意味で気重になったが、俊英とあらばぜひとも仲間に引き入れたい。

長屋の木戸を潜る。遊んでいた子どもにきくと、彼の住まいはすぐわかった。戸に手をかけた寸前、
中から先に開いた。飛び出してきたのは若い女。色白で美形だが、眼を伏せ泣きはらしている。


若い女の後姿を見送る形になった蔦重と政演、気を取り直して開けっ放しになった家を覗きこむ。

ぷ〜ん、蔦重は酒の匂いに鼻をひくつかせた。叔父や義兄の茶屋で出す上方からの下り酒、灘の生
一本だと踏んだ。羽目板の反り返った長屋の住人が呑むにしてはチト贅沢が過ぎよう。

「誰だ、何の用だ?」、部屋の奥から冷たい声がした。紙や絵筆、絵の具など画材に囲まれ、長身で
細身の男が片膝を立て座している。

男は描きかけの絵をぞんざいに押しのけると、酒が入っていると思しき湯飲みを置いた。

「蔦屋耕書堂でございます」

「あんたが吉原の本屋か」

男の眼が一瞬、光った。蔦重、大蛇がとぐろを巻いてこちらを凝視しているような気がして、軽く

身震いをしてしまった。さすがに、上がるのはためらわれる。だが、政演はさっさと草履を脱ぎ框《かまち》に足をかけた。

「兄さん、ごぶさたです」

ずかずかと部屋に入った政演、男の足元を覗き込む。

「やっぱり女の絵ですね」

政演が下書きを拾いあげるのを、男は乱暴に引き戻す。危うく紙が破れそうになった。それでも政演はいっかな気後れしない。

「さっきのいい女、追いかけなくていいんですか？」

「政演、少し黙っていろ」

男は苦虫を数匹噛み潰したような顔を、今度は蔦重に向けた。

「ボーッと突っ立ってねえで、入ったらどうです」

「では、失礼します」

おっかなびっくり仕事場兼茶の間へ。といいつつ、しっかり画材道具を品定めする。いずれも紛う方なき一級品。貧乏暮らしながら、酒と仕事道具には一家言があるらしい。先ほどの女にしても美形だった。蔦重は胸の内でニヤリ。

――この人は、きっといい仕事をしますよ。

男は膝を直すとおざなりな口ぶりで名乗った。

「師匠命名の豊章は飽きた。当分は歌麿ということで」

「兄さんは仲間内じゃうたまるで通ってます」

歌麿は政演をジロリ、だが政演は知らぬ顔、手にした下書きを蔦重に渡す。

「艶本《えほん》ですか」、裸女がさっきの女子を写しているのは明らか。歌麿は仏頂面のままうなずいた。

「ここに男を絡ませたい」

蔦重、一をきいて十を知る。政演もおやおやという表情に。どうやら女は、「他の男とまぐわう姿態を描かせろ」と迫られたらしい。

「画業のためなら女も泣かすってわけですね」

蔦重が呟くと、若き絵師は返事の代わりに湯飲みをとって一気に呷った。

歌麿の画才は磨けば煌々と輝く珠玉。蔦重は何としても戯家の同士に引き込みたい。だが、そこは蔦重、お世辞や平身低頭で取り入る気はまったくない。

——私もここらで、ひとつやらかしますか。

「時に。歌麿さん、あなた、本気で鳥居清長に勝つ気はおありなんですか？」

清長は歌麿と同年配、八頭身の美人画でメキメキと頭角を現してきた新鋭だ。その名を耳にした途端、とぐろを巻いていた蛇、いや違った歌麿が鎌首をあげた。

「どういう意味だ？」

「この絵じゃ勝てません」

「何をッ！」、歌麿が立ち上がった。「兄さん、落ち着いて」と身を楯にする政演。蔦重は不敵にいい放った。

「私に身を預けてください。歌麿さんに日の本一の美人絵を描かせてみせます」

三

　ふわふわ、白い蝶が宙に浮かぶように飛んでいる。

「やっと冷や汗が引いた」、政演は手拭いを懐に収めた。どうなることかと心の臓が止まりそうでしたよ。政演は歌麿との一件を振り返る。蔦重は反省した。

「少々やり過ぎましたか」

　歌麿は政演のように素直じゃないし可愛げもない。驕慢なうえ矜持が突出している。絵師として不遇なのは、蛇を思わせる拗ねた性格のせいかもしれぬ。蔦重は敢えてそこを突き、果たして歌麿は牙を剥いた。

「政演さんが身を挺してくれなければ、頬をひとつ、ふたつは張られてました」

「ええ。でもうたまる兄さんが、あそこまで清長さんを気にしていたなんて」

　政演は意外そう。しかし、蔦重には歌麿の焦燥と忸怩《じくじ》が手に取るようにわかる。清長の人気は絶頂へ一直線、歌麿がこのまま燻っておれば、手の届かぬところへいってしまうだろう。

「でも兄さん、すっかりその気になってました」

　歌麿の画業はまだ双葉。だが栴檀《せんだん》のように香り立っている。それを大事に育て、大輪の花を咲かせるのが本屋の本分だ。

「しかし、あの人と仕事をするのは気骨が折れそうだ」

「次は女将さんを用心棒代わりにご一緒されては？」

政演は悪戯っぽく笑う。先般の竹刀を振りあげてのとせの武勇伝、江戸中の本屋に知れ渡っている。

政演は冗談めかして続けた。

「私はうたまる兄さんが羨ましいです」

蔦重さんに日本一の絵師にすると請け負ってもらえるなんて冥加な人だ。政演は足をとめ、寛永寺の土塀で翅を休める白い蝶を狙って親指と人差し指を差し出している。こんな幼い仕草も、不思議と彼には似合う。

「安心なさい。政演さんも日本一にしてみせます」

蔦重は愛し子を諭すようにいう。あなたは絵もいいけど、むしろ私は文才を買っている。喜三二さんにないものを書き、春町さんの文画二刀流を凌いでほしい。

「しかも、政演さんは町人の出。江戸っ子は町人作家の登場を待っています」

蔦重を見上げる政演は面映ゆそう。蔦重は苦笑した。

「政演さんと歌麿さん、ふたりを足して二で割ってほしいですよ」

それはそうと、もうひとつ大事がある。

「狂歌の会の件ですが……」

「明後日ですよね。重政師匠と一緒にお伺いします」

うむ。会合は吉原の妓楼の主〝かぼちゃ〟の異名で鳴らした大文字屋市兵衛の養子、二代目市兵衛が肝煎りになっている。

「世の流行を外さぬのが吉原の流儀、先代から受け継いだ心得」

二代目市兵衛は嘯《うそぶ》く。吉原でも狂歌は話題の的、通や粋を気取る遊客に負けじと、お上臈も戯れ歌を詠じている。

十年前の明和六年（一七六九）、和歌を嗜む若き武家たちが中心になり始めた狂歌。黄表紙と同じく世情を穿ち、諧謔、滑稽、韜晦《とうかい》を散りばめる。

「狂歌の大本は、あの寝惚《ねぼけ》先生こと大田南畝《おおたなんぼ》さん」

南畝は早熟の天才、弱冠十八歳で狂詩狂文集を開板してみせた。その序文を書いたのが平賀源内、

「戯家の同士」はそこからの引用だ。

狂歌人気はさらに拡大するだろう。このうねりをすっくり耕書堂が取り込んでしまいたい。

「狂歌の渦の中に飛び込めば、江戸の文人墨客をひとり残らず同士にすることができるんです」

それが本で江戸をひっくり返す近道——蔦屋重三郎の野望には果てがない。

四

重三郎は線香の煙の行方を万感の想いで追う。煙はまっすぐに立ち昇ったあと頭の上でたなびき、ゆっくりと消えていった。

墓前で手を合わせていた、とせが振り返った。

「小紫さんといろいろお話しちゃった」

蔦重は微笑む。春がくれば小紫の命日。とせはそれを忘れない。今日も妻に手を引かれ菩提寺へやってきた。

「あの人は何といってた？」

「それは……ひ、み、つ」

　とせは身を起こす。丸みを増した尻が着物ごしに膨らみ、チラリと割れた裾から白いふくらはぎが覗く。すっくと立ちあがれば、竹のように伸びやかだ。

「今夜も打ち合わせ？　それとも狂歌の会？」

「外へはいかない。家で黄表紙の案を詰めるよ」

　蔦重は柄杓を手桶に突っ込むと歩き出した。とせはすぐ横に並ぶ。

「たくさん本を出したばかりなのに、もう来年のことを考えなきゃいけないのね」

「来年どころか、そのずっと先まで睨まなきゃ」

　墓参の人たちが蔦重、とせにチラッと眼をやったり、わざわざ顧みたりする。これまでは、とせの高やかさが一因ではあった。しかし、最近はこんな声も耳に入る。

「ほれ、あれが蔦屋耕書堂って本屋の名物夫婦だよ」

「へえ、黄表紙と細見の」

　重三郎、とせは思わずニンマリ。もっとも口さがないことをいう輩だっている。

「旦那の背丈が、もそっと低けりゃ蚤の夫婦だ」

　そんな時、蔦重はつっと背伸び、とせが心持ち膝を曲げる。似た者夫婦、当意即妙の切り返しはお手の物。

「おとせの背がもう少し低けりゃ、耕書堂の歴史は変わっていたかもしれない」

「重さん、感謝してよ」

　寺を後にした夫婦は山谷堀から猪牙舟《ちょき》に乗った。舳先が猪の牙の如く細く尖り、舟足は速く小回りも利く。徒歩を厭う遊客は吉原の行き帰りに重宝している。

「おとせ、しっかり舟縁をつかんでおきなよ」

舟は滑るように進んだ。航跡を追いつつ妻が問う。

「重さんはただ有名になったり、お金持ちになりたいわけじゃないでしょ」

「何だい、いきなり」

水面を渡る風が蔦重の頬を撫ぜる。以前は、本を出せば、行方知れずの母が手にし、連絡をくれるかもという期待があった。それは今も心の隅に燻っている。だが、母への思慕もさりながら、重三郎の野望はもっと壮大なものに変わりつつあった。

「確かに大当たりを出すのは、本屋の本望だけどね……」

でも、それだけでいいのか？

鱗形屋のような本屋になれば満足なのか？

「重さん、あのさ、今の耕書堂って世の中をひっくり返すというより、流れに乗っかってる感じがするの」

「おとせは面白いことをいう」

「田沼様のおかげで世間は浮かれてるでしょ」

黄表紙や浮世絵、文人墨客の口の端に上りはじめた狂歌だってそんな時代の申し子。なるほど、耕書堂は当世流行の恵みを享受している。

「流れに棹さして本は売れてるけど、重さんの夢はそれだけじゃないと思う」

「おとせのいうとおりだ」

「じゃあ、本で世の中をひっくり返すって、どういうことをすればいいの？」

「…………」

はしなくも突きつけられた大望の真意。妻が小紫の墓前で語り合っていたのは、このことだったのかもしれない。


ガタン、グラリ、舟が急に傾《かし》いだ。

きゃっ。小さく叫ぶとせの手をとった重三郎、口をついたのは流行の戯れ歌だった。

「みぎひだり　猪牙は揺れども　懸念すな　本屋の大志　忘るることなし」

とせもすかさず応じた。

「高波に　猪牙は揺れども　懸念せず　主の差し出す　腕の頼もし」

舟は均衡を取り戻した。だが、本屋の夫婦はしっかり手を携えたままでいる。

「ご時世に乗っかり大当たり、有卦《うけ》に入るのは大いに結構」

「運も実力のうちだもんね」

「でも、それで私は納得しないよ」

江戸をひっくり返すとは、世の値打ちを一新すること。

「戯家の時代をつくる」

学をひけらかし賢しさを誇るのは野暮の骨頂。戯家を自認しバカをやるのが粋。

「日々の暮らしは、つらいこと嫌なことがついて回る」

「東照大権現、家康さまも、一生は重荷を負うて遠き道を行くがごとしって」

「重い荷をちょっとの間でも降ろす余裕が大事」

その一服の間に耕書堂の黄表紙を開いてほしい。

「戯作なんて鼻くそをほじりながら読むもんなんだ」

「春町さんに怒られちゃう」

「いやいや、春町さんだってその覚悟だよ」

そして、重三郎が吉原で育って身をもって知ったのは、贅沢の持つ深い意味。

「鼻くそをほじりながら、戯作を読むのも立派な贅沢」

叔父はいつもいっている。

「バカなことに銭を払って、一時の憂さを晴らすのが贅沢というもん、サ」

たった一文だろうと、大枚百両だろうが金額の多寡は問題じゃない。贅沢は無駄の極み、戯家のやること。でも、そのおかげで闇にポッと灯がともる。

「お上臈と一夜を過ごすのなんて贅沢のお手本だよ」

「お舅《とう》さんならいいそう」

プッ。吹き出したとせ、すぐ膝をポンッと叩く。

「戯作はうまい酒と同じね」、酒に酔えば憂さが晴れるように、黄表紙の頁を繰るうち、たとえ一時のことであっても、悩みや心配事が失せていく。蔦重はうなずいた。

「そんなことをしてくれる本が今まであったかい？」

「耕書堂は戯家の総本山。本の値打ちを変えて、お江戸をひっくり返すのね」

とはいえ、本当のバカが戯けて何の意味がある？　それこそ野暮、ちっとも粋じゃない。

「戯家はバカじゃない。でも真剣に戯ける。そのバカをする様がバカらしくていいんだよ」

「重さん、喩えがちょっとややこしい」

「ごめん」、夫婦が笑い合う間に舟は岸についた。


日本堤に立てば吉原の周りは一面が田圃《たんぼ》ばかり。ひと月もせぬうち、牛馬に馬鍬《まぐわ》を引かせた代掻きが始まり、五月雨の頃には早苗の緑で覆い尽くされる。

「おや、あの人は」

黒地に海老茶の青海波《せいがいは》、派手派手しい袷をぞろりと着流した長身痩躯の男。堤に並ぶ葦簀《よしず》張りの店々、中から声がかかっても、ジロリと三白眼を向けるだけ。凄味と嫌味が綯《な》い交ぜ、堂に入ったやさぐれ時雨ぶり。

「歌麿さんだ」、重三郎はとせの袖を引き、見返り柳の裏に身を隠す。

「何だか蛇みたいな人」

しーっ。妻の唇に指をあて、重三郎は期待の絵師が通り過ぎるのを待った。

「後をつけて馴染みの見世をつきとめちゃう？」

「野暮はいいなさんな」

そんな無粋をしなくても、吉原の噂ならすぐ耳に入る。

五

大川に架かる両国橋を渡って回向院の手前が元町界隈、東都で指折りの歓楽街だ。その両国元町にある居酒屋に、若旦那風の男がちょくちょく顔をみせる。

静かに盃を傾けているが、陰気な酒ではなく、いつもにこやか。おまけに呑んでも顔色一つ変わらない。この店、いかがわしい酌女は置かず、女将と三人の給仕女がてきぱきと明るく働いている。

女たちはこの客をチラっとみやる。

「いつも、本を出して読んでるんですよ」

「着物は黒か茶、髷や小物も当世を穿っているねえ」

「毎度、心づけを忘れないのが憎いじゃないの」

ハックション、小上がりの席で件の男がくしゃみ。女たちは笑いをこらえた——。

チンッ。小粋な若主人と目された蔦重、鼻をかむ。女将が愛嬌たっぷりの笑顔でやってきて盃を覗いた。

「これ、主人の在所の上総は夷隅《いすみ》から取り寄せてる地酒なんです」

「酸味が強くて粗野だけど、野卑じゃない。複雑な味で、下り酒にないうまさがある」

蔦重がこうして両国まで足を伸ばすのは、世の動きを肌で知りたいから。吉原は流行の源、その分、切っ先が鋭すぎるきらいがある。その点、両国の酔客たちは当世の真ん中、流行り廃りの按配がちょうどよい。

見世物小屋では南蛮渡来の虎や象が大人気。水茶屋は看板娘で鎬《しのぎ》を削る。五文が相場の茶に十倍の値をつける店まであり、それでも鼻の下を伸ばした男が長蛇の列。

——そんな、こんなの世間話が本の種になる。

「初鰹は出したの？」、「ウチなんか手が出ません」

女将は袂ごと手を振ったが、さっそく巷の噂を。

「日本橋河岸で一本三両もするのを、各藩の留守居役が買い競い、こぞって田沼様に献上したらしいですよ」

そこに久保田藩の喜三二も混じっていたのだろうか。

「ところが田沼様はご自分で召し上がらず、ぜ～んぶ老中ご同役や屋敷の下々にお配りになったそうですけどね」

「へえ」、田沼といえば権勢と賂《まいない》をほしいままにしているはず。だが尋常ならざる気配り、世渡りの術には驚いた。権力が甘い汁を滴らせているだけでなく、毒をも潜ませていることを承知しているのか。

女将は形のいい尻をふりながら板場へ戻った。蔦重は隣席、三十絡みのお店者と職人風の男の会話に耳をやる。

「画工の番付が変わったな」

「おうさ一に清長、チト離されて政演ってところか」

「政演と同門、北尾政美《まさよし》も腕を上げてらァ」

蔦重ニヤリ、政演の兄弟子政美には声がけしてある。

「清長は西村屋に松村屋、奥村屋が三つ巴の争奪戦よ」

　ご両人なかなかの絵草紙好き、事情通とみえる。

「絵草紙屋番付はどうだ？」

「さっきの三軒に鶴屋、村田屋、伊勢治あたりかな」

　蔦重、思わず口を挟む。

「吉原にいけば、名物本屋の耕書堂がありますけど」

「いきなり、あんた誰だい」

「失敬、まずは御酒《ごしゅ》を」、蔦重は酒を注ぐ。受けた盃を干して商人がいった。

「今年はがんばったが一年じゃわからない。来年、再来年の開板をみなきゃ」

「そういうこった」、職人もうなずいた。

「耕書堂は本の数じゃ大手の敵になるめェ。ならば中身で勝負、そこに大先生のお墨付きがありゃ百人力だぜ」

　なるほど、世間の声はとても勉強になる。ここまで足を伸ばした甲斐があった。

「じゃお尋ねいたしますが、当今でいう大先生とは？」

「そうさなァ」、職人は商人の顔を見合わせる。商人がいった。

「狂歌の四方赤良《よものあから》こと大田南畝先生ってところじゃないか」

六

安永十年（一七八一）は四月二日から天明元年に元号が替わった。

この節目の年に開板された黄表紙は数多あれど、頂点に立つのはたった一冊だけ。

そいつを蔦重がこさえた！

蔦屋耕書堂がお江戸をひっくり返した！

「客は大門の前で左に曲がって耕書堂へ入ってしまう」

吉原の二代目大文字屋市兵衛をはじめ妓楼の主は驚いた。三千人余といわれるお上臈たちは我が事のように喜んだ。五十路を越し名実とも遣手〝婆〟のかげろうも目頭を押さえポツリ。

「蔦重のおふくろの津与さんに知らせてやりたい」

江戸中の絵草紙屋、貸本屋が耕書堂へ群がる。有力書肆の主たちは吠え面、しかめっ面、仏頂面。

「厄介なのが伸してきた」

江戸っ子は寄ると触ると蔦重の名を口にする。

「女の好物、芝居蒟蒻《こんにゃく》芋南瓜《かぼちゃ》、男は呑む打つ買う。江戸っ子なら老若男女こぞって耕書堂」

もっとも叔父の利兵衛は涼しい顔だった。

「そんなことぐらいで騒ぐんじゃないよ。あの子ならやるさ、これしきのこと」

義兄の次郎兵衛は鼻高々。

「みろ、みろ。さすがは俺の弟だけのことはある」

女房のおもんがぴしゃり。

「あんたが偉いんじゃなくて、重さんが立派なの」

大当たりを取ったのは、喜三二が書いた三冊の黄表紙、画は重政や政演が担当した。それらにお墨付きを与えたのが、狂歌で注目を集める時の文人、大田南畝。黄表紙評判本『菊寿草《きくじゅそう》』がそれだ。

栄花程《えいがのほど》五十年《ごじゅうねん》 蕎麦価《そばのあたいは》五十銭《ごじゅっせん》 見徳《みるがとく》一炊夢《いっすいのゆめ》

南畝はこの喜三二の本を最高位「極上上吉」に選び、他の二作も事のほか高く評価してくれた。

作者部門で喜三二、絵師は重政が一番手。絵師の二番は清長で三番が政演。政演は王子風車の筆名で作者の七番目にも名を連ねた。蔦重が文画両刀遣いと見込んだのはダテじゃない。

そして蔦重、とせの夫婦が頬よせあって見入ったのが板元の部。

「江戸の板元八傑に蔦屋耕書堂が入っている！」

他の七つは鶴屋、村田屋、奥村、松村、西村、いせ次、岩戸屋と老舗、大店ばかり。

「ようやく吉原の本屋から江戸の本屋になれた！」

小躍りするふたりだったが、すぐに喜色を収めた。

「八傑の一角を占めたとはいえ、しょせんはしんがり」

あと七段、きっと一番手に駆け上がってみせる――。


本屋夫婦が決意を新たにしていた頃、引手茶屋「駿河屋」の座敷では、小太りの武家がふんぞり返って酒を干していた。横柄がへばりついた面相、ニタニタ笑いが、なお品を下げている。

「この店は初めてか？　つーか、吉原で引手茶屋になんぞに上がったこと、一度もないだろ」

下座で畏まっている男がうなずく。いかにも小吏という風采、頬骨の張った扁平な顔、二重のどんぐり眼が落ち着かない。齢は三十そこそこだろう。

「どうせ、狂歌の会なんかシケた蕎麦屋の二階が相場だ」

その点、この茶屋は吉原でも一、二を争う名店。

「貴様の書いた評判記のデンなら、吉原の部の極上上吉ってやつだ」

権柄ずくで下卑た上役、田沼意次の覚えめでたき勘定組頭で土山孝之という。権力を笠に賄賂で膨らむ懐、増上慢になるのも宜《むべ》なるかな。その土山の座敷に利兵衛が顔を出す。

「土山様、そろそろ花魁がお迎えにまいります」

「待ち兼ねたぞ」、土山の相好が崩れ好色そのものに。

「こちら、初会のお客様にも良き相手を手配させていただきました」

お付きの男だって、高嶺の遊女と懇ろになれるのだから満更ではない。はしなくも色好みの相が露わになっている。土山が思い出したように利兵衛にいった。

「そういやあんたの息子、近頃評判の本屋だったな」

「蔦屋重三郎と申しまして、耕書堂なる本屋を営んでおります」

子飼いの男が眼をみはった。チラリ、土山は彼を横目にする。

「こやつもちいいと本屋に縁があってな、戯けたモンを書いておるんだ」

土山とその手下が駿河屋を使い、名楼にあがった話はすぐ蔦重に伝わった。

「では、そろそろ狂歌を束ねに参りましょう」

端午の節句は過ぎたというのに仕舞い忘れ、それとも面倒なのか、まだ鯉のぼりを青空に吹かせている家がある。神楽坂界隈、蔦重は毘沙門天様の少し北を左、「相馬屋」なる紙問屋をみて地蔵坂をいく。目指すは牛込御徒組屋敷、そこに狂歌で名を馳せる男がいる。

「さてさて、鬼が出るか蛇が出るか」

だが、蔦重に緊張の色はない。若見えすれども、悪擦れしない品のいい面持ちはしごく穏やか。

藁《わら》を商う店々が眼につく。短い稈が薫風に吹かれ転がっていく。ここらを藁店《だな》、藁坂とも呼ぶのは然り——。

「やーい、前みて歩け」

悪ガキどもの囃し立てる声、五間ほど先で男が躓《つまず》き、前のめりに倒れている。あらま、大変と蔦重が駆け寄れば、件の男は膝小僧をさすりながら詠じた。

「子供らよ　笑はば笑へ　藁店の　ここはどうしょう　光照寺」

蔦重は男を抱き起こす手を止めた。坂のちょっと先は寺院、扁額に男が織り込んだ寺の名が。

「お見事！　狂歌の心得がおありのようで」

「いつもの癖で名歌をひねくり出そうと夢中になって転んでしまった」

男の齢は蔦重とおっつかっつ。腰に二本差し、武家と知れるが〝貧乏〟の二文字を冠せねばならない。破れた膝に布を当てても、さほど様子の代わらぬ風体だ。

男はのっぺりした顔に笑いを浮かべた。

「銭の礼はできんが狂歌なら何首でも進呈いたそう」

「それはありがたいこと」

よもや、と思ってはいたものの、予想が確信に変わった。蔦重、貧乏侍に恭しく頭を下げた。

「四方赤良、いや大田南畝先生とお見受けいたします」

あるいは寝惚先生とお呼びしたほうがよろしいか。

「いや、まあ、その」

男は落ち着かぬ様子。逃げていった悪ガキたちが、こっちに向かってアッカンベエをしている。

「本屋の耕書堂を営む、蔦屋重三郎でございます」

「何と、貴殿が……」

「これから先生のお宅にお伺いするつもりでした」

「耕書堂が、わしに？　何の用がおありというのか」

「先般、ウチの黄表紙にご高評を賜った御礼を」

「そうか。あのことか」

南畝の眼は二重の幅が広くて眠そうにみえる。だが耕書堂の名をきき、双眸にさまざまな光が交錯した。

「立ち話もナンですから」、蔦重がいいかけると南畝は早口で応えた。

「家まできてもらえぬか。いや坂を戻って水茶屋にでも入ろうか」

いいながら南畝は懐を探っている。小銭のチャリンという音すらしない。蔦重は知らぬ振りをした。

「ぜひともご自宅へお邪魔させてください」

あいにく、たまたま、今日だけ茶を切らしている。

南畝はしつこく言い訳をしながら煙草盆を差し出した。一服つけると、いがらっぽい、安い葉だった。だが蔦重に何ひとつ不満はない。部屋を埋めた本、本、本。黄表紙から漢籍まで、座る場所がみつからぬほど場所をとり、窓が塞がるまで堆《うずたか》く積まれている。

「本こそ才知の源」と蔦重。南畝は十代で華々しく世に出たものの、大当たりがないうえ、この暮らしぶり。それは関わった本屋が無策だったから。だが蔦重は違う。

「先生、耕書堂からのお土産です」

差し出したのは奉書紙に包んだ紙片、長崎渡来のカステイラでも小判がぎっしりの木箱でもない。南畝は訝しそうに紙を開く——たちまち、彼の全身を喜色が包んだ。

蔦重が南畝に差し出した土産、それは墨痕あざやかな筆致の狂歌だった。

「高き名の　ひゞきは四方に　わき出て　赤らく子どもまで知る」

詠み込まれた四方赤良の名は、酒と赤味噌で有名な日本橋の四方屋に引っかけた、南畝が狂歌で使う狂号。四方屋のことは長屋の子どもだって知っている。狂名それ自体が戯家《たわけ》の証左。高尚や典雅の極北、わざわざバカを装っている。蔦重、膝を進めた。

「心づくしの土産、気に入っていただけましたか？」

それは手放しで南畝をヨイショする一首、銘菓や銭以上に思惑が剥き出し、貰った本人が赤面しそうな代物。ところが、南畝は大仰に紙片を押し戴いた。

「気に入るも入らぬも、わざわざ雪中庵御大がわしのために。これは家宝にせんと」

ギュッ、蔦重も唇を結び、深く深くうなずく。いやはや、実にワザとらしい。

もっとも、雪中庵こと大島蓼太《おおしまりょうた》は芭蕉の後継者、与謝蕪村と並び称される俳諧の巨人だ。南畝が恐れ入るのも無理はない。蔦重、わざわざ雪中庵を吉原に招き、呑めや歌えやの大接待、酔中をさまよう大人を口説いて、この狂歌を認《したた》めてもらった。

「よろこんでいただけ何より。いかにも贅を尽くした狂歌です」

よろしければ表装して再びお持ちしましょう。この申し出も南畝は気に入ったようだ。

「粋な御仁だ、あなたは」

「戯家の同士と認めていただけましたでしょうか？」

「戯家？」南畝は言葉をしばし口の中で転がして「あっ」。本の山々から器用に『寝惚先生文集』を引っぱり出し序文を開く。

「戯家はここに。風来山人こと源内先生のご発案」

「いかにも」、蔦重は朗々と序文の一節を諳んじる。

「馬鹿不孤必有隣」――バカは孤独じゃない、必ず仲間がいるものだ。

「蔦屋耕書堂には戯家の同士が勢揃いしてございます」

「なんと。ううむ。ふむ」

南畝は天井を仰ぐ。蔦重も眼をやれば所々に雨漏りのシミ、おまけに鼠が勢いよく走り去った。

「不躾《ぶしつけ》ながら」、蔦重は毛羽だった畳に手をついた。

「才知と博学を極めた南畝先生も武家としてのご出世は不如意でございましょう」

だが狂歌の頭目として、戯作者や浮世絵師を睥睨するのは決して夢ではない。

「南畝さんは狂歌の宗匠におなりになるべき」

藪から棒、蔦重の申し出に南畝は眼をぱちくり。

「まあ、今も仲間うちでは似たような感じだが」

「否、それでは甘いのです」

「はあ？　どういうことだ」

「先生が目指すは四分五裂する狂歌の天下統一」

大文字屋が吉原で狂歌の宴を主宰しているように、文人墨客や趣味人は各所で同様の集まりをもっている。それは「狂歌連」といわれているが、いわば狂歌は群雄割拠、戦国時代の様相を呈しているのだ。

狂歌は早晩、必ずや町衆にも広まるはず。商人職人に女子もこぞって五七五七七と指折り戯れ歌に興じる。

「いみじくも先生は江戸狂歌の祖になるべき存在」

「大仰なことをいわっしゃるな。現に唐衣橘洲《からごろもきっしゅう》や朱楽菅江《あけらかんこう》も狂歌草創の盟友だ」

そんなことは先刻承知。蔦重は鋭く迫った。

「狂歌いや天明文壇の首魁、その玉座はたったひとつしかありませんぞ」

「そこに、わしが、座る？」

南畝は生唾を呑み込むと、探るような眼になった。

七

お上臈が佇んでいる。雪の肌に海老茶の乳首、黒々とした叢《くさむら》、女体を彩る色の対比は鮮烈、柳腰から豊かに膨らむ尻の曲線が艶めかしい。

「そろそろ、終わりにしておくんなんし」

お上臈は恥辱と困惑に身を染めている。まさか、客の注文が全裸とは。吉原の遊女は床入りでも最後の一枚を脱いだりせぬものだ。

しかも、この客は指一本触れようとしない。前と後、横、斜めからひたすら裸体を写している。

「もう、ずいぶんとお描きになりりんした」

「うるさい」、男は焼筆を投げつけた。矢のように飛んだそれは胸に命中した。女は炭で汚れた乳房をじっとみつめる。せり上がる感情の高波に顔が歪む。

「あちきは我慢できんせん!」

お上臈は一糸まとわぬまま部屋を飛び出した。男は舌打ちすると下描きを丸め、窓から投げ捨てた。


「あの客を登楼させるのは二度と御免だよ」

大見世の女将は憤懣やるかたない。蔦重は首をすくめるのみ。とせがお茶だけでなく、羊羹を乗せた皿を差し出す。これ、江戸名物を集めた冊子『富貴地座位《ふきじざい》』でも絶賛された逸品だ。

「おや鈴木越後の羊羹かい。さすがはおとせさん、粋だねえ」

女将は機嫌を直しかけたが、甘味を口に放り込んだら、またぞろぶつくさいって出ていった。

「うたまるさんには困った」、「これで何軒目の出禁?」

本屋の夫婦は苦笑する。だが歌麿の絵は確実に凄味を増している。同時に、蔦重は彼の画業に対する焦燥も承知していた。蛇が脱皮するように、歌麿は大成に向け身悶えしている。

「重さんとうたさん、仲がいいのか悪いのか微妙」

苦笑した妻は二煎目の茶を入れる。ズズッ、夫はこれみよがしに派手な音をたてて啜った。

「仲は悪いのかもしれない」

しかし、本屋と絵師は互いを必要としている。反発が激しいほど渇仰も深まる。

「私と歌麿さんは日本一の美人画しか考えていない」

とせは湯飲みに視線を落とす。歌麿の傍若無人だけでなく、夫はいま数多くの案件を抱え、中には捗々しい進展をみないものもある。

耕書堂は吉原の本屋から江戸の本屋へ躍り出た。当然、大手ばかりか場末の絵草紙屋までが耕書堂の一挙手一投足に注目している。だが彼らは一様に首を捻った。

「蔦重のことだから、もっと派手に大暴れすると思ってたんだが」

意地悪な連中はもっと辛辣だ。

「あれれ、政演は耕書堂が丸抱えするんじゃねえのか」

天明二年（一七八二）、政演は山東京伝の名で黄表紙『御存商売物《ごぞんじのしょうばいもの》』を開板した。もちろん挿画も彼。これがことの外の大当たり、画工政演の名を飛び越え、京伝は絵草紙の寵児になった。しかし、なぜか板元は耕書堂ではなく鶴屋。

「大田南畝を取り込んだくせ、肝心の狂歌集は他の本屋が開板するんだってよ」

天明三年（一七八三）、南畝と朱楽菅江は『万載狂歌集《まんざいきょうかしゅう》』を開板する手筈、板元は須原屋だ。

「蔦重は政演や南畝の呑み喰いだけじゃなく、女も抱かせてかなり銭を使ったはず」

なのに、おいしいところを他所の本屋にすっくり持っていかれるテイタラク。

「蔦重ってのは、結局のところ、ただのお人好しってことなのかい」

本屋たちは寄ると触ると蔦重を嗤う。

巷の声はとせの耳にも入っている。だが、蔦重は存外に落ち着いていた。

「一に我慢、二に辛抱、三四がなくて五に忍耐。耕書堂の黄金時代は、もう眼の前まできている」

ほどなく妻は夫の真意を知ることになる――。


夕暮れになると、耕書堂は妓楼に負けず江戸の文人墨客で大賑わいだ。

その日も真っ先に顔を出したのは大田南畝、いつしか狂歌の頭領役が板についてきた。継ぎ接ぎ着物は今や昔、小洒落た衣装で粋人を気取っている。

蔦重は南畝と知己を得てから、何かにつけ、この才智に溢れながらも困窮する文人を持ち上げた。特に力を注いだのは、南畝を首座へ据えて狂歌の宴を催すこと。そこには喜三二や春町、重政に政演ら蔦重と縁が深い戯作者、絵師も顔を出す。うまい酒、座興と狂歌の相性は極めていい。いつしか、南畝が主宰し、裏で蔦重の差配する狂歌の会に、江戸の文人墨客たちが顔を揃えるようになった。

こうして、南畝は江戸の狂歌の首魁と目されるように。だが、それこそ蔦重の深謀遠慮の賜物、言葉を選ばずにいえば思う壺。

「蔦重、茶をくれい」、勝手知ったる耕書堂、南畝はずかずかと上がり込む。

南畝の郎党たちも三々五々やってきて、吉原の本屋は南畝の別宅さながらの様相と相成る。だが、蔦重夫婦はイヤな顔もせず茶どころか酒まで振る舞う。

「本屋なんぞに腰を落ち着けるわけにはいかん。そろそろ妓楼に上がるとするか」

南畝は馴染みのお上臈もでき、一人前の遊び人になったつもり。だがご当人は、裏で蔦重が手を廻しているおかげで、下にも置かぬ扱いをされていることをご存知ない。

「あのおめでたいお人柄、耕書堂には重宝なんです」

とはいえ南畝、ちょっぴり図に乗り過ぎた。蔦重なんぞは「神輿《みこし》は軽くて能天気がいい」と心得ている。だが、狂歌の盟主を自認するようになった南畝に叛意を抱く者も少なくない。唐衣橘洲はその筆頭、彼と南畝は狂歌草創の盟友だった。

「橘洲さんは雅や格調を重んじる。ところが南畝さんは才気にまかせ、下卑たことまで平気で詠んでしまう」

橘洲は初の本格的狂歌集『狂歌若葉集』で南畝を排除したばかりか激しく非難した。

「南畝さんはイキり立ち、さっそく『万載狂歌集』で対抗した次第」

蔦重、狂歌集の開板は他所の本屋に譲って狂歌の天王山の戦いを見守った。

「江戸の衆が買ったのは南畝さんの歌集でした」

下世話であっても平易、滑稽な内容が江戸の好み、蔦重の睨んだ通りの結果に。しかも蔦重、南畝と橘洲の対立のおかげで、ふたつの果実を手にできた。

「ひとつは橘洲さんの失脚で南畝さんが狂歌の天下をとったこと。おまけに狂歌集が売れることもわかりました」

蔦重、おっとり刀で南畝をつつき、耕書堂版の狂歌集編纂に乗り出した。

黄表紙でも似たようなことがあった。

政演が山東京伝を名乗り『御存商売物』を鶴屋から開板、たちまち大当たりとなった一件だ。政演に着目していたのは蔦重のみにあらず、鶴屋も熱心だったのは知っている。しかも鶴屋は自他ともに認める江戸で一番の本屋。だが鶴屋と政演はあくまで本屋と画工、作家の関係でしかない。

「私と政演さんは兄弟の仲。付き合いの濃さと深さが違います」

それが証拠に政演からは、何度も『御存商売物』のことで相談を受けている。

「蔦重さんを裏切る気なんて毛頭ないんです」

政演は困り切っていた。蔦重は笑ってみせる。

「今は江戸で八番目のウチより、筆頭の鶴屋で開板を。政演さんに箔がつきます」

果たして京伝は喜三二、春町に続く人気戯作者に。蔦重、悔しいというより、京伝を世に出す手間が省け、してやったりの気分。

「さあさあ、次は『御存商売物』を上回る傑作を耕書堂で！」

世間は、蔦重が大魚を逃したのではないかと噂した。だが蔦重の泰然自若の理由は斯くの如し。それにしても耕書堂の主は慎重居士、血気はやって突撃し、討ち死にする愚は犯さない。

「二匹目の泥鰌《どじょう》でも一匹目より大きくて太けりゃいいんです」

八

そして蔦重は日本橋通油町へ何度か足を運ぶようになった。

今日も意中の店舗の前で立ち止まる。

「気に入った。この店先に大きな行燈、軒先には角形行燈と暖簾、もちろん、どれにも富士山形に蔦の葉をあしらおう」

蔦重は懐に忍ばせた手付金に手をやる――。

その日の夜、蔦重は春町と、ある宴を前にふたりして一献を交わした。春町は口へもっていきかけた盃を止める。

「とうとう、ですか！」

蔦重、先にお酒をどうぞと目顔で示す。春町、美酒を一気に干し、濡れた赤いおちょぼ口を拭った。

天明三年九月、蔦屋耕書堂は日本橋通油町への進出を決めた。通油町をいけば大伝馬町、両町の界隈には地本、書物を扱う一流書肆が割拠している。

「あそこは……丸屋小兵衛が主の本屋でしたよね？」

「丸屋を丸ごと買いとる手筈をつけてきました」

立派な店舗はもちろん、奥の住居の空間も充分。蔵や製本の作業場まである。

「ということは……」、春町は思い当たったようだ。

「地本問屋の地本問屋の株も買い取ったということですか？」

「貸本屋から身を起こして十年余り、ようやく開板から流通まで一手に掌握することができます」

祝着至極、春町が盃を返してくれた。蔦重は両手で受け取る。極上の酒を注ぎながら、春町は眼を伏せた。

「ここのところ、私はあまり蔦重さんの役に立てなかった」

なるほど、黄表紙開祖の活動はらしからぬもの――とりわけ耕書堂での開板は六年前に画を担当して以来途絶えていた。その間に喜三二がメキメキと名をあげ黄表紙の第一人者に。京伝の急追もめざましい。春町は気が気ではなかっただろう。蔦重は慮る。

「春町さんの身の上のあれこれ、心配していました」

春町は小島藩江戸屋敷で重責を担うようになった。

「公務と戯作の二足の草鞋は喜三二さんも同じ。だけど春町さんとあの方は違います」

喜三二は豪放磊落《らいらく》、もともとが遊び人だけあって息の抜き方を心得ている。

「春町さんはマジメ一途、そのうえ入り婿ときている」

養父は実直勤勉そのもの、婿が黄表紙や挿画に現《うつつ》を抜かすのを善しとしない。春町が戯作を打っちゃって藩務精勤、出世したのは養家への気遣いの発露でもあった。だが、鬱屈、気鬱、春町の酒量はさらに増えた。

「小糠三合持ったら養子にいくのはやめておけ」

こんな酔言《えいごと》をいう春町を蔦重はひたすら見守った。

「本屋は本を売るだけが仕事じゃありません」

作者へ寄り添い、時に励まし、あるいは叱咤して最高の作をつくる。春町と接した際、蔦重はただ酒を酌み交わし、敢えて仕事の話は持ち出さなかった。


蔦重の辛抱の効あってか、春町はようやく昨年、むっくりと起き上がった。

「以前に況《ま》しての上出来、あの作を上梓できるとは本屋冥利につきます」

それは『跡《あと》を老松《おいまつ》東《あずま》へ飛梅《とびうめ》　我頼人《われたのむひとの》　正直《まこと》』

天明二年刊行、南畝の黄表紙評判記『岡目八目』で敵役之部の筆頭に輝き、大いに気を吐く。そればかりか、今年は耕書堂版『長生見度記《ながいきみたいき》』や『柳巷訛言《さとなまり》』などにおいて春町と喜三二の黄金の二人組《ゴールデンコンビ》が復活した。

「蔦重さんの肝煎りで新顔の戯作者が伸張著しい。おかげで私も尻に火がついた」

京伝の才気煥発はいわずもがな、唐来参和《とうらいさんな》という作者の発想と筆力は侮れない。同じく志水燕十もなかなかの文才を発揮した。参和と燕十の作は歌麿に画を任せた。

春町はその件で律義に礼をいう。

「私ばかりかうたまるに燕十と鳥山石燕門下が揃ってお世話になりまして」

「それも才能あらばこそ、耕書堂は大歓迎です」

そろそろ狂歌の宴へ。蔦重に促され春町が応じる。

「狂歌では蔦屋重三郎変じて蔦唐丸《つたのからまる》とおなりになる」

蔦重の諱《いみな》は柯理《からまる》、それにひっかけての狂号だ。

「春町さんは酒上不埒《さけのうえのふらち》」、こちらは読んで字の如し。

今宵も四方赤良こと南畝を筆頭に手柄岡持《てがらおかもち》こと喜三二、身軽折輔《みがるのおりすけ》が京伝、参和は質草少々《しちぐさしょうしょう》、奈蒔野馬乎人《なまけのばかひと》の燕十。他にも土師掻安《はじのかきやす》、蛙面坊《あめんぼう》、相場高安《そうばのたかやす》、頭光《つむりのひかり》、磯野若女《いそのわかめ》……ふざけた狂号を自称する戯家たちが集まる。

蔦重、全員に白い団扇が渡ったことを確かめた。

「今夜の酒肴いや趣向は〝団扇合わせ〟でございます」

鋏に絵具、筆の用意も怠りなく。蔦重、上座に鎮座まします南畝へ視線を送る。御大、ウムとうなずいた。

「ホレ、まずは蔦唐丸が見本を」

指名され蔦重は鋏をチョッキンザクザク、次いで小筆を走らせる。扇の端はギザギザ、真ん中に小さな丸、左右上下に走る細い墨線。

「皆々様、ご覧あれ——蔦の葉にございます」

なんだ耕書堂の商標か、富士山はどうした、ちゃっかりしてやがる。方々からヤジが飛ぶ。

「これは悪い見本じゃ」、南畝はニべもない。

それを合図にいい大人が団扇に向かって一心不乱。たちまち軍配、でんでん太鼓、塵取り、琵琶などができた。身軽折輔こと京伝すなわち政演が、飛び出す目玉と舌を細工、「お化けの金太」で満場の喝采を浴びる。

狂歌に淫した戯家の面々、侍と町民という身分の垣根を乗り越えて、ひたすらバカを装い悦に入る。されど戯家には類多し。武家は幕臣、藩の重役から木っ端役人まで。町衆も両替商に煙草屋、宿屋、汁粉屋、妓楼の主人はたまた家主と生業百珍。

「おっと戯作者に絵師、ついでに本屋をお忘れなく」

蔦重は座敷を行ったり来たり。誰の口から、どんな狂歌がこぼれ出るか、油断なく拾ってまわる。

「その一首、いいですね。次の狂歌集に収めましょう」

わっ。広間がわいた。宴の席料から呑み喰いまで耕書堂の丸抱え。そのうえ詠み捨てだった歌が、世に出るのだからたまらない。皆の眼の色が変わるのも当然だ。

「他の本屋は狂歌の実が持ち込まれてくるのをじっと待っている。だけど、私は違う」

蔦重は畑を耕し肥料も施す。おいしそうな実を自分でみつけ、その場で収穫する。


喜三二いや手柄岡持が蔦重を呼び寄せた。

「江戸の狂歌もまんまと耕書堂の手の内に落ちたな」

「人聞きが悪いですよ」

喜三二、かまわず指を折る。まずひとつ目。

「去年の夏は上野忍岡に主なる狂歌師を集め、うたまるのお披露目をやらかした」

今夜を上回る人士が顔を揃え、筆綾丸《ふでのあやまる》こと歌麿の絵の数々、春画まで開陳した。

「あれで歌麿もいっぱしの絵師の仲間入りだ」

「まだまだ、これからです」

その歌麿、本日招待したというか、日がな耕書堂でのたりくたりとしているから、声をかけてきたのに何が気に喰わぬのか顔を出していない。

喜三二は次を数えた。

「来年、天明四年（一七八四）は狂歌集を怒濤《どとう》の開板か？」

「そうしますが」、蔦重は小声で秘策を打ち明ける。

「春町さんに、南畝さんの狂歌集を穿った黄表紙を書いてもらうつもりです」

「なるほど、春町で狂歌人気をいっそう煽るわけだ」

喜三二、上座でふんぞり返る南畝を一瞥《いちべつ》した。

「南畝は今が旬。脂が乗ってる間にしゃぶり尽くさにゃ、な」

「喜三いや岡持さん、滅多なことをいわないでください」

「そんなことあるもんか、図星じゃないか」

今の南畝には、かつて蔦重が住まいを訪れたときの面影は薄い。だが、蔦重はそれも善しとしている。有り余る才気を誇りながら、一介の貧乏侍でしかなかった南畝。それが時の運を一身に受け、天明狂歌の主に躍り出た。いささか驕慢の色が出ているとしても、人間臭くて却って狂歌の心根に適っている。しかも、南畝の天下を陰に日なたに演出したのは他ならぬ蔦重。

それに、南畝は土山なる勘定組頭の腹心として本業の武家稼業でも伸長著しい。何しろ土山は田沼の覚えがめでたく、そのご威光をこれでもかと享受している。そして、田沼は影の天下人、印旛沼の干拓事業に着手したうえ、嫡男意知《おきとも》まで幕政に参画させていた。

「南畝さんじゃなかった四方赤良狂歌大菩薩様のご利益、本屋が裾分けしていただいても罰《ばち》は当たりますまい」

蔦重、わざと南畝の方をみず、自ら三つ目の指を折る。

「南畝さんの子息の髪置きの儀（三歳の祝い事）、ご母堂の還暦祝いにも私は顔を出し、ご参加の方々から狂歌を集めます」

「……蔦重は恐ろしい」

酒上不埒の春町、ふらふら怪しい足つきでこちらへ。

「五七五七七数えて足せば三十一《みそひと》文字、鯛の味噌《みそ》汁に四方の酒、これぞ四方赤良」

喜三二は盟友の、毎度の酔態に呆れる。

「こいつ、すっかり出来あがっているくせ、赤良の噂をしていたのをわかってるのか」

ひっく、うぃっ。春町は酔眼を鋭く光らせた。

「江戸の衆は狂歌にぞっこん。戯家の世になりました。そんな時代をこさえたのが、他ならぬ蔦重なんです」

江戸に本屋は数多あれど、かくいう蔦屋重三郎のように、文人墨客のおいしいところを総ざらえできる者は他におるまい。ぐでんぐでんの春町、べろんべろんになりつつ並べ立てる。

「げぃっ、ぷはっ。江戸の文壇を支える大旦那にして、戯作者と絵師の後見役が蔦重さん……ひっく、うっぷう」

九

とせは帳簿をつけ終わり、軽く伸びをした。

「戯作と狂歌、両輪が廻って千客万来、商売繁盛」

今夜も夫は酒宴、狂歌を集めたり、戯家の同士と次作の案を練ったりしている。

ふと背後に気配、行燈のあかりに伸びる影。痩身長躯の男が佇んでいた。

「あら、うたまるさん。狂歌の会はどうしたんです？」

「おとせさん、野暮なことをいうじゃねえか。オレは金輪際、バカの仲間入りはしねえ」

歌麿が耕書堂に寓居するようになってどのくらいになるか。歌麿の画才に惚れ込んだ蔦重が、衣食住に画材、遊び代まで一切合切の面倒をみると決めたのだ。

「それよりオレの絵が稼ぎの役に立たず悪かったな」

「いえ、そういう意味じゃ」

とせの肩に歌麿が手を置いた。冷たいくせ、ヌメっとした感触。絵師の三白眼に妖気めいたものが蠢《うごめ》いた。

「あんた、こうしてみれば、なかなかいい女じゃないか」

「アタシゃもう立派な年増、悪い冗談、よしてくださいな」

「今夜、あんたを描いてやろうか。いい絵になるぜ」

しかも一糸まとわぬ姿を。歌麿の口ぶりはいっそうぬめり気を帯びている。とせは絵師の手を外すと立ち上がった。歌麿の方が、とせよりまだ背が高い。

「あたしの裸の絵が売れたら、亭主は大喜びかしら」

とせはしないをつくる。本屋の女房から、普段はみせぬ妖艶の気が漂った。男も間を詰める。額に絵師の息がかかった。薄く笑う歌麿。

だが、とせは素早く歌麿の奥襟をとった。足を払うと同時に思いっきり半身を捻る。細木のような歌麿が宙に浮き、見事な弧を描き床に叩きつけられた。

「女が欲しけりゃ、大門を潜って吉原へいきな！」

ドタドタと足音、日本橋へ引っ越しが決まり、新たに雇った手代や小僧が駆けつける。

「女将さん、どうなさいました？　えらい音が」

「うたさんが酔って転んで、したたかに腰を打ったんだよ」

——数日後、天明三年の秋。日本橋で耕書堂が賑々しく開店となった。

通油町緑橋本店と吉原大門横の支店。江戸にふたつの耕書堂、菊花の大輪に負けじと咲き競う。

蔦重、とせは本を購う客やら祝賀の顔馴染みの応対に大わらわ、夫婦で言葉を交わす暇もない。

日本橋はお江戸の臍、千客が万来の往来、用もないのに足を運ぶ向きも多い。

「へえ、ここへ新しい本屋ができたのか」

「へん、てめえ耕書堂を知らねえのか！」

ははアん。あんた椋鳥《むくどり》、それとも浅黄裏《あさぎうら》だな。いずれも田舎者の代名詞、いわれた方だってムキになる。

「こ、耕書堂なら知ってらあ」

「それなら流行りの戯作に狂歌、とっとと入《へ》えってまとめて買いやがれ」

ワイワイガヤガヤ、客たちはタンカをぶつけ合いながら、ごった返す店内へ。

暖簾を下げ、ようやっと来賓と店の者で祝い膳、それもかなり遅い時刻になってしまった。

店主夫婦がひと息つけたのは、九つ（零時）過ぎだった。

「どうしたんだろう？　うたさん、とうとうこなかったな」

「あら、そうだったっけ？　あの人、まだ転んだ時の腰が痛むのかしら」

「もう同居はご免、新しい住処を探すといってたけど、あれだって急な話だ」

とせは返事をせず、話題を変える。

「そんなことより、春町さんの狂歌を穿った次の作、素敵に面白い！」

題は『万載集著微来歴《まんざいしゅうちょびらいれき》』、南畝の『万載狂歌集』が刊行された裏事情、南畝と橘洲の対立を『平家物語』に穿って描いている。もちろん挿画も春町が描いた。

「作中にひっそり、だけどきっちり酒上不埒が藤原俊成の草履取りの役で出てただろ」

それどころか、南畝も俊成の雑掌（荘官）役で顔を出している。こういう遊びを入れてくるなんて、春町さん、いよいよ本格的に大復活だ。満足気な夫に、妻はかぶせていく。

「来年は狂歌を八冊も売り出すし、打つ手がみんなうまくいっちゃいそう」

「お江戸はお気楽、戯家の天下。でも諸国は洪水に飢饉で酷いことらしい」

「今年の春は浅間山が派手に火を噴いたしね……」

「田舎じゃ飢饉や天災で逃げ出す人が後を絶たないから、江戸は人で溢れかえっているよ。だけど、人が増えると巡り巡ってウチの本も売れるって寸法だ」

その一方、故郷へ帰る人の江戸土産として吉原細見や狂歌本、黄表紙は根強い人気を誇っている。

「そっか。本が売れるのはありがたいけど、本屋って何だか因果な商売よね」

「おとせ、そのうち私たちに天罰《ばち》が下るかも」

おお怖っ、鶴亀鶴亀。夫婦は首をすくめた。

第六章　反骨

一

　耕書堂日本橋本店の開店の明くる年、天明四年（一七八四）は蔦重の読みどおり春町の『万載集著微来歴』が大当たり。

　狂歌界の内幕本は狂歌人気をいっそう強化し、戯れ歌の盟主が南畝に他ならぬことを世に教化してみせた。おかげで耕書堂刊行の狂歌集も売れ行き好調。

　しかし、それ以上に江戸の町衆たちが「耕書堂－春町－『万載集著微来歴』－南畝－狂歌大流行」の図式の大本に蔦屋重三郎の存在を嗅ぎとったことが大きい。

　だが、蔦重は狂歌にだけ目配りしていたわけじゃない。もうひとつの戯家《たわけ》の本の柱、黄表紙でも大きな勝負に出ていた。

　齢の頃は七つか八つ、男児が鼻歌まじりで絵を描く。

「雲がひとつに、柿の種ふたつ、あっという間に、京伝鼻の出来上がり」

どうだ、得意気に半紙をかざす。「わあ、仇気屋艶二郎《あだきやえんじろう》そっくり」「艶二郎ならオレの方がうまいや い」、周りの子どもたちは大騒ぎ――。

ここは寺子屋、習字の稽古の真っ最中ながら、とてもそれどころじゃない。毎度、かくなる事態に陥ってしまう。師範は怒る気も失せ、ほとほと困り果てている。

「山東京伝め、ろくでもないものを流行らせよって」

天明五年は黄表紙『江戸《えど》生《うまれ》艶気樺焼《うわきのかばやき》』で持ち切り、作は山東京伝で画が北尾政演、江戸っ子なら一人二役と先刻ご存知。開板はもちろん耕書堂、主人公の艶二郎は江戸の人気者、彼の団子鼻は京伝鼻と称されるようになった。

実はこの鼻、この顔、『手拭合《たなぐいあわせ》』なる手拭の図案集《デザインブック》でお披露目済み。例によって狂歌の会の座興で皆が描いた絵を、京伝が編纂した一冊からの抜粋だ。

「艶二郎は長者の跡取りで、女にモテたい一心のバカ息子。大枚を叩《はた》き、あの手この手の悪あがきをします」

「いいね、野暮と無粋が着物を纏ったような艶二郎」

「自分をネタにして大当たりとは、何だか申し訳ない」

「戯家が当世の人気者です」

京伝に負けじと唐来参和《とうらいさんな》も引く手あまたの作を出す。『莫切自根金生木《きるなのねからかねのなるき》』は回文仕立ての凝った題、さらに『和唐珍解《わとうちんかい》』は、長崎丸山遊廓での唐人の遊興を描いた。作中の台詞は唐音、そこに邦語訳を施すという新奇な発想には蔦重も舌を巻いた。

参和は南畝門下、狂歌では質草少々と名乗る。高家《こうげ》の家臣ながら武士を捨て町人に。齢は蔦重より六つ上だから四十を過ぎている。

「御用あらば本所の女郎屋『和泉屋』へお越しあれ」

参和はその娼家に入り浸り、近々主人に収まるとか。まさに戯家、蔦重はこういう癖の強い御仁が大好きだ。

新顔といえば芝全交《しばぜんこう》は狂言師、芝に住まうから、かくなる筆名に。彼の『大悲千禄本《だいひせんろっぽん》』は千手観世音菩薩の腕を女郎や酒呑童子、無筆の男などに切り売りするというバチ当たりな筋立て。この作の絵は京伝こと政演、軽妙ながら細を穿った挿画を仕上げてくれた。

絵を渡された蔦重、そっとつぶやいた。

「絵の隅々に張り巡らされた寓意と穿ち、私でも見抜けぬことがある」

そして、なんと本作は八千部という破格の売れ行きに相成った。

版木は二百部ほど摺れば新しいのに取り換えるから、四十回も摺り増した。戯作は絵草紙屋の販売分だけでなく、貸本屋経由で何人もが読む。湯屋や髪結い床でも回し読みされるので、八千摺りは十万部に値する。

耕書堂はかくも好調、日本橋本店では主人夫婦以下番頭、手代、小僧がてんてこ舞い。一方、手代に任せた吉原店は、天明四年の火難で叔父や義兄の茶屋と同じく類焼の憂き目に。だが、茶屋同様にすぐさま再建された。叔父はいったものだ。

「重三郎はツイてる。日本橋に大事な版木や本の在庫を移した後の火事だからね」

そんな中、蔦重は次の一手を模索する。

「京伝さん、洒落本で時代を塗り替えてみませんか？」

「洒落本を持ち出すとは、蔦重さんの真意をきかせてください」

洒落本は遊里が舞台の戯作。従前はひどく誨淫《かいいん》に傾き、絵草紙屋の店頭に並べるのを憚るほど、低俗な代物だった。

「洒落本の内容を大幅に刷新、お上臈と客の切ない心情まで穿ち、描き切ってください」

蔦重は真剣そのものだ。

「挿画は少なめに、あくまで文章で勝負していただきたい」

京伝はたちまち真顔に。翌日から書斎に籠るようになった——。

二

蔦重が障子を引くと、喜三二と春町がこちらを物憂げにみた。

両人の前には空になった膳が二客、ぽつんという感じで残っている。少し開けた窓から、六月のねっとりした風が忍び込む。

今夜、吉原の引手茶屋「駿河屋」では江戸留守居役、諸藩の外交官が十人も集まって鳩首会談を催していた。春町は声を絞った。

「幕政が大きく動きます」

喜三二は扇を弄ぶ。

「口外無用、といっても、いずれわかること。蔦重には早めに知らせておこう」

十代将軍、家治は心の臓の病に苛まれており、思いのほか重篤だという。

「将軍ご逝去を、いちばん懸念しているのは田沼だ」

異例の出世と敵対勢力、好景気と蔓延する汚職、殖産政策と打ち続く飢饉や天災……田沼の権勢は危うい均衡の上に成り立っている。蔦重は生唾を呑んだ。

「あの事件が平衡を崩すきっかけになりましたか」

耕書堂が日本橋進出を果たし、狂歌狂い咲きの天明四年の頃。田沼の嫡男意知《おきとも》が、あろうことか江戸城内で刃を向けられ、八日後に死去した。

「犯人の佐野某は意知に私怨を抱いていました」と春町。喜三二は吐き捨てた。

「佐野は欲得ずくで賂《まいない》を贈り、それを受けて懐を膨らませた意知も同じ穴のムジナよ」

「世間は田沼様父子に礫《つぶて》を投げ、犯人を〝佐野世直し大明神〟と持ち上げました」

蔦重は世情の風向きの急変をそら恐ろしく思ったものだ。パチンパチン、喜三二は扇を鳴らす。

「わしと春町の読みだと田沼は早晩、失脚する」

「次の幕閣の要はどなたなんですか？」

蔦重は前のめりに。春町は喜三二の同意を得て白河藩主の名を出した。

「松平定信公が有力です」

「白河公といえば飢饉にもかかわらず、ひとりの餓死者も出さぬ善政をされた？」

「享保の改革をやらかした、八代将軍吉宗公の孫だからな」と喜三二。春町は浮かぬ顔で付け加える。

「質素倹約、謹厳実直のうえ学問、武芸好きの堅物とのこと」

喜三二は扇を閉じると、蔦重に突きつけた。

「狂歌だ、黄表紙だと浮かれてはいられなくなるぞ」

――白河小峰城の一室、若き城主は艶本《えほん》（春画）を手にした。

男が女を組み敷き、腰を両腿の間に割り入れている痴態、城主はしばし枕絵に喰い入る。ふと眼を臣下にやればニタニタとこちらを見上げているではないか。

ウオッホン、城主は慌てて威厳を正す。

「この絵を描いたのは歌麿という絵師か。破廉恥《はれんち》の極み、実にけしからん」

城主の足元にある葛籠の中身は戯作や狂歌集、浮世絵など。重臣の服部半蔵正礼《まさのり》が江戸で集めてきた。彼は隠密の大家を祖に戴き、名跡を継いでいる。当代半蔵が江戸事情を語る。

「さすれば」、半蔵は鼻に指先、豚鼻をこさえる。

「控えよ半蔵、乱心したか」

「殿、乱心などいたしておりませぬ。これが今、江戸で大流行の京伝鼻というやつで」

ツッ、半蔵が差し出す『江戸生艶気樺焼』。藩主は頁を繰り、思わずムフフ、ウハハ。ハッと気づき無理やり渋面をこさえた。

「いや、ひとつも滑稽ではないぞ。何も、面白うはない」

それより鱗形屋孫兵衛を罰し、根絶やしにしたはずの黄表紙が再び大手を振うとは何事か。

「喜三二、春町に続く山東京伝が絶大なる人気です」

そのうえ喜三二と春町は秋田久保田藩や駿河小島藩で重責を担っておるのです。

半蔵の注進に藩主は憤った。

「狂歌集もいくつか手にしたが、あれも愚につかぬ。まさに下卑かつ下品」

本歌の典雅、風情を踏みにじる戯家の歌じゃ。実にけしからん。城主は罵詈雑言を吐く。

「殿、しかも狂歌の元締めの南畝、こやつは事もあろうに幕臣の端くれとか」

ふん。城主は鼻を鳴らす。

「天地間一大戯場《てんちかんいちだいぎじょう》という。世は芝居と同じ、バカがバカ役をバカバカしいほど喜々として演じておる」

誠に嘆かわしい、これぞ末世じゃ。藩主の歎息は尽きない。半蔵、畏まって奏上した。

「江戸は戯家の極楽、その元凶を突き止めました」

「ふむ、でかしたぞ。そやつ、この私が必ず成敗してみせよう」


江戸は小峰城の遥か南にある。若き藩主松平定信は窓辺から東都を遠望した。

「早晩、私は出府することになろう」

臣下の半蔵は膝行して藩主のもとへにじり寄った。

「ご下命がございましたか」

チラり、藩主は足下をみた。

「いよいよ、反田沼勢力が決起する」

幕政幹部の怒りはもとより民草が難儀しておる。定信の怜悧な横顔が歪んだ。

「明和五匁銀に安永の南鐐二朱銀の鋳造、結局は豪商に利しただけだった」

半蔵、然りと応じる。

「十八大通とか称して豪奢を極めた札差どもですな」

「それなのに明和五年には真鍮四文銭を出回らせた」

「江戸は銭安相場の嵐に蹂躙されております」

「民草に金貨銀貨は縁なき金子。されど、身近な銭の相場が崩れれば元も子もなかろう」

「ご明察、庶民は揃って田沼を恨んでおります」

「町衆だけではない。百姓も恨み骨髄だ」

眼下に広がる白河藩は、凶荒と天変地異に揺らぐ諸国続出の中、定信の賢策で見事に飢饉を免れたが……。

「結局、田沼が残したのは富と貧の二層化。その格差ゆえ民の分断と対立が起っておる」

田沼追い落としの大義名分は立った。理と利は反田沼勢力にある。

しかし、その中心にいる定信の肚《はら》のなかには、決して口外することのない感情が渦巻いていた。

「世が世なら、私が将軍職に就いていたのだ」

定信は宝暦八年（一七五八）の師走も押し迫った頃、御三卿の田安宗武の七男として生を受けた。父の宗武は八代将軍吉宗の次男だ。定信は幼少時から才気渙発、武芸にも長け「賢麻呂《さかしまろ》」と呼ばれるにふさわしい秀才ぶりを発揮している。

「田安家の不幸は兄上たちの相次ぐ逝去と病弱」

宗武の長男から四男までは夭逝、家督は五男の治察《はるあき》が継ぐ。その時、定信は数え十三、すぐ上の六男は伊予松山藩十五万石の養子となり定国を名乗っていた。

「私も請われるまま白河藩の養子に――安永三年、十七歳だった」

縁組を推進したのは幕閣の有力者、他ならぬ田沼意次。この因果がさらに因果を呼ぶ。

「ところが私が白河藩に入って間もなく、田安家当主となられた兄上が……」

病気がちだった治察、その年の九月八日にあっけなく鬼籍に入ってしまう。慌てたのは田安家、養子にいったばかりの定信を呼び戻そうとした。だが、誰あろう田沼の反対で果たせなかった。

「しかも五年後には十代将軍家治様の世子、家基様が急逝された」

もし、れば、たら、が許されるのなら。定信が田安家を継承していたならば。男子のいなかった家治の次代、十一代将軍の座は御三卿筆頭の家格を誇る田安家の定信に転がり込んできたはず。

「おのれ、憎っくきは田沼。貴様のことは生涯、決して寛恕《かんじょ》できん！」

三

ようやく雲間に現れた青空、お天道さまに、蔦重だけでなく江戸中の人々が手を合わせた。

天明六年（一七八六）は七月十二日から降り続いた豪雨で、大川や江戸川、玉川をはじめ大小の河川はことごとく出水。高台の牛込や四谷までが湖沼と化すという異常事態となった。江戸は陸続きならぬ水続きに。

〈城の外濠で鱶《ふか》が悠然と背びれをみせて泳いでいた〉

こんな目撃譚が讀賣（かわら版）に載り、長屋の床下で鯛が跳ねたという珍事も。

ようやく水が引いたのは十九日のこと。耕書堂に水が入ってきたものの、本の被害は免れ、奉公人も無事。蔦重はぬかるむ往来に出た。

「彫師や摺師さんを見舞ったら、吉原を覗いてくるよ」

駿河屋の玄関では、田植えの農夫さながらの格好で叔父が泥を掻いていた。

「皆、ご無事で何よりです」

吉原の耕書堂、引手茶屋の蔦屋も営業再開のメドはたった。まずはひと安心。

「吉原は一面が海原。それが粋だと、船で大門を潜る客がいるんだから末世だよ」

「そういう粋狂なお大尽の戯家が庶民に人気でした」

いずれ大雨、洪水を茶化す狂歌が詠まれるはず。濁世《じょくせ》をネタにするのはいいけれど、果たして庶民に受け入れてもらえるだろうか。正直、蔦重には自信がない。

「花見の頃から一滴も雨が降らぬ。旱魃《かんばつ》や火事に気を揉めば、五月を境に晴れ間が遠くなり挙句に大雨だ」

叔父はここ数カ月を振り返る。江戸の水難ばかりか、諸国も大凶作に見舞われた。

「極端はよろしくない。ホドホドの塩加減が粋ってもんだろ」

「叔父さんのいう通り」

「そういや、南畝大人はこの時節を顧みず、松葉屋の美保崎を身請けしたねえ」

叔父は片眉をすっとあげ、重三郎に問う。

「お上臈を身請けした大枚の銭、まさかお前が用立てたんじゃ？」

「とんでもない。あれは南畝さんの懐から出たお金ですよ」

ふうん、そうなのかい。あの御仁もずいぶん豪勢な暮らしぶりだねえ。皮肉をたっぷり効かせてから、叔父の口ぶりは神妙になった。

「南畝さん然り。驕る浮世の痴れ事三昧に神仏の堪忍袋の緒が、プッチンと切れちまったのかもしれない」

田沼時代の贅沢に便乗して吉原は荒稼ぎ、わしらが天の逆鱗に触れたのは間違いなかろう。

「お前だって相当のモンだ」

蔦重は舌をペロリ。誰もが認める戯家の世、それを操る耕書堂。京伝に参和、全交は絶好調。次は、いよいよ秘中の珠を売り出そうと腕を撫している。


盆と正月が肩を組み、いっぺんにきたのか。それとも弱り目に祟り目なのか。

「洪水が引いたと思ったら、矢継ぎ早にえれえこったぜ」

「何がどうして、どうなった。オレに黙ってなんでこうなった？」

寄ると触ると、あれやこれや、江戸は天下の有為転変の話題で持ち切りだ。

天明六年初秋、将軍家治が病死。庇護者を失った田沼は対抗勢力に抗しきれず、老中罷免の憂き目に。ほとんどの家禄は没収され、蟄居《ちっきょ》を命ぜられた。

翌年四月、家斉《いえなり》が数え十五歳で十一代将軍に就く。田沼の後を襲ったのは松平定信。ほどなく老中首座に昇りつめ、いよいよ世直しに乗り出した。定信は数え三十歳の少壮気鋭。

劇的な為政者の交代劇、江戸市中は裏長屋まで、てんやわんやの大騒ぎ。

「鳳凰《ほうおう》が飛び、麒麟の駆ける姿をみたヤツはいるか？」

それなら吉兆、仁徳の政が始まる。だが長屋の連中は首を傾げた。

「明け方に烏が鳴いて、俵の上を鼠が走ったのはみた」

――蔦重は蛤の吸い物で口を湿した。

ぱっくり開いた貝殻、ふっくらした白い身の縁に、淡い柿色の襞や足。ぷりっとした歯応え、いくつもの微妙な風味が醸す濃醇なうま味。そのくせ決して下卑ず、高貴な佇まいさえ漂う。まるで一幅の美人画のような味わいだ。

「冷めないうちにどうぞ」

歌麿も椀を手にとった。

「吉原や上野じゃねえってのが、蔦重さんの気の衒《てら》い方、いや粋ってやつか」

ここは御殿山の高級料亭「聚園《じゅえん》」、開け放った窓の向こうに広がる今が盛りの桜花。その花びらを揺らす風が座敷に潮の香を運ぶ。蔦重がいう。

「定信様は幼少からご聡明、〝さかしまろ〟とか〝まさまろ〟と呼ばれていたそうです」

「ふん、イヤ味な名だ」、歌麿は取り付く島もない。蔦重は含み笑いを漏らす。

「絵師だってご政道と無縁じゃ生きていけぬでしょう」

「そんなの関係ねえ。絵筆と絵具、それに紙さえあればいいんだ」

歌麿は吐き捨てると、挑みかかるような語気に。

「オレは日の本一の女絵を描くために生まれてきた」

蔦重、歌麿の刃のような言の葉を軽く受け流す。

「はい、承知しております」

「蔦重さん、近頃の清長のていたらくをどう思う？」

鳥居清長は美人画の雄、色香が溢れながら健康美も踏まえた八頭身の女絵を確立した。江戸の風景を美人画に取り込むのも巧みだ。

「相変わらず売れてますね」

「わかっちゃいねえな」

チェッ、歌麿は舌を打つ。清長の野郎、芝居絵に色目を使ったと思ったら、今は駿河町や尾張町の大店を描く準備に忙しいらしいぜ。

「そのことですか」、清長の動向は承知していた。版元の西村屋与八も美人画に次ぐ新手を探しあぐねているようだ。

「清長を打っちゃるなら今だ。さあ、オレに美人画を描かせてくれ」

歌麿は再び斬り込んできた。蔦重、今度は刀を躱《かわ》さず、白刃を抜いて応じた。

「それは当分の間、無理ですね。まだ美人画を描くのは早い」

「何だと！」、たちまち歌麿の顔が怒気に染まる。だが蔦重はまったく動揺しない。

「うたさんは、まだ清長さんに追いついていないんですよ」

立ち上がりかける歌麿、蔦重はそれを制した。

「清長さんを追い越したいのなら、すぐさま写真の術を磨きなさい」

写真とは森羅万象の姿を絵筆で正確に捉え、紙に写し、魂を吹き込むこと。

「写真を極めたら、好きなだけ女を描いてもらいます」

江戸を制した本屋の言、渇望する絵師を圧倒した。

——亭々たる背丈の男、どうと樹木が倒れたが如く、神田弁慶橋のたもとの草むらに突っ伏している。男の右手には焼筆、眼の前に画帳、左手には天眼鏡。息を凝らし、眼も凝らし一心にみつめる先には虫。眼光叢中に徹す、見えるもののみならず、見えざる気配まで写し撮るつもりらしい。

橋柱の陰、そんな男の様子を、同じくじっとみつめているのが蔦重だった。

「やってる、やってる」

今日は歌麿にお手当を渡そうと神田久右衛門町にやってきた。懐には小判が数枚、家賃や食費、画材はもとより、酒代とお上臈の揚げ代まで面倒をみている。

「これぞという英才には金に糸目をつけませんせん」

女を描かせろとゴネる歌麿に虫や蜥蜴《とかげ》、貝に鳥などの画題を与えた。歌麿、当初はフテて行方をくらませたが、ある日から人が変わったように物いわぬ虫どもと対峙するようになった。

歌麿はボソっといった。

「蔦重さんのいいなりは面白くもねえが、写真の術を会得できたら、とてつもねえ女絵が描けそうだ」

ただ、こう付け加えるのを忘れない。

「だからといって、いい気になるなよ、蔦重さん」

蔦重、頬が緩むのを堪える。歌麿は吐き捨てた。

「下絵ができたら知らせるから、待っててくれ」

日本橋の耕書堂へ戻った蔦重を迎えたのはとせだ。

「重さん、どうしたの？　着物の膝が土だらけ」

「あっ、これか。草むらで、うたさんの後にそっと回って……」

「重さんとうたさん、そういう仲だったの？」、女房は眉間に溝を刻む。


だが、やがてとせの疑惑は氷解した。

虫と草花を活写した絵入狂歌集『画本虫撰《えほんむしえらみ》』の秀逸ぶり、そこには格段に上達した歌麿の技が披露されていた。

「こっちをみてる蟷螂《かまきり》、画から飛び出してきそう」

「虫を写す術の冴えのおかげで、次作の人の絵も数年前のうたさんとは段違いだ」

近いうちに、うたさんを訪ねて打ち合わせをしよう。

「もちろん美人画の件で」


――江戸城の御用部屋、上之間に老中が集まった。

幕閣の中核は定信、祖父たる八代将軍吉宗に範を求め、庶民の生活をも一新する気でいる。

人々はそれを「寛政の改革」と呼ぶ。

「定信殿、ここに麦飯が」

おっと。定信は木綿の着物の襟にへばりついた食べこぼしを摘まむと、衒《ためら》うことなく口に運んだ。

麦飯の粒を指摘した老中は三河吉田（愛知県豊橋市）藩主松平信明《のぶあきら》。彼が尋ねる。

「今日も手弁当で？」

定信、うなずきながら無意識で掌のマメをいじる。今度は陸奥泉（福島県いわき市）藩主本多忠籌《ただかず》がいう。

「今朝も真剣で素振りを？」

定信は質素倹約と綱紀粛正、文武奨励を旨とする。簡素な麻や綿を纏い、江戸城へは弁当持参。学問はもちろん日頃の武芸鍛錬も怠らない。幕閣の登用では閨閥《けいばつ》にとらわれず、改革の志を一にする気鋭を登用した。定信は彼らを親友ならぬ「信友」と呼び、改革について議論を重ねている。

「下々の動向に精通するのも執政者の大事な心得」

定信はこう切り出し、服部半蔵を呼びつけた。

「この者に申し付け、江戸市中の動向を探らせておる」

定信に促され半蔵が報告する。信友たちも耳を傾けた。

「田沼や汚職役人への叛意は落ち着きましたが、代わって不届きな動きあり」

ピクリ、定信の眉が動く。

「その仔細を申せ！」

「ご改革を愚弄する本が……これがまた、殿のご勘気に触れること間違いなし」

「またぞろ、例の本屋か？」

定信は怒気を露わにする。あれは何年前のことか、郎党を率いて吉原を偵察、田沼や豪商の乱行と文人墨客どもの乱痴気ぶりを知った。

「しかも、あの本屋の女房に箒の柄でしたたかにぶたれたのだ」

信友たちが「？」という反応を示す、定信それに気づき威儀を正す。

「綱紀粛正、急がねばなるまい」

信友、半蔵とも畏まった。

四

寛政の改革は下々の暮らしにも容赦なく綱紀粛正を強いた。

華美な衣装、贅を尽くした菓子や料理、高価な人形などもご法度。定信のご政道は、とせばかりか江戸の女から総スカンを喰らっている。男どもだって賭博が槍玉にあがり、いずれ湯屋の男女混浴禁止と知って不満たらたら。吉原に芝居町、盛り場の灯も風前、東都は一気に活気を失ってしまった。

「白河公、庶民の心をちっともわかっちゃいませんね」

耕書堂に小粋だが地味ななりの女が、道具箱を隠すように抱えて入ってきた。帳場にいた蔦重、そっと小僧に「中へ入って貰いなさい」と命じる。女は面を伏せ、足早に奥へ。すぐさま、とせの小さな歓声があがった。

「女子たちも大変、女髪結いが禁止になっちゃいましたからね」

遊女や芝居の女形の派手な髪型を真似るのは質素倹約に反する、が定信の弁。耕書堂に呼んだ件の彼女は闇営業の髪結というわけだ。

「田沼様、白河公といい御上のやることは極端すぎるんですよ」

蔦重が蛇蝎《だかつ》のように嫌うのは、融通の利かない野暮、人情の機微を解せぬ無粋。ついでに偉そうなヤツ。

「松平定信様は三役揃い踏み」

戯家の世をつくった本屋、さっそく反攻に打って出た。

「戯家には戯家なりのやり方ってもんがあります」


まずは喜三二作の黄表紙『文武《ぶんぶ》二《に》道万石通《どうまんごくどおし》』を開板した。文武二道をゆく「理想の武士」と箸にも棒にもかからぬ「ぬらくら武士」を万石通し（選別機）にかけりゃ、案に違わず世の中の侍は「ぬらくら」ばかり……。

「寛政の改革を見事に痛烈批判。喜三二さん、憚りながらこれは最高傑作かも」

蔦重にいわれた喜三二、ガハハと豪傑笑いを放った。

「書いたわしが、いちばんスカッとしたわい」

本屋と戯作者の思惑、江戸の民に通じぬわけがない。『文武二道万石通』は未曽有の大当たりと相成った！　新春早々に売り出したところ、重三郎の生まれた正月七日、七種（草）粥をいただく人日《じんじつ》の節句にはもう売り切れてしまった。

「喜三二さんが大当たりときたら、そりゃもう次は春町さん」

春町、打ち合わせの段階から白い頰を赤く染め語気を強めた。

「やりましょう！　このまま黙っていちゃ、黄表紙の祖といわれた我が名が泣きます」

それが『鸚鵡返《おうむがえし》文武二道《ぶんぶのふたみち》』。武道に励んだ侍は勢い余って暴行や強姦の狼藉、文を修めさせたらお頭《つむ》の中はどうなっているのかと疑いたくなるほどのトンチンカン。題名からして喜三二作の続編と丸わかりの本作、ぶち込まれた毒気と揶揄、穿ちっぷりは何層倍にも膨れ上がっている。これも大当たり、春町ばかりか黄表紙という戯作までが面目を施した。

耕書堂の店頭でも客たちはいい交わしている。

「喜三二、春町とも戯作のなかじゃ今の世のことだとは、ひと言もいっちゃいねえ」

「だけど、ウチのガキが読んだって当世を当て擦ってるのは丸わかり」

蔦重、こんな声を耳にしたら、うれしくなって店頭へしゃしゃり出てしまう。

「文武二道は鎌倉時代、春町のは九百年近くも昔、醍醐帝の御代が舞台です」

客は店主の登場にたじろぎながらも、戯作の主人公の畠山重忠と菅秀才の衣装の紋を持ち出す。

「そうとはいっても蔦重さん、どっちの家紋も星梅鉢、こりゃ定信様と一緒じゃねえか」

「はてさて、白河藩松平家はそんな家紋でいらっしゃいましたっけ？」

偶然の一致とはこのことでございます、蔦重はしらばっくれる。だが、定信に擬したのはそこだけじゃない。さすがは春町、盟友にして好敵手の続編の態を装う「鸚鵡返し」では、定信が撰した『鸚鵡言《おうむのことば》』をあげつらってある。

「時に蔦重さん、ご改革を穿つのはこれっきりなのかい？」、客の問いに蔦重は即答してみせた。

「いやいや、これで終わりじゃございません。飛びっきりのキツ〜イのを売り出します」

止めのひと刺しは異色の戯作をモノする参和に任せた。

「今度は思いっきりヨイショといきましょう」

それが『天下《てんか》一面《いちめん》鏡《かがみの》梅鉢《うめばち》』――ご改革の善政で世は泰平爛漫、火山からは三日三晩も金銀が噴きあがる。諸国は五穀豊穣、盗人がいないので戸を閉ざす必要もないと、わざわざ戸を打ち毀す。

「浅間山の噴火に凶作、飢饉、打ち毀し。天明の世情不安をぶち込んだうえ、寛政の改革をことごとく笑いのめしました」

案に違わず江戸の衆は狂喜乱舞、耕書堂へ殺到した。本屋に群れする客を目当てに露店が並んだほどの大盛況。蔦重、とせに奉公人たちも飯を喰いそびれるほどの繁多ぶり。

「困った。売れて売れてまた売れて、製本する間がありません」

ええいままよ、こうなったら仕方がない。

「摺った墨の乾かぬまま、中身の紙に表紙と糸をつけてお客様に渡しましょう」

前代未聞の対応がこれまた江戸中の話題となり、さらに客が詰めかける仕儀に。貸本屋だっていつも、客からの注文が凄まじいと普段の何倍も仕入れてくれた。

「庶民の留飲、ようやく下がったことでしょう」

蔦重、不敵に笑ってみせた。

「おバカな絵草紙とみせかけて、とことん権威をおちょくるのが戯家の流儀です」

五

日本橋に近づいたところで駕籠が止まった。担ぎ棒を外した後棒が念を押す。

「旦那、本当にここでよろしいんでがすか?」

「うん。少し歩きたいんだ」

よいしょ。蔦重は妙に重い身体をずらし、腫れぼったい脚を駕籠から降ろす。春雨は昼間にあがった。だが地面は湿っぽい。先棒が小田原提灯を渡してくれた。

「お気をつけて」「またのお呼びを」、蔦重は駕籠かきの声を背に夜道をいく。

はァ～っ。溜息に吐息が混じり歎息まで加わった。空に浮かぶ月の模様は兎のはず。でも、それが戯家の同士に重なってしまう。

「ちと、やり過ぎましたかね」、蔦重はらしくもない台詞を口にする。

改革を笑い飛ばした三部作は今も売れ続けている。それは、綱紀粛正とやらに対する町衆の鬱憤があるからこそ。

「でも正直いうと、ここまで大当たりになるとは、私も予想できなかった」

焚火は暖をとる分にはちょうどいい。しかし、火の勢いが大きくなると手に負えなくなる。まして、あちこちに飛び火して火難にまで発展すれば眼も当てられぬ。

はァ～っ、また太い息。近頃、胸苦しさを感じることがある。今宵の宴席を思い出すとなおさらだ。蔦重は心の臓のあたりを労わるように擦った。

今夜の宴席、喜三二は言葉をちぎるようにいった。

「わしは……筆を……折る。蔦重、赦《ゆる》してくれ」

蔦重は、血合いの乗った鯛の刺身を箸で摘まんだまま固まった。

「いま、何と?」

「すまん。わしは戯家の風上にもおけん作者だ」

蔦重は眼を白黒させる。

「事の次第をお話しください」

うむ。五十路半ばになった当代一の戯作者は静かに眼を閉じた。失望、憮然とはこの表情をいうのだろう。

「久保田藩主佐竹義和公より直々の下命があった」

「！」、蔦重はすべてを悟った。絶筆の要因は『文武二道万石通』、寛政の改革を茶化し、おちょくり倒したことに他ならぬ。

「だが、皺腹を掻っさばけとまではいわれんかった。命があるのは勿怪《もっけ》の幸いだ」

冗談が冗談にならない。蔦重は頬を強ばらせる。

「別の筆名でのご執筆は？」

「それも、罷りならん、わ」、喜三二はつっと顎を上げ天井をみつめる。

「わが藩は三十数年前の秋田騒動以来、ずっとお上に眼をつけられておる」

秋田騒動とは銀の兌換券発行をめぐる家内の内紛。

「おまけに先年の凶作、加えてわしの大当たりの戯作ときた日にゃ……」

殿様としては藩をこれ以上窮地に追い込みたくない。

「わしも隠居が相応の年頃だからな。潮時というもんだろう」

これからの戯作は山東京伝に任せよう——上を向いた喜三二の瞼に涙が溢れ、つーっと頬を伝う。

蔦重はぐいっと唇を噛みしめた。

重苦しい沈黙を破ったのは、障子の向こうの人の気配。仲居が声をかけてきた。

「耕書堂から急ぎの文が」

蔦重、何事かと封を切る。そこには女房とせの筆跡が躍っている。上から下、右から左、字面を追う蔦重の眼が見開かれた。

「どうした？」、涙の跡も乾かぬ喜三二に、蔦重は震える手で文を渡した。

「恋川春町さんが今夜、突然に藩の重役を辞され、自ら蟄居されました」

「何だと、寝耳に水とはこのこと！」

「定信公から先だっての戯作の件でご下問あり、登城せよと命ぜられたのに……春町さんは面会を拒絶されたそうです」

「あのバカ、何をしとるんだ」

本屋と戯作者は先ほどを上回る重苦しさに包まれた。


——月に群雲、日本橋界隈とはいえ軒先の灯も消え、提灯だけでは覚束ない。おまけに、ぷっつりと人影も絶えた。だが耕書堂はもうすぐ。

「このまま手を拱《こまぬ》いていたら蔦重の名が廃《すた》る。明日は春町さんを訪問だ」

つぶやいた途端、ダッダッダッ、江戸城の方角から数人が走り来る足音。たちまち黒装束に黒覆面という異様な風体の一団が蔦重を取り囲んだ。

「な、何ですか、あんたたちは！」

助けを呼ぼうとする間もあるものかは、黒覆面たちは本屋の腹、背中と容赦のない当て身を打ち込んでくる。

「ブフォ、ウゲッ、オウッ」、蔦重はたまらず這いつくばった。そこを容赦なく足蹴にされ、尾籠《びろう》ながら地面いっぱいに小間物屋《こまものや》を広げてしまう。突っ伏し、酸っぱい臭いを放つ汚物にまみれる蔦重。

覆面のひとり、とりわけ屈強な体躯なのが低い声で凄んだ。

「蔦重、今日はこのくらいで勘弁してやる。だが、次は命を貰うぞ」

脅しをかけると、一団はまた素早い足さばきで、猫一匹すらうろつかぬ日本橋界隈を駆けていった。


蔦重の、近頃めっきり肉づきがよくなった背に、とせが軟膏を塗りたくる。

「もそっと、やさしくしておくれ」

「力なんか入れてませんよ。あたしのせいじゃなくって傷のせい、酷すぎるんだもん」

本屋の夫婦の隣には、江戸を代表する戯作者になった山東京伝こと北尾政演が侍っている。

「この薬が効くといいんですが」

京伝にとって蔦重は兄と慕い、十全の信頼を寄せる本屋。わざわざ華岡青洲なる新進気鋭の医師が調合した「紫雲膏」を持参した。

「まったく賊に心当たりはないんですか？」

「さっぱりわかりません」、蔦重は浴衣を着た。

「あの夜、この近所に夜盗が入った店はなかったそうですし」

自身番に届け、懇意の岡っ引きにも相談したが、いっかな捜査は進展しない。

「相手は私の名を知っていましたからね」

でも「次は命」という不気味な脅迫は誰にも話していない。京伝は腕を組んだ。

「やっぱり、喜三二さんや春町さんの一件と関係しているんでしょうか」

とせも心配を隠せない。浴衣の衿を直してやりながらいった。

「しばらく身を慎んでもらわないと。特に夜の外出はよしてくださいね」

「この身体じゃ出掛けたくても出られないよ」

それゆえ余計に、定信の召喚を拒み、閉門を選んだ春町が気にかかる。逢えないからには矢継ぎ早に何通もの手紙を送った。にもかかわらず、返事は梨の礫《つぶて》。

「次の方便を考えなきゃ」、いった尻からイテテ、痛い、どうにかしての呻き声。


身体不如意の蔦重に新たな災厄が降りかかる。

奉行所の役人が耕書堂に乗り込んできて問答無用とばかりに宣告した。

「不敬なる絵草紙は本日をもって絶版！」

『天下一面鏡梅鉢』に厳罰が下った。沙汰の理由は明白。役人は奉公人を押しのけ大事な版木まで持ち去っていく。蔦重は杖にすがりながらその様子を見届けた。版木は奉行所で叩き割られるか、焼かれて灰になってしまうのだろう。本は我が子も同然、愛おしくてならぬ。

「喜三二さんと春町さんには上意で圧力をかけ、参和さんには強硬手段ときたか」

寛政の改革を茶化した三部作、ことごとく憂き目に。役人は厳しくいい放った。

「絵草紙を悪用しての所業、お奉行どころかご老中の松平定信様も姑息なやり口にお怒りじゃ」

向後《きょうこう》、かような戯けた絵草紙の開板は罷りならぬ。

「次は板元のみならず作者、絵師もしょっぴくぞ」

役人の声、どこかで耳にしたような気がする……。それはそうと、気色ばんだとせや奉公人たちが役人に詰め寄った。

「こんな無体がまかりとおっていいものか！」

それなのに、蔦重は加勢するどころか、叔父譲りの泰然自若。却って妻と奉公人を窘《たしな》めた。

「御上は戯作の本当の力、怖さを何にもわかっちゃいないんです」

だが、さしもの蔦重も恐懼《きょうく》する一件が勃発する。

「京伝さんにまでお咎め！　しかも、とばっちりじゃないか」

寛政元年（一七八九）開板『黒白水鏡《こくびゃくみずかがみ》』の作者石部琴好《きんこう》が江戸所払いの厳罰に。挿画担当の政演まで罰金刑を喰らったのだ。改革で絵師が処罰されるのは初めてのことだ。

「しかし、あれはご改革をあげつらったもんじゃない。田沼様ご嫡男の刃傷事件を揶揄した作なのに」

いや待て。松平定信公は智略智謀の御仁だ。件の戯作を田沼追い落としの道具としてさんざん活用し、役目が終わったら、一変して言論統制の見せしめとして取り締まったのだろう。

「定信公、侮るべからず」

蔦重はすぐ京伝と逢った。

「罰金は私が立て替えます」、そんなことより蔦重の心配は京伝の心模様だ。

「まさか意気消沈はしていないでしょうね？」

「……戦場で流れ矢が刺さったようなものでしょうか」

「さすがは京伝さん、うまいことという。でも、傷は浅い」

身体どころか、仕事も満身創痍の蔦重にいわれ、京伝は苦笑するやら呆れるやら。

「こんなことでメゲてちゃ、蔦重さんにどやされそうだ」

「京伝さん、その通りです」、蔦重はまくしたてた。

「寛政の改革をおちょくれる本屋は耕書堂、作者は山東京伝しかいません！」

六

迫りくる寛政の改革の締め付け、戯作や挿画への弾圧。

しかし、そんな定信の意向が蔦重の反骨の焔にいっそう油を注ぐ。

「白河公はご存知ないでしょうが、私というのはそういう男なんです」

ようよう、謎の黒づくめ集団から受けた傷の癒えた本屋、小粋な格子の着物姿、二つ折りの手拭いを月代《さかやき》に乗せ、髷の後で両端を結んだ吉原被り、葛籠を背負って小石川の武家屋敷へやってきた。

「ここだ」、倉橋の表札がかかった門を叩く。

「貸本屋でございます」

「見慣れぬ貸本屋だな、新顔か？」

家士が覗き窓から誰何《すいか》する。蔦重、澄ましていった。

「富士山形に蔦の葉、蔦唐丸とお伝えいただきたく」

屋敷の主は恋川春町。ほどなく開く潜り戸、地味な婦人が招き入れてくれた。

「ご無沙汰しております」、「さっ、中へどうぞ」

この女性が春町の二度目の奥方。月下氷人を務めたのは喜三二、蔦重も祝言の宴に招かれ顔見知りだ。夫人にも憔悴の色が濃い。その元凶をつくったのは蔦重、さすがに胸が重い。

「いかがですか、ご主人のご様子は？」

「書斎に籠りっきりのうえ、気鬱が昂じてお酒ばかり」

定信の怒りをこれ以上は買わぬよう『鸚鵡返文武二道』を店頭から引き揚げたが。有形無形の圧力が続いているのは想像に難くない。

「あなた、蔦重さんがお越しになりました」

部屋からの応えはない。妻女は声を大きくした。

「あなたが、いちばん逢いたがっていた蔦重さんですよ」

「今頃になっての訪問、遅くなり申し訳ありません」

蔦重は廊下に両手をついて頭を下げ、大きな声で詫びを入れる。

「暴漢に襲われたり、絶版事件やら京伝さんの罰金騒ぎで動きがとれませんでした」

それでも書斎はコトリとも音がしない。廊下の向こうで三毛猫がじっとこちらをみつめている。妻女は恥ずかし気にいう。

「一刻ほど前にも徳利を持ち込んでおりました。きっと酔い潰れているんですわ」

「そうですか、では私が介抱を」

春町さんのお世話は手慣れております。蔦重は笑って障子に手をかけた。

その日の夜更け——蔦重の足元は右に左に覚束かぬ。
泥酔しているのか？　いや違う。拭いてもこぼれる涙、漏れる嗚咽。見るも哀れ、語るも無残、江戸でいちばんの本屋がやつれきっていた。

とせはもちろん番頭、手代に小僧、喜三二と京伝も蔦重を待ち構えている。耕書堂の主は倒れ込むようにして入ってきた。

「重さん、しっかりして！」

気丈な妻ならでは、生気を失った夫を抱きかかえる。重三郎は眼をつむってしまった。

「これは、まずい。おい、気付けの酒を用意しろ！」

喜三二が、豆鉄砲を喰らった鳩のように立ち尽くしている小僧を怒鳴りつけた。京伝は手拭を取り出し、蔦重の額に浮かぶ脂汗を拭く。

今日の午後、貸本屋に扮して訪れた春町の屋敷。久闊《きゅうかつ》を叙し、バカ話のひとつやふたつと思っていたら。戯作者の書斎、障子を開けたらそこには――。蔦重の耳に春町の妻女の悲鳴がよみがえる。

「春町さんが首を……」

春町縊死《いし》の事件はたちまち本屋仲間に知れ渡った。発見者は他ならぬ蔦重、奉行所でみっちりと調べを受け、やっと深夜に解放されたのだった。喜三二が問う。

「春町は遺書めいたものを残さなかったのか？」

蔦重は懐から走り書きを取り出した。この一文のことは役人に明かしていない。明日にも妻女に返すつもりでいる。

「これが文机の上に」、春町らしくきちんと紙片の角を重ねて折ってあった。

生涯苦楽四十六年
即今脱却　浩然帰天《こうぜんとしててんにきす》
我も万《ま》た身はなきものとおもひしが　今ハのきハゝ　さ比《び》しかり鳧《けり》

一同は春町最後の一文に見入る。細やかで流麗、みずみずしい茎で書いたような筆跡だった。蔦重が力を振り絞った。

「春町さんのかたきは、必ず私が討ちます」

定信は、規範違反を取り締まるべく市中見廻りを強化、振袖の町娘が捕らわれたとか、婚礼の宴席に役人が乗り込んで華美を諫めたという話もあった。民は鬱憤を募らせるばかりだ。

「白河公には本の怖さを肌身で知ってもらいましょう。耕書堂が、ご改革をひっくり返します」

小柄で色白、飛び切り繊細だった春町。滑稽と諧謔を文と画で形にし、酒を愛した黄表紙の開祖は、類をみない反骨の士でもあった。

クッ、ククク……蔦重はまた男泣きした。ウオン、ウオン……涕泣がすぐにゴウゴウ、号泣になった。とせ、喜三二、京伝そして奉公人たちも袖を絞る。

織姫と彦星の逢う七夕の夜、篠つく雨が降り出した。

第七章
不惑

一

蔦重は地本問屋に出された触書を京伝に示した。

「定信公はよっぽどダメって言葉がお好きのようです」

「ならぬ、ならぬ、ならぬがズラリ八か条も並んでますね」

・草紙の類の新たな仕立てはならぬ。開板したければ奉行所の指図を受けよ。
・世を賑わせる話題をすぐ浮世絵などにして出版してはならぬ。
・猥らなる儀、異説をとりまぜ物語をつくってはならぬ。違反すれば厳重に取り締まる。
・好色本はならぬ、ことごとく絶版にせよ。
・著者と板元が不明ではならぬ。必ず名を明記せよ。
・古代を装いふつつかなる儀をつくりだすこと、ありきたりの書でも華美を尽くし潤色を加えてはならぬ。高値に仕立てることもならぬ。

・浮説の儀、仮名書き写本等に致し、その見料を取ったり貸し出す事はならぬ。
・本屋どもは相互の吟味を厳重にせよ。

「いやもう、どれもこれも耕書堂を名指して禁止しているようなものです」

いつもの蔦重なら苦笑を交えるところだが、今回は不快を隠そうとしない。代わりに京伝が首をすくめる。彼は探るようにいった。

「作者と本屋の名を隠してはならんというのは、あのことですか？」

「そうに決まっていますよ。梅鉢ですよ」

実は天下に名を知られた発禁本『天下一面鏡梅鉢』の初版本は参和、蔦重、耕書堂の名を記さずに世に出した。さしもの蔦重も喜三二、春町でキツ～イのを連発した後だけに策を弄したのだった。

「これで参和さんまでしょっ引かれたら大変ですから」

「でも、そんな細工をしても江戸の皆々は蔦重さんの本だと知ってましたけどね」

「あれだけお客さんが詰めかけちゃバレバレです」

改革批判の三作のみならず黄表紙の常套たる、時代や設定を昔に移すことも禁止となった。

「おまけに文武二道の二作や梅鉢は写本にしてもダメか。やれやれ」と京伝。

「貸本屋にも累が及んでいます――白河公は戯作を根絶やしにしたいんです」

いったん治まりかけた蔦重の怒りが再び盛り返してきた。京伝、話題を本から市井の動向へ変える。

「この調子じゃ両国川開きはシケたものになりそうですね」

五月二十八日の川開きは江戸っ子が心待ちにする初夏の風物詩。花火が夜空を彩り「玉屋」「鍵屋」

の歓声、大川は船でぎっしりと埋まるはずだが。

「船宿は閑古鳥、川べりの夜店も半減という噂です」

「でもね、京伝さん、こういう時こそ私たち戯家の同士が踏ん張らないと。春町さんの分まで！」

蔦重と話をすれば、何を持ってきても結局は本のことになる。京伝は観念した。

「蔦重さんからいわれている洒落本、三部作を考えています」

遊郭の下世話な痴話咄と蔑まれた洒落本に新しい生命を。蔦重の注文に京伝は真摯に取り組んでいる。蔦重は改めて真意を説いた。

「正面きっての批判は置いといて、斜めから背後から寛政の改革を突きましょう」

「定信公が毛嫌いする遊女と色里を題材にするのはそのためですか。なるほど」

「でも、以前の洒落本みたいな下ネタや下世話な会話じゃ意味がありません」

「ふむ。男女のアヤってやつをたっぷり練り込みます」

「それでこそ京伝さん！」

褒められ恐縮する京伝、ふと歌麿の名を出した。

「それはそうと、うたまる兄さんがいよいよ美人画に挑むとか？」

蔦重、今度は苦笑を浮かべた。歌麿とは逢えば画題や画調のことで口論、時には掴み合いになることも再々。

「そのくせ、私と揉めた後に限って、うたさんの絵は格段によくなるんです」

「蔦重さんとうた兄さん、不可思議な取り合わせだ」

蔦重は寛政の世も粋と通、そして戯家で染めあげる気でいる。

そのためにまず、京伝には寛政三年（一七九一）春の開板を目指し、洒落本を含む大量の戯作を発注した。

「京伝さん、ホントは挿絵の罰金刑で意気消沈だったはず」

しかし蔦重の「京伝あっての耕書堂」の泣き落とし、喜三二から「次はお前に任せた」の激励で何とか気を取り直してくれた。

「だけど、いちばん大きかったのは春町さんの自害だ」

京伝だけでなく江戸の戯作者、絵師は皆、黄表紙の父の面影と作品を胸に刻んでいる。

「それに」、京伝はお上臈の菊園を身請けし妻に迎えた。発奮の材料は揃っている。

「そろそろおいとまします」

「ちょっとだけ待ってください」、蔦重は京伝を引き留め、紫紺の袱紗を差し出す。

「何ですか、これ？」

「潤筆料とでもいいますか、原稿代金の前払いです」

京伝さんひとりなら、一年分の米代になります。

「奥様の菊園さんの分は文章ができてからのお支払いということで」

蔦重は澄まし顔。京伝の額には「当惑」の二文字が浮かんでいる。これまで本屋と作者の間に正式な金銭の取り決めはなかった。宴席やら物品でチャラという事も多かった。

「今や京伝さんは戯家の宝。ちゃんと対価を払います」

実は蔦重、同じ通油町の老舗書肆鶴屋とも相談済み。潤筆料という新機軸、耕書堂と仙鶴堂で人気作家を取り込もうという心積もりなのだ。


京伝を見送った直後、店頭で怒鳴り声が響いた。

「もう金輪際、耕書堂の本は買わねえぞ！」

「蔦重は大好きだったのに。あの野郎は町衆の味方どころか敵だ！」

暴れ出さんばかりの客を、とせや手代が必死にとりなしている。真っ青になった小僧が主人に讀賣（かわら版）を差し出した。蔦重はひったくるようにして紙面に眼を通す。

「なんてことだ。こ、これは……ひどい」

讀賣の一面に並ぶ流言蜚語の数々——。

奉公人の酷使に始まり、作者や絵師、職人への賃金不払い。戯作に載せてやると町娘や人妻を誑《たぶら》かした。次作で庶民を裏切りご改革をヨイショする本を出す……これでもかと捏造した文言が並んでいる。蔦重は讀賣をくしゃくしゃに丸め投げつけた。

「こんな汚い手まで使って。どうしても耕書堂を潰したいのか！」

店先の騒ぎはいっそう大きくなっている。蔦重、意を決すると群衆の前へ飛び出した。

「主人の蔦屋重三郎はこの私です。神かけて、私は讀賣に書いてあるようなことはしていません。これまで私が開板してきた本の数々、どれも皆さんの想い出を代弁しているじゃないですか！」

蔦重が、戯作が、作者や絵師が、耕書堂が信用ならぬというのなら。ドシン、蔦重は詰めかけた客の前に座り込んだ。

「さあ、煮るなり焼くなり、好きにしてもらいましょう！」

二

本屋の女房、思わずあくびを漏らし、急いで手を口へ。

ふわ〜っ、旦那も負けずに大きなのをひとつ放った。

「おとせがはしたないまねをするから、私にも伝染ったじゃないか」

「だってあの一件からこっち、ずっと暇なんだもん」

蔦屋耕書堂、讀賣の誹謗中傷ですっかり客足が遠のいてしまった。店に集まった町衆の前では、啖呵をきって拍手喝采を浴びたものの、江戸はとてつもなく広い。同じことを町々でやらかすわけにはいかぬ。反対に讀賣は日々書きたい放題、あちこちでバラまかれている。とても火消しに回れるものではない。

「ふむ。でもやっぱり摺り物ってのは江戸を揺るがす凄い力があるんだね」

「そうなのよね、私も摺り物のこと、改めて見直しちゃった」

似た者同士の本屋の夫婦、妙なことで意見が一致する。とはいえ店中に閑古鳥が鳴くのは何とかしなくてはいけない。

「重さん、やっぱり厄除けのお参りにいっとく？」

「厄年や流言なんぞ、本の力で吹き飛ばしてみせる」

四十路の蔦重、強がってはいるものの、チラリ神仏に縋りたい弱気も胸をよぎる。だが、本屋は己を鼓舞した。

「白河公定信様のやり口、腹に据えかねているんだ」

「それはあたしだって同じ」

「耕書堂らしいやり方で意地をみせようじゃないか」


その急先鋒が京伝。寛政三年、吉原細見の序文を皮切りに七冊もの戯作を開板した。

喜三二引退、春町の自死の暗雲を京伝が吹っ飛ばす。幕引きしたふたりは武家だが京伝は町人。生粋の江戸っ子が描く江戸の噺は庶民の心根を穿つ。それを町衆が放っとくわけはない。

「京伝さんの洒落本三部作、次々に注文が入ってきたよ！」

喜色満面のとせ、手代は摺り増しの手配、小僧が大八車に京伝作を積み込む。番頭の姿がみえないのは、先般までの開店休業状態に愛想をつかせて奉公を辞めてしまったから——。

しかし、ようよう自体は好転してきたようだ。蔦重はにんまりする。

「乾坤一擲《けんこんいってき》の洒落本攻勢、そのうち江戸が沸き立ちますよ」

京伝が描いた『仕懸文庫《しかけぶんこ》』『娼妓絹籭《しょうぎきぬぶるい》』『錦之裏《にしきのうら》』に描かれたのは、遊里を舞台に展開される、しっとりした男女の人情の機微。猥褻誨淫《わいせつかいいん》の書とまでいわれた洒落本の面目を一新してみせた。

「内容の充実はもちろん、戯家の毒も仕込みました」

蔦重、『仕懸文庫』をわざわざ〝教訓読本〟と銘打った。京伝も「まず好色淫蕩を描き、後でしっかり遊蕩淫乱を戒めております」と開き直る。蔦重も畏まった。

「白河公のご政道をご支援申し上げるため、放蕩三昧にきつい訓戒を与えました」

この諧謔が大いに受けた。

「やっぱり、蔦重は江戸っ子の味方じゃねえか」

「オレっちはハナから蔦重を信じてたぜ」

有為転変は町の声の常、表裏は節操なく逆になる。

「重さん、みて、みて！」

買い物に出たとせが、落首をみつけてきた。

白河の　清きに魚も　棲みかねて　もとの濁りの　田沼恋しき
世の中に　蚊ほど煩き　ものはなし　文武文武という て　夜も寝られず

「おとせ、こりゃ二首とも大傑作だよ」

「京伝さん、それとも喜三二さんが書いたのかな？」

「うむ、いずれにせよ尋常じゃない手練れぶりだ」

ひょっとしてあの人か。狂歌の大流行で有頂天になっていた御仁の顔が浮かぶ。夫の思惑をよそにとせがいう。

「江戸中がこの狂歌でもちきり。みんな仕掛けたのは蔦重だっていってる！」

「そうなのかい。ウチの手柄といってもらえるのはありがたいけど」

「でも、まったく関係ないのよねえ」

耕書堂に活気が戻ったうえ、定信公への痛烈批判の落書《らくしょ》。町衆は寛政の改革に叛旗を翻しはじめたようだ。

だが公儀はそれを見過ごすわけがない。定信はすぐ配下を招集した。

「おのれ蔦屋重三郎。許すまじ」

表立っては弾圧の数々、人気作者の筆を折らせ、怪しからぬ黄表紙は絶版に処した。裏に回っても暴行に脅迫、虚偽の噂《フェイクニュース》まで流したというのに。この本屋はまったくメゲるということがない。

定信の前に端座する面々、北町奉行初鹿野信興《はじかののぶおき》が首座の怒りに即応した。

「耕書堂を即刻取り潰し、蔦重は遠島……いっそのこと斬首にいたすのは、いかが？」

初鹿野はかつて田沼全盛期に、田沼の奥女中の不行跡を咎めたことで名をあげた。禄高五百石の浦賀奉行から一躍、三千石の町奉行に取りたてられたのは、定信があの一件を忘れていなかったから。その分、北町奉行が恩義を感じて定信の方針に寄り添いがちなのは致し方あるまい。

「初鹿野の極刑をもって善しとする意見、私はうれしく思うぞ」

定信は乗り気になっている。南町奉行の池田長恵《いけだながしげ》が、すぐさま待ったをかけた。

「定信殿それに皆々がた、この仕置きは難しゅうござる」

池田は京都町奉行からの栄転、これも定信の抜擢人事だった。だが、江戸にきてからの池田は切れ味の鋭すぎる定信の手腕に委縮したのか、意見を具申するのも滞りがちに。その池田が珍しく異見を発したのだから定信のみならず一同が注目した。

「苦しゅうない。池田、思うところを述べよ」

しかし、そういわれると口ごもってしまうのが池田の池田たるところ。定信は「またか」とばかりにげんなりしてしまった。これで衆議が決するかと思われたその時、声があがった。

「蔦重は人気者。ヤツを下手に処断してしまうと、江戸の町民全員を敵に回しかねません」

長谷川平蔵だった。彼は江戸の放火犯や盗賊を取り締まる加役、後に火付盗賊改といわれる役職に就き、卓抜の成果をあげていた。その平蔵が世情に精通していることは、定信がいちばんよく知っている。平蔵は提言した。

「生かす、殺すは我らの一存。されど、水清くして魚住まずの喩えあり——少しの濁りはみてみぬふりをするのも御上の甲斐性かと。さらに、あの本屋がいなくなれば江戸の名物がひとつ消えてしまいます。それも、チト寂しいような……本屋の処断はもう少しお考えいただきとう存じます」

「かような観点も確かにあろうな」、定信は腕を組んだ。初鹿野も頻《しき》りにうなずく。

「長谷川のいい分は然り。とはいえ、本屋をこのまま野放しにするのは感心できませぬ」

世事や民意に聡いことは、実のところ初鹿野も負けず劣らず、己の前言を悔いた格好になった。

暫時の黙考……定信がよくとおる声でいう。

「皆のいうところはわかった。殺さず、されど決して生かさずの処罰を思いついたぞ」


耕書堂の主人と人気戯作者が召し取られちまった!!

寛政三年三月、物見高い江戸っ子たち、びっくりするやら心配するやらの大騒ぎとなった。

「御上をおちょくっただけで、ここまでやるのか」

「けど蔦重を見直したぜ。引っ立てられた時も、胸を張って堂々としてやがる」

「蔦重が何の悪事を働いた？　盗人でも人殺しでもねえんだぜ」

お縄になった罪状は「猥りがましき書目」こと洒落本三部作の開板。蔦重と京伝はお縄を頂戴、北町奉行所で情け無用の矯激な仕置きを受けた。

「蔦重のヤツ、悪いのは自分だ、京伝の分も責めを受けるといったらしい」

「そいつは粋じゃねえか」

「おっと蔦重には〝戯家だねえ〟といってやれ」

「で、京伝はどうだ？」

京伝に下されたのは、瓢箪形をした鉄の腕輪を嵌めて暮らす手鎖五十日の刑。

「いけねえなあ。青菜に一升の塩を揉み込んだも同じ」

乳母日傘《おんばひがさ》で育てられ、画才と文才で世に出た京伝。紆余曲折を知らぬ当世のモテ男、拷問なんて荒事とは無縁で生きてきた。それだけに、咎人となり、手鎖で身の動きを封じられた衝撃に耐えられない。ポキッ、心根が折れてしまった。

「ところで蔦重は？」

「べらぼうめ、こっちはもっと大変《てえへん》だ！」

耕書堂の財産、すっくり半分を没収されるという厳罰だった。

「半分っていやあ……オレの大工の日当銀五匁《もんめ》少々が二匁と五分《ふん》に減るってことかい？」

「おうさ、嬶《かかあ》も半分にしちまえといわれたら縦に割るか、それとも臍から上と下に分けるか」

「バカなこといってんじゃねえ」

「しかし財産半分を持ってくなんてのは無茶ってもんだろ」

「無茶を承知で下されるのがお咎めってもんよ」

「で、蔦重はどうしてんだ？」

「……もう立ち直れねえかもしれねえぞ」

日本橋と吉原の耕書堂は雨戸を固く閉ざしている。大戸には「負けるな」「一日も早い再開を」「戯家の灯を消すな」と励ましの落書の数々。雨風が叩きつけても消えそうにない。

本屋の裏口、長身の老人が身を滑らせるように入っていく。叔父の利兵衛だ。

「お前という子は幼い頃から偉そうな御仁が大嫌い」

初志貫徹は立派なこと。ヘンな褒め方をしてから叔父は真顔になった。

「奉公人や彫師、摺師に迷惑をかけられない。銭なら融通するからいっておくれ」

蔦重、ゆっくり首を振る。横のとせが背筋を伸ばした。

「お舅《とう》さん心配をおかけします。でも、あたしの蓄えが少々」

夫婦が見交わす眼と眼、舅は頼もしそうにいった。

「ずいぶんと綜麻繰《へそく》ったもんだ。さすがはおとせ、感心感心」

叔父は店の落書のことをひとくさり。そして重三郎、とせを見据えた。

「こんなことで負けちゃいけない。戯家の本屋が変じて反骨の本屋。江戸の期待は大きいよ」


——幾日か前、武家屋敷の立ち並ぶ目白台でも、とりわけ厳めしく門衛が固める役宅前に駕籠がとまった。

誰何《すいか》の鋭い声、駕籠の中から動じぬ低い応え。門衛は一礼して駕籠を通した。

屋敷の主が一服の茶をたてる。訪問者は裏千家の作法に則った完璧な所作で濃茶を喫した。

「見事なお点前です」、茶碗を親指と人差し指で拭き、懐紙を取り出すのは平沢常富すなわち朋誠堂喜三二、向き合うは長谷川平蔵。両人は加役を務める旗本と藩重役を越えた仲だ。平蔵は若かりし頃に〝本所の銕《てつ》〟で鳴らし、喜三二も〝宝暦の色男〟の異名を戴いた悪たれ同士。

「本屋の一件、苦労したぞ。一時は極刑の声まで出た」

北町奉行初鹿野が定信の強硬論に加担、彼に一物を抱く南町奉行池田長恵は反意を示した。

「なのに池田のオヤジ、その後がいけねえ」

すっかり尻つぼみになっちまいやがって。仕方ねえからオレが畏れながらと具申したってわけだ。

平蔵の口ぶりはガキ大将がいたずら自慢をするかのよう。

「おかげってのもヘンだが、何とか事が収まった」

トントン、トン、スーッ。平蔵は手刀を首へやり、そのまま引いた。

「かろうじて、ここの皮一枚が繋がっただけだがな」

喜三二は静かに低頭する。

「蔦重のことです、必ずや起死回生を果たすでしょう」

「うむ」と平蔵、「オレとのことは蔦重には内緒だろ?」と確かめ、ニカッ、破顔した。

「わしも耕書堂の贔屓のひとりだ。京伝の洒落本、若い頃のオレが主人公かと思ったぜ」

三

歌麿は錦絵の試し摺りを前に長考している。

だが、その沈黙は決して重々しいものではない。むしろ、せり上がってくる喜色を堪えるのが大変そうだ。摺師の吐き出した紫煙がゆっくりとたなびく。

「うた、これで文句いわれちゃわしは仕事を変えるぜ」

摺師は歌麿を一瞥《いちべつ》してから蔦重に視線を移す。

「蔦重さん、これは売れますぜ。江戸が大騒ぎになる」

蔦重と歌麿が本格的に挑んだ美人画。指名した摺師は江戸で一番といわれる名工、もちろん彫師も名人、蔦重のたっての願いをきいてくれたのだった。

だが、歌麿という倨傲の絵師に遠慮会釈はない。

「気になるところがある」

カンッ。摺師が煙管を打ち付けた。蔦重は手を合わせる代わりに必死に目配せする。歌麿は注文をつけた。

「湯上がり女の髪の筋目をもう少しはっきりさせてくれ」

「……付け根か、それとも鬢《まげ》の張り出し近くかい？」

「両方だ」、歌麿の応えと同時に蔦重はもう一度、眼で摺師に頼み込む。摺師は口をへの字にしたまま、うなずいた。これが並みの絵師なら蔦重もたしなめるだろう。しかし、歌麿となれば違う。

今、歌麿と蔦重が手にしているのは連作『婦人相学十躰《ふじんそうがくじってい》』の一枚、「浮気之相《うわきのそう》」の題をつけた。

振り返る湯上がりの年増美女、開きかけた唇、何気なく重ねた両手、肩からずれた浴衣、片方の乳が覗く。一枚絵から立ち昇る色香は尋常ではない。

「でも、うたさんの絵には下卑たところがない」

ここまで描き切った歌麿の技量、蔦重は刮目どころか感銘を受けた。蔦重の秘蔵っ子はとうとう満開の時を迎えたようだ。

「じゃ、オレは先に帰るぜ」

歌麿は着流しの裾を翻し、痩せた肩で風を切るようにして工房を後にする。蔦重は懐紙に小判を包むと、版木の隅にそっと置いた。

「ずいぶんな無理をきいていただいて……これで酒でも買ってください」

摺師は首を振った。

「バカいうねい。わしもちぃとは名の売れた職工だ」

蔦重さんとこの美人画のためなら、やり直しは厭わねえ。摺師は邪険に紙包みを押し返す。だが蔦重はそれをまた丁寧に押し戻した。

「この連作の次にすぐ『婦女人相十品《ふじょにんそうじっぽん》』の連作もお願いしなきゃいけません」

もちろん代金は払うが、これから歌麿の要求はもっと厳しさを増すはず。

「うたさんのいうことは、私の言葉だと思ってください」

「蔦重さん、苦労するね」、摺師は手刀を切って金子を収めてくれた。

「うたの野郎〝自成一家《じせいいっけ》〟なんて調子に乗ったことをいいやがると腹も立ったが」

「うたさんには一流を自認する値打ちがあります」

蔦重は摺師に後事を託し工房を出た。今の蔦重には、さっきの心づけさえ痛い。寛政三年の財産半分没収の厳罰が重くのしかかる。正直、耕書堂は青息吐息だ。

弱り目に祟り目なのが手鎖の刑の京伝、執筆意欲を失ったまま立ち直れない。

喜三二、春町の金看板を失ったうえ、頼みの京伝を封じられ——耕書堂は開店休業も同然。それほど定信公の仕打ちは凄まじい。

「再起不能」の無責任な声が世に満ちる中、蔦重は「浮世絵でこの境遇をひっくり返してみせます」と誓う。寛政の改革で贅沢、派手を厳に慎む日々、江戸の衆の我慢は限界に達している。

「そこに、ありそうでなかった妖艶なくせみずみずしい美人大首絵の登場です」

グッと大写しで美女に迫る構図、皆が息を呑むはず。

第八章
再起

一

大江戸は八百八町、絵草紙屋の数も八百八軒――とまではいかぬが、ここぞという所に必ず本屋はある。道端に茣蓙《ござ》を敷き、本を塀に立てかける露天の店も勘定に入れたら、それこそえらい数になろう。

「江戸中が艶っぽい女で埋め尽くされました」

どの店を覗いても耕書堂開板、喜多川歌麿画の、ぞくぞくするような美人大首絵一色、売れに売れている。

「ポペンを吹く娘を家どころか仕事場にも貼ってんだ」

「女は年増だ。歌撰恋之部の人妻の物思う様なんぞ、こっちの胸が切なくなる」

子どもだって親父の買った美人画を盗み見てニタニタ、お袋にドヤされる始末。

「おかげで、半分持ってかれた身上、いくらか取り戻すことができました」

これは蔦重のホンネだ。

「あとは京伝さんの復活、これができれば耕書堂は蘇ります」

禍福は糾《あざな》える縄の如し。蔦重がたどった四十数年の半生も山あれば谷あり、有頂天と隣り合わせの意気消沈。そして再びの光明、ひょっこり現れる哀しみ……。

「母さんもその伝だった」


懐かしや、芝全交がひょっこり現れた。

彼とは天明七年（一七八七）の黄表紙『芝全交智恵之程《しばぜんこうちえのほど》』以来、仕事をしていない。だが、かつては千手観世音菩薩の腕を切り売りするという罰あたりな快作『大悲千禄本《だいひのせんろっぽん》』で未曽有の売り上げを記録したこともあった。全交は蔦重と同い年、ということはこの寛政四年（一七九二）で数えの四十三になる。

「ご近所の鶴屋喜右衛門さんのところへ寄ったついでに」

鶴屋は同じ通油町に店を構える本屋、全交は蔦重より鶴喜との仕事が多い。

「ところで蔦重さんの母上の名は津与ではなかったかな？」

「はい、そうですが」、八つで生き別れて以来、一度とて母と逢ったことはない。

「私の住まいの近くの、ある寺子屋に女師匠がおりましてね」

その人の名前はもちろん、年恰好まで蔦重の母にぴったり符号する。

「ほ、本当ですか」、蔦重は息を呑む。とせも茶をのせた盆を持ったまま立ちすくんだ。

「母さん、いや母は達者にしているんですか？」

「それが、あまりよくないんですよ。だから、こうしてお伝えにきたわけで」

驚天動地とはこのこと、蔦重は取るものも取りあえず神谷町の長屋へ急行した。

母が離縁されて三十五年。決して短くない歳月、積もり積もったさまざまな想いが交錯する。

「お母さん」、「重三郎」

案に違って交わす言葉は短かった。だが、その太さと深さは計り知れない。何より、老いたとはいえ母には、重三郎の瞼に残る若かりし頃の面影がそこかしこに残っている。子どもたちに読み書き、算盤それに絵も教えていたというのも母にふさわしい。まして母が病の床に就いているとなれば、重三郎の為すべきことはひとつ。すぐ引き取り看護に勤しんだ。

「でも母さんはすでに……」

痩せ細った肉体、腹に石のような痼《しこ》り、濃い死相。小紫と同じ病に相違なかった。

「安中へいったときいたけど、どうしてたの？」

「その後、再婚したりしなかったの？」

「いつからあそこで寺子屋を開いていたの？」

「なんで私を訪ねてきてくれなかったの？」

枕元であれこれ尋ねる息子に、母は小さく首を振り微笑するだけだった。

蔦重はとせといい交わした。

「全交さんによれば、寺子屋の師匠になったのは十年ほど前だったそうだ」

「そう。でも全交さんも人が悪い。すぐ知らせてくれればいいのに」

「うん、母さんが強い調子で私に連絡をつけるのはやめてくれっていったらしい」

「重い病にかかったから、ようやく説得できたってこと？」

「そうだね。おまけに母さんはずっと独り身だったそうだ」

水臭いというなかれ。母には母の矜持があり、母ならではの気遣いがある。東都でいちばんの本屋、戯家の時代をつくった息子を誇りに思いこそすれ、決して世話になるまいと決めていた。

「私の仕事の足手まといにはなりたくないって」

ただ、母は重三郎の本をすべて揃えてくれていた。母が住まいした裏長屋、そこには開板した順に戯作や狂歌集、細見まできちんと積んであった。

身の上は口を濁す母が、本の話だと快活になる。

「お前の本は、どれも愉快で面白い」

「ありがとう。で、お母さんの推しの戯作者と絵師は誰？」

「そりゃ春町さんと京伝さんに決まってるじゃないか。あとは四方赤良の狂歌もいいね」

「あれ？　お母さんの知り合いを忘れてるんじゃない？」

「全交さんかい。あの人の作はちょっとエグいところがあるから」

なるほど、それは母さんに一理あるかも。それにしても母さんは大した本の目利きだ——重三郎はそのことがうれしくて仕方なかった。

初霜の降りた朝、母は息子と嫁に看取られて逝った。

再会できた驚きと喜びから、わずか数カ月後のことだった。

「せっかく母さんと逢えたのに看病しかしていない。あれが親孝行だったなんて」

「最後に、ありがとうっていってくれたじゃない」

落ち込む夫を妻が慰める。夫婦の瞼から零《こぼ》れる哀しみの証。母はこうもいった。

「また本や絵で江戸をひっくり返しておくれ」

母の末期の声に背中を押され、蔦重は再び本屋稼業と向き合うことになる。仕事さえしておれば、萎れた気持ちも不思議に持ち直す。母譲りの本好きが昂じて選んだ生業《なりわい》、本となら苦楽を共にできるというものだ。

「そうとなったら、やっぱり気になるのは京伝さん」

蔦重はこの寛政四年の春、新たに雇った番頭を誘った。

「あんたも一緒に来るかい」

彼の名は滝沢《たきざわ》瑣吉《さきち》。武家の身分を捨て医家を目指すも、紆余曲折の末に深川辺りで貧乏の底をみていたらしい。一念発起して戯作者を志し、酒樽片手に京伝を訪ね弟子入りを請うたのが、耕書堂で働く機縁となった。

「京伝さんのところに勝川《かつかわ》春朗《しゅんろう》さんもくる」

春朗は若手絵師。蔦重は画才のみならず、絵に対する貪欲な姿勢を買っている。瑣吉も曲亭馬琴の筆名を使い、文才開花の兆しをみせていた。寛政四年春、両名は黄表紙『実語《じつご》教《きょう》幼稚講釈《おさなこうしゃく》』で仕事を共にしている。

「もっとも馬琴でなく京伝作にして開板しましたがね」

裏を返せば京伝の不振は深刻、馬琴に代作させるしかなかった。だが、馬琴の名で大当たりは期待薄。何より耕書堂は「京伝大復活」を打ち出す必要があった。

馬琴には面白くなかったろう。だがこれも世間の実情というもの。普段から深刻を貼り付けたような面相の馬琴、ボソリといった。

「また代作の打ち合わせなら、遠慮させてもらいます」

「それは京伝さん次第。だけど、私は馬琴名義の開板を忘れちゃいませんよ」

二

のそり、偉丈夫の若手絵師が入ってきたので、京伝の部屋が手狭に感じられた。

「あんた北尾重政親分よりデカいんじゃないかい？」

蔦重が両国広小路の見世物の象を前にしたように、勝川春朗を見上げる。くるり、春朗は眼玉を回した。いかつい顔に愛嬌が満ちた。

「京伝先生に重政師匠をご紹介いただいた時、背比べをしたら、やっぱオレの方が大きかったです」

「親分よりデカい絵師が現れるなんてびっくりだ」

すかさず蔦重が茶化すと京伝も調子にのった。

「あの時は虎と獅子が並んだみたいで恐ろしかったよ」

端座した馬琴が口を挟む。

「歌麿さんがいたら大蛇に虎、獅子の揃い踏みですな」

たちまち一座の頬が強ばった。春朗が片眉をあげる。

「この場にうたさんがいたら、ぶっ飛ばされちまうぞ」、だが馬琴はいっかな動じない。

「ぶん殴られるじゃなく、巻きつかれるの間違いだ」

今度は皆が大笑い。ただ馬琴はニコリともしない。


京伝が煙草を勧めた。階下でしきりと大工普請の音がするのは、煙草道具の店をこさえている最中だから。

「京伝さんらしく、凝った内装の店になりそうですね」

「蔦重さん、ごめんなさい」

「いや、そんなつもりじゃ」

「あれから、やっぱり、いい文が書けないんです」

心の傷が癒えぬ京伝、馬琴にはこう語ったという。

「戯作一本で喰っていこうなんて考えるもんじゃない」

戯家なんて、まっとうに稼ぐ手立てがあってこそ。戯作は手隙の手慰みで充分。京伝は煙草道具屋で己の言を実践しようとしている。だが蔦重、それでは困る。

「何しろ狂歌は期待薄なんですから」

四方赤良こと南畝の上役の土山の収賄が発覚、遊女の身請けはじめ贅沢を咎められ斬首された。定信、本屋の命は奪わなかったけれど、役人の不正を絶対に許さない。

「極刑に震えあがってしまったのが南畝さんです」

何しろ南畝も遊女を身請けしているうえ、改革を揶揄した例の「白河の清きに魚も棲みかねて」と

「世の中に蚊ほど煩きものはなし」という傑作落首の作者だと睨まれている。

蔦重はそんな南畝に、亡き母のための「実母顕彰の碑文」を依頼した。ところが――。何しろ母は南畝の狂歌を好いていたから。快諾してくれた南畝に蔦重は落首のことを尋ねた。

「とんでもない。あれはわしの作ではない。ヘンなことを吹聴しないでくれ」

南畝は怯懦《きょうだ》に陥り、ほどなくして自ら狂歌を封印してしまった。

「戯家では第一人者でしたが、残念なことに反骨の想いはお持ちではなかった」

蔦重の感慨に当代一の戯作者にして絵師はやんわりと返した。

「蔦重さんと南畝さんのお付き合いって、私や春町さん、喜三二さんとの接し方とはちょっと違っていたような気がします」

いや、それが悪いとかいうんじゃなくて、私たちとは売れる売れないより作物の中身を重視されるのに、南畝さんと向き合う時は商人としての蔦重さんが濃く出ていたんじゃないかな。

「出過ぎたことを、生意気いってすみません」

「…………」、蔦重は無言をもって弟分と公言する京伝に応えた。

いずれにせよ南畝は戯家の渦中から身を引く。狂歌をめぐる潮目は確実に変わった。たわわな果実は旬を過ぎたのだ。そういう状況だからこそ、耕書堂の大看板たる京伝には大いに健筆を揮ってもらわねば。

「煙草じゃなく戯作で江戸を煙に巻いてください」

蔦重は京伝に釘を刺してから、春朗と馬琴を向いた。

「京伝さんが休んでいる間、あんたらが稼ぐんですよ」

「私と春朗でやっと京伝さんの一人前ですか」、馬琴が眉根を寄せる。

「いや、六分くらいかな」

馬琴は眼を逸らし、春朗が首をすくめる。

「あんたは黄表紙や咄本の滑稽味より、どっしり構える読本がいいかも」

馬琴はちとマジメがすぎるし、固執しやすい性格。そこに博覧強記の強みを加えたら、大きく構えた読本に取り組むのが得策かもしれない。

「春朗さんには、いろんな分野の絵を描いてほしい」

春朗は本所割下水の生まれ、二十歳を前に勝川春章門下となった。惜しむらくは師の春章が今年鬼籍に入ってしまった……生前、春章は蔦重に弟子の売り出しを委ねた。恩義ある春章のためにも逸材を育てねばならない。その春朗が嘯く。

「美人画ではうたさんに後れをとったが、次の画題はきっと凄えのを描きますぜ」

大言壮語をハッタリと思わせぬのが彼の持ち味。

「若者はこうでなくっちゃ」

蔦重の後厄はさておき、京伝はまだ数えで三十二歳。春朗は年かさといっても三十三歳と先が長い。馬琴に至っては弱冠二十六歳の新鋭だ。

「京伝さんは老け込んじゃ困ります。馬琴、春朗さんも加えた新世代に江戸をひっくり返してもらいます」

三

とせが鼻歌まじりで本棚を雑巾がけしている。

女房は五つ年下だから数えの三十九。世間の相場じゃ姥桜と陰口される年齢だが、ずっと若くみえるし、若やいだ心を失っていない。重三郎は思う。

「当世のいちばん切っ先の尖ったところ、戯作や浮世絵を商っているからかなあ」

とせがこっちをむいた。

「重さん、こんなに本が並ぶのって久しぶりって感じ」

寛政五年（一七九三）、山東京伝は細見の序文をはじめ十作を超す戯作で店先を賑わせている。ただし、大当たりした『江戸生艶気樺焼』を『浮気』に差し替えたのを含め二冊の再印本があるのは、京伝復活を印象づけるための数合わせ、苦肉の意味合いが濃い。

「善玉、悪玉の大流行！」、とせがいうのは京伝の黄表紙『堪忍袋《かんにんぶくろ》緒《お》〆《じめの》善玉《ぜんだま》』のこと。顔に善、悪を大書した善玉と悪玉の登場人物《キャラクター》が京伝鼻に匹敵する人気ぶり。

蔦重、はしゃぐとせを横目にしきりと苦笑する。

「三匹目の泥鰌《どじょう》だけどねえ」

寛政の改革で道徳を説く石門心学が人気、俗人も有徳を気取る。京伝が大和田安兵衛で出した『心《しん》学《がく》早染艸《はやそめぐさ》』はその風潮に便乗して当たった。蔦重、すかさず耕書堂で『人間一生胸算用《にんげんいっしょうむなざんよう》』を書かせたばかりか、まだまだ心学ネタは売れると踏み、渋る京伝の尻を叩いて三冊目を開板した次第。だが本屋は開き直る。

「京伝さんは焼き直しに文句たらたらだったけど、歌舞伎の高麗屋は何回、幡随院長兵衛を舞台に懸けた？」

「そうよね、お客さんが喜ぶんなら何冊だって大丈夫」

さらに『天下一面鏡梅鉢』で絶版処分、鳴りを潜めていた唐来参和が復帰した。金銭が天下を廻っていく様を『山椒大夫』の母子、姉弟に擬した『再会親子銭独楽《めぐりあいおやこのぜにごま》』、忠臣蔵を茶化した『人唯一心《ひとはただいっしんの》命《いのち》』は快作にして怪作。

そして喜多川歌麿の美人大首絵の数々。耕書堂の軒先を彩るばかりか、江戸中に色香が漂うかのようだ。

「うたさんの画業は今が盛り、向かうところ敵なし」

蔦重、太鼓判を押す一方で意味深な笑いを浮かべた。

「次の画題も考えてある」、「例のあれでしょ」

見かわす眼と眼、夫婦はまるで悪巧みをする代官のよう。とせは話題を変えた。

「今から思えば〝書物〟を並べたのも正解だったね」

女房は学問書の並ぶ隣の棚も丁寧に雑巾がけする。重三郎は身代半分召し上げの重罰に処せられる直前、お堅い分野を扱う書物問屋仲間に加入している。

「耕書堂にいけば絵草紙から難しい本まで何でも手に入るって評判だもん」

蔦重は謎めかす。「書物で秘策を練っているんだ。おとせだって、あの先生の本をウチで売るとなったらびっくりするはずだ」

「それって誰なの？　先生の名前、教えて」

「壁に耳あり、障子に眼あり。誰がきいてるかわからないからね、また次の機会に」

「もうっ、重さんの意地悪」、とせは小娘のように地団駄を踏む。

そこへ番頭の馬琴がぬうっと現れた。

「相も変わらず仲がよろしいことで。しかし店では少し謹んでいただきたいですな」

夫婦は慌てて様子を繕う。事ほど左様にふたりは仲睦まじい。だが子宝に恵まれなかった。水天宮、鬼子母神と子授け祈願に精を出したこともあったけれど、こればかりは仕方がない。

「本と浮世絵が子どもだね」

うなずきあう夫婦を尻目に、馬琴はいつもの真面目くさった顔つきでいった。

「ご主人にご相談が」、「遠慮せずにいいなさい」

今年、馬琴名義で咄本を二冊出した。やはり馬琴に滑稽路線は似合わない。戯家になりきれぬ葛藤が文に滲み出てしまっている。

「次の本のことなら――」

「ご主人、その前に」、馬琴は眉根に溝を刻んだ。


耕書堂の一角、主人に女将、番頭がぼうっと突っ立っている。そこだけぽつねんと、別の空間のよう。

蔦重はようやく、「えっ？」といったきり開いたままだった口を動かした。

「さっき何ていった？」

「耕書堂を辞したいのです」

馬琴の全身に頑固と偏屈が満ち満ちている。

「正気なの？」とせだって眼を白黒、馬琴はぼそり。

「冗談と滑稽は苦手です」、この男、ニコリともせず付け加えた。

「菓子と猫は好きですが」

客は邪魔だろうに三人を避けて通る。蔦重は番頭を店の隅へ引っぱっていく。

「羊羹や牡丹餅なら好きなだけ喰わせてやろう。でも、あんたウチを辞めてどうやって喰っていくんだい？」

「決まっているじゃありませんか。物書きに専念します」

本屋勤めの傍らに傑作をモノすることは叶わぬ。しからば一意専心、世を震撼せしむ名作を手掛ける所存。

「残務を片付け次第、お暇《いとま》させていただきます」

「もう少しウチにいて、名作とやらを練ればいいのに」

「既に婿入りを決めました」、伊勢屋なる履物商がそれ。

「相手は三つ年上の三十の大年増、しかも後家です」

「そうなのかい……」

蔦重は珍獣をみる眼つきになった。だが高家の家臣から岡場所の亭主になった参和の例もある。元武家の馬琴が下駄や草履の番をしながら、累世の作を書きあげる可能性は否定できぬ。

「原稿ができたら、まずはウチへ持ってきなさい」

やがて融通の利かない偏屈な若者は耕書堂を去った。せめてもの餞《はなむけ》、好きなだけ本を持っていっていいといったら、一年ちょっとの奉公生活で初めて喜色満面になった。遠慮の「え」の字もみせず、十を超す葛籠《つづら》にギュウギュウと本を押し込んだのは、いかにもこの青年らしい。

だが、蔦重の微苦笑を掻き消す一大事が出来する。

「まさか、そんなことが！」

寛政五年の夏、松平定信公が老中を辞した。

さっそく政情にくわしい喜三二に逢うと、ご政道の瑕疵《かし》、病を得ての辞任ではないようだ。

「失脚が正鵠を射ておる」

喜三二によると、十五歳で将軍に就いた家斉《いえなり》が二十歳になり、もはや定信の後見は不要、政治の実権を返せといいはじめた。

「これを操るのが将軍の実父、一橋家の治済様《はるさだ》だ」

徳川治済が狙うは大御所の地位。己が息子の裏で天下を差配する野望を隠そうとしない。それを筋違いだと撥ねつけたのが定信だった。

「将軍と父、一橋家を敵に回せば白河公も持ちこたえられん」

「定信様の失脚は耕書堂に吉と出るのでしょうか？」

「……油断は禁物だ」

幕閣には依然として定信の〝信友〟たる松平信明ら改革推進派が残っている。定信失脚で一気に町衆のタガが緩むのを防ぐため、以前にも増した厳しい規制が行われるかもしれない。

「野放しだった、うたの野郎の色気たっぷりの美人画も狙われるかもしれん」

「そんなバカな事がありますか」

だが理不尽の罷り通るのが俗世、蔦重はかような浮世の上澄み、いや澱をすくって大当たりを連発している。その相棒だった喜三二、自嘲まじりで唇を歪めた。

「田沼様にせよ白河公も出る杭、打たれるのが運命《さだめ》よ」

されば蔦重と戯家の同士も罰を受けた。

「しかし、もっともっと杭が出れば、打ちたくとも打てぬのではありませんか」

「その居直りが隙を生むぞ」

喜三二の忠告はありがたい。だが蔦重は湧きあがる反骨心を抑えきれない。

四

トントントンッ、小気味のいい太鼓の音。

芝居小屋の櫓の両脇には見せ場と人気役者を描いた派手な絵看板、呼び込みの木戸芸者が掌に三遍「助六」と書きペロリと舐めた。所作は「助六」の名場面、人気役者の声色で名台詞を放つ。

「これで、一生女郎に振られるということがねえ」

そうこられた日にゃ、江戸っ子の心はイヤでもときめく。東都に娯楽は数あれど、いちばん人気は歌舞伎にとどめを刺す。蔦重も大声で見栄を切る。

「いよいよもって役者絵にィ、あッ、乗りィ出そうか」

「いよっ、待ってました、お江戸は日本橋と吉原の耕書堂！」

とせまで調子に乗って大向こう、芝居町で生まれ育った根っからの歌舞伎好き、なかなか堂に入っている。

「で、その絵師は、当代人気のうたさんかぇ？」

「おうさ、そうでなければ、江戸の衆が納得しめえ」

痛いものを感じると思いきや小僧の冷たい視線。蔦重はテレ隠し半分でいった。

「ということで、私はうたさんに逢ってきますよ」

財産半分を奪われ傾いた店を美人画が支えてくれた。

「次は役者絵で元の身代に盛り返してみせます」

役者絵は売れる。これは過去の実績からみても手堅い。だが、蔦重は安易に役者絵に手を出さなかった。本や絵を料理に喩えれば、蔦屋耕書堂の出すものは他所とひと味もふた味も違う。飛び切りの材料をみつけ、丹精込めて育てあげる。じっと旬を待ち、卓抜の包丁さばきと味付けで逸品に仕上げる。盛り付ける器にまで気を配るのも忘れない。

細見、黄表紙、狂歌集そして美人画……蔦重はこのやり方で天下を取ってきた。

「いい絵師、いい画題、いい本屋。どれを欠いても浮世絵の大当たりはありません」

喜多川歌麿が指定してきた場所は四谷界隈の鮫が橋。御三家紀州公の御屋敷に流れ込む小川にかかった橋を渡ると、辺りは一気に下卑て妖しくなる。

「ちょいと遊んでかない？」

茣蓙《ござ》を抱え、手拭いで顔を半分隠した夜鷹がしなをつくった。蔦重は足早になる。

目指す店についた。暖簾は汚れて煮しめたよう、軒提灯が破れている。歌麿は小料理屋といったが、明らかに娼家だ。改革で万福寺や市谷、安宅などが取っ払いになったものの、鮫が橋はしぶとく生き残っている。ただ、ここは他所で用なしになった女の堕ちてくる場所。瘡毒《かさやみ》の者も少なくない。

歌麿は襦袢姿の大年増の腰に手を回すどころか、時おり女のあちこちをまさぐりながら盃を傾けていた。女の肉体と心の荒廃は厚化粧でも隠せない。

「蔦重さん、なんてツラだ」

「いや、その……」

蔦重は無性に腹立たしいだけでなく、悔しい。悪趣味も粋と紙一重、とやかくいうのは野暮なのかもしれない。だが、この店とその女はいただけない。吉原の切見世より酷いではないか。

歌麿には、誰よりも眼をかけ手塩にかけ、満を持して美人画で世を席巻せしめた。北川に代わり蔦重の養父、敬愛する利兵衛の姓の喜多川を進呈までしたのに。

「自成弌家、一流の絵師と豪語するなら、それなりの矜持をお示しなさい」

蔦重はいささか気色ばむ。歌麿は挑むよう吼えた。

「オレはあらゆる女を描き尽くす。この女郎だって――」

歌麿は腰の手を外し胸元へ差し入れた。グイッ、乳房を揉む。女はのけぞった。

「オレの絵筆にかかれば江戸中の男が眼を輝かせるぜ」

蔦重は大きく息を吸った。

女郎屋の畳は目に汚れが詰まっている。膳に載る酒器や皿は縁が欠けていた。

蔦重はようやくいった。

「他でもない、次の仕事の相談をしたいのです」

歌麿は女の乳を弄《まさぐ》っていた手を抜き、身を乗り出す。

「難波屋おきた、高島おひさ、富本豊雛に負けねえ別嬪《べっぴん》がめっかったかい?」

歌麿が挙げたのは「江戸三美人」として大当たりを取った茶屋の看板娘や吉原女芸者たち。歌麿は他にも玄人、素人を問わず江戸の美人を総なめしている――もっとも、お膳立ては蔦重がしてやっているのだが。

「寛政六年はちと画題を変えて」、蔦重がいいかけた途端に歌麿は声を荒げた。

「オレは女しか描かねえのは知ってるだろ」

「いや、女もいますよ」

ただし「女」の次に「形」が付きますけど。我ながら、うまいことという。ニンマリしかけたのと同時にシュッ、風きり音。パチッ、蔦重の額に痛みが走る。歌麿が投げつけた盃が膝元に転がる。

「ふざけるんじゃねえ。てめえオレに役者絵を描かせる気か!」

「何てことをするんです!」

おでこをさわった指先に、幸い血はついていない。だが歌麿は謝ろうともせず、だらしなく、しなだれかかる女郎を突き飛ばし鬼面でがなった。

「役者絵は嘘の塊だ、あんなもの下の下の画題だぜ」

蔦重さん、あんたオレに写真の術を磨けといったんじゃねえのか。虫やら貝やら鳥……汚い地べたに這い、冷たい潮をかぶったのは、何のためだったんだ?

蔦重も歌麿の剣幕に負けじと腹に力を込める。

「だからこそ、うたさんは鈴木春信、鳥居清長を超える美人画が描けたんです」

「うるせえ、あの血の滲む苦労を台なしにさせるのか」

いかん、どこかで経糸《たていと》と緯糸《よこいと》の織りが狂っている。蔦重は務めて穏やかにいう。

「役者絵が嘘とか、写真の術が台なしとは、うたさんはなにがいいたいんです？」

歌麿は鬼の形相を崩すも、すぐ侮蔑の色に染まった。

「蔦重さん、おとぼけだな」

いいか、役者絵なんてもんは四方に媚びた代物だ。まずは役者に媚び、次いで贔屓筋に阿《おもね》り、座元に諂《へつら》う。

「最後は板元にお追従《ついしょう》さ」、醜男が美女を演じる虚構、中年男が若き武将に変じる歌舞伎の不条理を許せない。見たくもない。興味がない。

「オレが描くのは真実の美」

「それは屁理屈というもんですよ」

「蔦重、たとえあんただってオレに指図は無用だ！」

歌麿は盃どころか膳ごとひっくり返した。ひえっ〜、厚化粧の女郎の悲鳴。店の者が駆けつける。

娼家は時ならぬ大騒動に——。

五

日を置かずして、蔦重の姿が日本橋堀江町にあった。

「うたさんとは音信不通」

もう一度、説得して翻意させようにも行方をくらませたのだからしようがない。

「それに、うたさんには少し頭を冷やしてもらいたい」

先般の狼藉、さしもの蔦重も腹に据えかねている。だが、才あるからといって、我儘勝手に眼をつむっていた自分も責められるべき。そんな反省もある。

蔦重は団扇や下駄、傘を商う店の並ぶ町をいく。俯き加減のうえ歩みが捗々しくないのは、ここまで脚を運んできていながら、まだ決心がつきかねているから。

「やっぱり、うたさんの役者絵があきらめきれない」

人とぶつかりそうな気配、蔦重は急いで顔をあげた。

「耕書堂じゃないか」

正面に立つのは永寿堂こと西村屋与八、ねばりつくような視線をよこした。

「この町に何の用だ？」

西村屋与八はそろそろ五十に手が届くはず。髪は抜け落ち坊主頭になっている。

「蔦重、まさか堀江町へ豊国詣でじゃあるまいな？」

図星だった。歌川豊国は新進気鋭の浮世絵師、明和六年（一七六九）生まれというから、蔦重と十九歳違い、息子も同然の若者。だが、このところ急激に腕をあげている。

このままうたさんを説得できねば、そろそろ次の候補を絞り込まねばならない。

与八は蔦重の胸中を見透かしたのか、したり顔になった。

「役者絵といえば大首絵の勝川春章、その春章亡き後を誰に託すべきか？」

江戸の本屋なら誰もが気にかけていることだ。

「もっとも耕書堂にゃ歌麿がいるし、春章の弟子の春朗も懐いているらしい」

文は挫け気味だが、京伝こと政演の絵という趣向だって捨てたもんじゃない。

「おっと政演の師匠の北尾重政だって健在だもんな」

「ウチはともかく与八さんは豊国さんに白羽の矢を？」

与八は皮肉を効かせた。

「歌麿のおかげで鳥居清長の八頭身美人はおいいじゃん。豊国の役者絵で捲土重来だ」

歌麿の美人大首絵が西村屋の抱える清長を霞ませたのは事実。蔦重は話を戻す。

「で、豊国攻略の首尾は上々だったんですか？」

与八は豊国宅を振り返る。

「見事にフラれちまった。豊国には和泉屋市兵衛がガッチリ喰い込んでやがる」

ツルリ、与八は頭を撫す。

「あいつに役者絵を描かせる魂胆なら一昨日《おととい》きやがれってこった」

無駄足を懸念していたが、やっぱり、そうだったか。しかし、ここは和泉屋の先見と周到さに敬意を示さねば。蔦重は白々しくいった。

「堀江町には秋の長雨に備えて傘を買いにきたんです」

「へえ」、与八は改めて蔦重をまじまじとみつめた。

「あんた、顔色が悪いし、ひどく浮腫《むく》んでいる。一度、医者に診てもらうんだな」


この寛政五年、歌舞伎界には激震が走っていた。

質素倹約令の余波で客の不入りが続いたうえ、役者の賃金高騰も重なり本櫓三座の中村座、市村座、森田座が倒れてしまった。代わって霜月の顔見世興行から都座、桐座、河原崎座の控櫓三座が賑々しく幕開けする。

「災い転じて何とやら、控櫓の芝居は話題を集めます」

蔦重の狙いはここだ。人気抜群の歌麿に新登場の三座の舞台を描かせたら、羽が生えたように売れるは必定。

「だが、しょせんは絵空事」

うたさんを凌ぐ絵師……。堂々巡りの蔦重だった。

――結局、耕書堂は年内の役者絵進出を断念したばかりか、寛政六年の新春興行も見送った。

「適任の絵師がみつからぬ」

一番手と期待した春朗に何度か機会を与えてみたが、まだまだ師の春章の役者大首絵の型から抜け出しきれない。

「春朗さんは狩野派の絵まで学ぶ熱心さなんだが」

でも、その成果はもう少し待たねばならぬようだ。

「それより他派に擦り寄った咎で、春朗さんは勝川一党を破門されてしまった」

今後も春朗の面倒はみるけれど、敢えて彼を起用し勝川派と敵対するのも剣呑。

「大江戸役者絵大会を催し、大型新人を発掘しますか」

そんな折、義兄の蔦屋次郎兵衛が顔をみせた。

「こっちへくるのは久々だ」

迷っちゃなんねえから〝江都《こうと》本町筋下ル八丁目通油町〟と唱えながら歩いた。

「兄さんらしいや」

兄は知命の歳を過ぎ、吉原でいっぱしの存在に。それを支えるのが女房のおもん、息子もそろそろ二十歳、引手茶屋は安泰のようだ。


義兄の次郎兵衛は、引手茶屋蔦屋と蔦屋耕書堂の創業二十年を寿ごうという。

「本当なら一昨年が周年記念だが、ご改革のおかげでやりそびれちまっただろ」

「残念だったね」、しかし、御上をおちょくる本屋と、吉原で風俗紊乱の片棒を担ぐ茶屋が祝い事をやらかしたら、またぞろキツいお咎めを喰らったに違いない。

「白河公のお役御免はもっけの幸い、二つの蔦屋の創業二十二年、二ゾロの丁ときたもんだ」

ぷっ、重三郎は吹き出す。「でも」、弟は事情を語った。

「控櫓三座の五月狂言に役者絵をぶつけるつもり」

「これからもっと忙しくなるのか」

「兄さんには打ち明けるけど、いい絵師がいないんだ」

「耕書堂には有名どころが揃っているというのに？」

兄は歎息の後、見せたいものがあると紙片を出した。

「阿波藩の重役の宴席に落ちてた」

捨て置かれた座興の落書きながら、兄は肝を潰した。

「重が数え十五だった時の〝こうもりの風流踊り〟の絵より一万倍も凄まじいぜ」

「どれどれ」、軽い気持ちで紙片をみた蔦重、たちまち息を呑み、手を震わせた。

「こりゃ化け物だ……」

蔦重、居ても立ってもおられない。兄の胸倉をつかむ勢いで問いただす。

「この絵を描いたのは誰だろう？　探し出したい！」

六

阿波藩の名物は藍玉、藍染めの青糸を手繰り始めた当初こそ糸口さえおぼつかぬ有様。

とはいえ蛇の道は蛇という。魁偉な戯れ絵を描いた主、探し求め尋ねた本屋の執念、ついに実った。

春まだきというのに、蔦重は額に玉の汗を浮かべ、急《せ》く心のまま同心与力の組屋敷が続く八丁堀を地蔵橋に向かって前のめりに歩いている。

「さ、斎、斎藤、あった！」

ここに住まうは斎藤十郎兵衛なる能楽師。喜多座に属し阿波藩から扶持を貰っている。

予め文を遣わせれば、ほどなく返信があり、当惑交じりながら会うのを拒まぬ気配が濃厚だった。

「能楽師に役者の似顔絵を描けとは、顎で背を掻けというのと同じ。でも私には、石臼を箸で刺す自信があるんです」

兄にみせられた落書き、酒席の人々を描いた似顔絵の尋常でない筆づかい、思わず「化け物」と漏らしたくらい、普通なら見て見ぬふりの美醜に老醜、醜怪さだけでなく内面までを遠慮なく抉り出していた。

「こんな絵を描く御仁が江戸にいたとは……」

ただし絵のいろは、画の骨法はなっていない。ズブの素人なのは明白だ。

「でも私はこの人の唯一無二の破天荒さに懸けたい」

能楽師に絵筆を持たせ、江戸の華、皆が憧れる歌舞伎役者の例のない似顔絵。

「役者絵、いや浮世絵そのものがひっくり返りますよ」

写真を修め、女の艶美の極致を目指す歌麿がみたら怒髪冠を衝くことだろう。

「でも、そんな凄い絵を開板できるのは耕書堂だけ」

手にした客の驚愕と絶句が眼に浮かぶ。蔦重、ニタリとほくそ笑んだ。浮腫みがとれぬ顔、細く糸のような瞼の奥に妖しい光、引き攣ったように上がる口角、さながら魔界の悪神のよう。

客間に案内され向き合った十郎兵衛は三十を少し出た年齢、恰幅がいい。謡で鍛えた太く響きのいい声。

「江戸を代表する地本問屋からお声がけいただくとは」

蔦重、悪相のまま応じた。

「狙った獲物は必ず仕留める。これが私の信条です」

十郎兵衛は鼻白んだ。片や蔦重、思わずペロリと妖猫さながらに舌なめずりをした。

「貴殿は追い詰められた鼠も同然です」

「はあ？」、十郎兵衛は訝し気に見返す。「今だっ」、猫ならぬ蔦重が飛びかかった。

「しばらくの間、貴殿の身を耕書堂に預けてください」

十郎兵衛は首を横にする。だが牙を剥いた蔦重は、十郎兵衛の喉笛に喰らいつく。

「いやも応もないんです。五月に役者絵を大開陳するには、今日からでも仕事に取り掛かっていただきたい」

「藪から棒、無茶だ」

困惑する十郎兵衛に蔦重は次なる策で迫っていく。十郎兵衛の仕事、収入、胸の内など事前に徹底的に調べあげた、あれこれを使って攻める。

「貴殿の能楽師としてのお勤めは輪番、年内は舞台に立たずともよいのですよね」

絵を描く時間はたっぷりある。さらに、蔦重はずっしり持ち重りする袱紗を十郎兵衛の前に置いた。

「大判二枚と五人扶持相当の銭を包んでまいりました」

この金額は十郎兵衛の阿波藩からの扶持と同額。キラリ、能楽師の眼が光った。しかし、彼は気取られまいと、本屋の申し出に難癖をつける。

「身共は士分でござれば、とても浮世絵なんぞに関わりをもてぬ」

耕書堂の絵ならば幕府に睨まれるのは必定。武家作家の喜三二、春町の二の舞を危惧するのは当然だろう。浮世絵師を画工と職人扱いし蔑む琳派や狩野、土佐派の御用絵師は少なくない。能楽が武家と貴族の演劇なら、歌舞伎は庶民好みの下賤な芝居という偏見もある。

「ご安心を。貴殿の素性は徹底的に隠します。ご迷惑は一切おかけしません」

謎の絵師とならば、一層の話題となる。だが、そのことはいわずともよかろう。

「絵師としての名も耕書堂でご用意します」

それは京伝に頼もう。彼は煙草道具屋の引札《チラシ》に数々の惹句を並べて大評判、商売繁盛に結びつけている。鈴木や勝川、歌川といった一門に関わらぬ名を考えてもらおう。葛飾北斎に安藤広重、河鍋暁斎……蔦重だってこの場の即興で思い付くくらいだ。

「ん？　北斎」、その名を口にした途端、なぜか春朗の顔が浮かんだ。そういや春朗は近々、俵屋宗理に名を変えるといってたっけ。

「では段取りの打ち合わせを」

無体が過ぎますぞ、それは承知の上、絵はまったくの素人でござれば、そこが最大の魅力——両人、唾を飛ばしあう。

「絵の構想は私が練ります。貴殿は指示通りに唯我独尊の腕を揮っていただければ」

つまるところ、耕書堂の役者絵連作は蔦屋重三郎と謎の絵師の二人三脚となる。

「役者絵をひっくり返すどころか、ぶっ壊すのです！」

——蔦重に気圧され、煽てられ、賺《すか》され、挙句に脅され、十郎兵衛はとうとう「うん」といってしまった。

彼は引っ立てられるかのように耕書堂へ。宛がわれた一室には焼筆の束と半紙の山、十郎兵衛は呆然とするばかり。蔦重が顔を出す。

「描けませんか？」、「描けるわけがござらん」

今度は女房が現れた。

「座敷牢に閉じ込められてちゃ絵筆も進みませんよね」

芝居町へ出掛けましょう。舞台をたっぷりご覧になって、役者たちの面相を写生されるのがよろしいかと。

「ご案内はあたしが」、物言いこそ丁寧だが、長身の女にも有無をいわさぬ強いものがあった。

芝居町はえらい人出、十郎兵衛は隙をみて雑踏に紛れ、逃げようとする。とせは素早くその腕を取った。女だてらに力の強いこと。十郎兵衛は悲鳴をあげる。

とせは冷ややかにいった。

「往生際の悪い男だね。役者の似顔絵、耕書堂のためにやるっきゃないんだよ」

十郎兵衛は涙眼になってうなずいた。

七

ピリピリピリ。蔦重は無情にも一瞥しただけで、黙って紙片を破り捨てた。

恨めしそうな能楽師、つい先日までなら血相を変えるところだったが……。今ではその気概も失せたのか。

いや違う。腸《はらわた》は煮えくり返っている。だが憎っくき蔦重にも、ひとつだけ納得できる部分がある。

「しかも、それは私にとって拠り所になるものなのだ」

蔦重は〝創る〟ことの真意を心得ている。その事実が能楽師に重くのしかかる。

「一芸を極めるには守破離《しゅはり》の段階がある」

師の教えを守り、そこに工夫を加え、型を破り、最後は常識を離れ独創の世界へ。

「私は最も創意が必要な〝離〟を求められているのだ」

耕書堂の二十余年の足跡をたどれば、戯作で絵で常に守破離がなされている。

「蔦重は恐ろしい男だ。世の中をひっくり返してきた」

その本屋は部屋を出ていく際にようやく口を開いた。

「うまく役者の顔を写す必要はないんです」

あなたより達者な絵師は山ほどいる。でも、あなたにしかできない、壮絶な似顔絵があるんですよ。

「役者絵の嘘、役者や贔屓、座元に対する媚びや阿り、諂いを斬り捨てるんです」

役者にまつわる嘘をすべて曝け出してほしい。名優や人気者が抱える、見ては、知ってはいけない真実を。

「それが今までにない、真を描いた役者絵になります」

蔦重の胸には歌麿から投げつけられた罵声が響いていた。歌麿は耕書堂から遠ざかり、西村伝兵衛や泉佐ら書肆が争奪戦を繰り広げている。蔦重には、籠から逃げ出した愛鳥への怨讐めいた想いも渦巻いていた。

「そうそう、板元の私への追従も無しにしてくださいね」

こういい残すと、本屋はピシャリ、戸を閉めた。

耕書堂の居間には、とせと山東京伝がいる。

「例の役者絵、どうです？」

とせは唇を尖らせることで返事にかえた。

「そういう京伝さん、煙草道具屋は大繁盛ですって？」

今度は京伝が唇をへの字にする番だ。

「儲かっているというと、蔦重さんの機嫌を損ねます」

そこへ蔦重が戻ってきた。いきなり京伝にぶつける。

「新作の妙案はどうです？」

「いま少しご猶予を」、恐縮しつつ京伝は来意を告げた。

「能楽師の名を考えてきたんです」、矢立を取り出した京伝、紙にその名を記す。

「ほう、東洲斎写楽ですか」

「江戸の東にある洲、つまり八丁堀に住まう洒落臭《しゃらくせ》えヤツって意味でして」

「洒落臭いどころか、箸にも棒にもかからぬヤツですよ」

蔦重のいつにない剣呑な物言い、京伝はのけぞった。

「私が手伝いましょうか？」、春朗いや宗理も呼び、絵を修正するのはどうか。

「うむ」、京伝の好意はありがたい。しかし、この正念場は独力で乗り越えたい。

「もうひと苦労、今は産みの苦しみってやつです」

「へえ、まるで蔦重さんが絵を描く本人みたいだ」

京伝に指摘され、蔦重は鋭い眼つきになった。

「私が乗り移らねば、いい絵はできぬと思っています」

異才という意味で写楽は京伝や歌麿に劣らない。ただ写楽の絵は異形だ。それは魅力だが障害でもある。永寿堂や鶴仙堂では絶対に開板に踏み切れまい。

「でも耕書堂はやります」

あの絵は心奥に潜む悪神を呼び起こす。蔦重はその魔手で役者絵を一新したい。

「真善美ではなく真悪醜の絵があってもいいはずです」


ウォーーン。森閑とした夜、肚《はら》に響く野良犬の遠吠え。一陣の春風が土埃を舞いあげた。

耕書堂の一室では蔦重と写楽が対峙している。両人とも精魂尽き果て、眼だけがギラつく。写楽が、ようよう描きあげた一枚を蔦重に突きつける。

蔦重はしょぼつき、赤くなった眼をみひらいた。次いで、大音声に行燈の灯が揺れた。

「写楽さん、傑作いや大大大傑作だ！」

蔦重が手にしたのは『三代目大谷鬼次の江戸兵衛』、力感こもった筆致、眉に眼に鷲鼻に口元に実悪（悪役）役者の鬼気と悪気が溢れる。

「やった、これを待ってたんだ」とはしゃぐ蔦重。だが、写楽は仏頂面のまま独りごちた。

「顔と身体、手の按配がおかしい。だが私には、具合のいい配分に描く技がない」

写楽にすれば万策尽き果てた末の破れかぶれ、筆の赴くままに描いた絵だった。

「いいんです、かまわないんです。この均衡の崩れ方こそが写楽さんの持ち味なんだから」

蔦重の喜色満面は収まることがない。

「瀬川菊之丞の絵も卓抜！」

名女形の世評高い三代目菊之丞は瓜実顔《うりざねがお》で優美な鼻筋、かわいい受け口が売り。

「写楽さんは、そこにたっぷり毒を盛ってくれました」

歌舞伎の観衆は菊之丞を女子とみなす。歌麿はそれを「媚び」「阿り」と排撃し、蔦重も写楽に追従を禁じた。写楽は、四十四歳の初老の男が女に化けた実態を暴き、歌舞伎を支える虚構を崩してしまった。

「舞台では着けてなかった病鉢巻《やまいはちまき》きを加えたのも効いてます」

菊之丞にすれば、面やつれの絵なんぞ迷惑千万。だが、蔦重は小躍りしている。写楽は襖に映る本屋の影を横目に筆を擱《お》き、すっかり肉の痩《こ》けた頬に触った。外でまた野犬が鳴いている。


——九段中坂は元飯田町の地味な履物商、そこは曲亭馬琴の入り婿先。

訪ねてきた宗理（春朗）が差し出したのは二十八枚もの連作浮世絵だった。

「こりゃ凄ェもんだぜ。さしものオレだって唸っちまった」

全作、大判で黒雲母《くろきら》摺り、大首絵の役者たちは照明を消した舞台で龕灯《がんとう》を当てたかのように浮かび上がる。それが豪華なうえ迫力を生む。

「写楽ってヤツの役者似顔絵はうたさんの美人画以上かも」

宗理の力説をききながら、馬琴は謹直に一枚ずつみる。

「傑作か否かは別にして、話題作というべきだろう」

「馬琴、収まり返ったことをいうもんじゃねえぞ」

正真正銘の傑作、憚りながら今のオレにこんな絵は描けねえや。宗理は興奮気味、馬琴がそこに水を差す。

「一挙二十八枚を謎の絵師に任せるとは、蔦重さんらしからぬ奇の衒《てら》い方だ」

「こういう派手なやり方が蔦重さんの持ち味だろ」

「そうかな」、馬琴は首を傾げ、出がらしの渋茶を呑む。

「二十八枚の中に名も知らぬ役者が何人かいる。定めし、これらは売れ残る」

「そいつは商人流のつまらん考え、絵師ってのは描く対象の有名無名や損得で仕事をしねえ」

写楽は蔦重さんに追い込まれ、精根をすり減らして、とうとう最高の絵を吐き出した。それは銭のためじゃねえ。絵師の誉れが欲しかったわけでもねえだろう。

「小手先の技を持ってねえ分、写楽は果報者だったんだよ」

おかげで、絵師の魂っていうやつをすべて曝け出すことができたんだ。宗理は酔ったかのように次々とまくしたてる。

「蔦重さんだって同じだ。きっと、商いなんぞどうでもよかったんだ」

馬琴はようやく宗理がひと息ついたところで差し挟んだ。

「あの人、本当は絵師になりたかったのかもな。本当は自分がこの絵を描きたかった」

「うむ……それは有り得る」

「写楽なんか蔦重さんの道具でしかない。役者絵の真の描き手は蔦重さんというわけだ」

「馬琴のいうとおり。しかも蔦重さんが身の内に飼ってる絵の魔神が描かせたんだ」

同じ頃、大田南畝も写楽の絵を眺めていた。

戯家の世界から消えた彼は、数え四十六歳で学問吟味を受験、抜群の成績を残していた。

どの絵も刮目に値する。しかし相当の毒気だ。筆マメな南畝はさっそく私家版の絵師評判記『浮世《うきよ》絵類考《えるいこう》』に「写楽は、あまりに真を画かんとて、あらぬさまにかきなせしかば」と記した。

「もうひと言、書き加えることが必要だな」

棚に耕書堂開板の狂歌集が並んでいる。それらを凝視した後、再び筆を持った。

「写楽は長く世に行われず」

終　章

一

ポタリ、湯気が湯屋の天井から月代《さかやき》に。「冷てえな」と熊公、隣の八っあんは湯舟に手足を伸ばす。

寛政の改革で男女混浴は禁止、広々とした男湯に会話がこだまする。

「蔦重が開板した写楽の役者絵、みたか？」

「あまりぞっとしねえな」

「市川鰕蔵《えびぞう》なんぞ力み返って息がつまりそうだ」

「役者連中は、わざと不細工に描かれたと不満たらたらというじゃねえか」

「あの絵じゃ、売れ行きがイマイチなのも仕方ねえ」

洗い場で手拭いを絞っていた男が独りごちる。

「どんならんわ、写楽」

謎の新人絵師による大首絵二十八枚の一挙開板、未曽有の迫力で残酷なまで役者の現身《うつしみ》を衝き、大きな話題にはなった。だが、歌麿の美人画ほどには耕書堂を潤すこと……叶わぬ。

それでも蔦重は五月興行に続き秋、さらに顔見世興行と三度も絵筆を執らせた。

「これが全部コケてしもた」、とりわけ秋以降で作風が一変したのはいただけない。

「おかげで別人が描いたんやと悪口を叩かれる始末や」


湯屋を出たさっきの男、夜気が火照る肌に心地よいものの、口を衝くのはボヤきばかり。

「せやのに、来年も写楽でいくっちゅうんやから」

店を閉めた呉服屋の前に上燗屋の屋台が店開き。グウッ、男の喉が鳴った。

「おっさん、熱燗をくれ。ほてからに何ぞ肴《あて》も」

——男は重《しげ》田《た》貞一《さだかず》、十年ほど大坂にいて近松与七の名で浄瑠璃戯曲を合作、評判をとったことがある。この寛政六年（一七九四）に数え三十歳で江戸へ舞い戻り、ちゃっかり耕書堂に潜り込んだ。こやつの売りこみ口上はこうだ。

「戯作はお手のもん、絵心かてなかなかのもんでっせ」

役者なら三枚目がうってつけの風貌、妙な語調《アクセント》の大坂言葉が怪しさを倍加させ、蔦重はべっとり眉に唾した。

「近松の筆名は門左衛門御大から頂いたのかい？」

「そないなもん縁もユカリもおまっかいな」

テヘヘヘ。人を喰ったような表情、貞一はそいつを収めてから媚びるようにいった。

「江戸では十返舎一九の名で戯作をやりまっさ。どうぞ、よろしゅうに」

十回焚いても薫る「十返しの香」さながら、十回読んでもまだおもろい。一と九は足して十、わての幼名市九も横滑りさせましてん。

だが一九、筆を持たせれば達者な口ほどにモノをいい、文画とも器用にこなす。馬琴が抜け人手の足らぬ事情もある。蔦重はいった。

「しばらくウチにいなさい」

果たして寛政七年（一七九五）、耕書堂の店頭には一九の黄表紙が三作並んだ。もちろん写楽の役者絵も。だが、登場から僅か十カ月で写楽の名は江戸っ子の口の端にすら上がらぬ有様に。

「今年はわての作の他は再版ばっかりやないか」

耕書堂といえば吉原細見、序文を長らく担当していた京伝の名が消えた。そればかりか、この年は新作を著していない。

「大繁盛の本屋と聞いたけど見込み違いやったんか」

「これ、世間体の悪いことをいうもんじゃありません」

蔦重が聞き咎める。それでも、耕書堂店主の口ぶりは以前の和やかさを取り戻している。

「写楽さんのおかげで清々しい気持ちですよ」

寛政の改革以来、心に巣食っていた邪悪なものを役者絵で吐き出せた。無理強いした写楽には申し訳ないことだが、長年の悪心は収まり、新しい仕事に邪心のない気持ちで臨めそうだ。

「次はどないな本を開板しやはるおつもりで？」

「うむ、そのことです」

東海道の往復の話を聞かせてくれないか。蔦重は一九に意外なことを尋ねた。

「上方へ足を伸ばしたいんですよ。自慢じゃないが箱根の関は一度も越したことがない」

東海道をゆくのはもちろん商用、耕書堂に次の柱となる書物を並べるための旅だ。

——蔦重は脚絆の紐をきつく締めると白い歯をみせた。

「では、いってきます」

「重さん、ちょっと待って。忘れ物はない？」

腹掛けは、手拭い、懐紙、草鞋は大丈夫？　とせが矢継ぎ早に畳みかける。見送る奉公人たちも気遣わしそう。

「何も心配することはありませんよ」

蔦重は振り分け荷物を肩に、笠の庇をくいっとあげた。隣の一九が胸を張る。

「旦那《だん》はんにはわてがついてまんねから、ご寮人《りょん》さんはご安心を」

「あんたが一緒だから、余計に心配なんじゃないか」

ぴしゃり、とせにいわれ、一九はトットットッ、前のめりにずっこける。剽軽《ひょうきん》な仕草に皆は爆笑、蔦重が一九の帯をつかんで引き留めた。

「物見遊山じゃないんですからね。大事な仕事が待ってるんだよ」

蔦重と一九は日本橋を渡り西へ西へ。玉川を渡り武蔵国を抜け、山路の箱根は相模、さらに伊豆を経て駿河国に入る。

「この辺りは私にとって忘れられない大事な人の……」

「旦那はんも隅におけまへんな」、一九は小指を立てる。

「どこぞの宿場の飯盛女に懸想でっか？」

「バカおっしゃい。駿河は恋川春町さんの出身地なんだよ」、蔦重は追慕する。

「戯作なんぞ鼻くそをほじりながら読んでもらえばいい――戯家たるものの範とすべき春町さんの名言です」

「何やら身に染みますわ」

ふたりは十九番目の宿場、駿河府中に近づいている。一九がいつにも況して落ち着きを失くした。

「えらくキョロキョロしているけど、どうしたんだい？」

「へえ、ずっと黙ってましたんやけど、府中はわての在所でんねん」

誰ぞ知り合いに逢うたりしたら、ちょとグツが悪い、どんならんのですわ。いちびり、しくじり、舌禍に喧嘩……この地に居づらくなり江戸を経て大坂そして再び江戸へ。武家を捨て本屋奉公しながら戯作と画を。一九にも辛酸が絡みついている。

「逢って都合の悪い連中はともかく、親御さんには顔をみせなくてもいいのかい？」

一九は顔を曇らせる。一をきいて十を慮る蔦重、それ以上は何もいわない。


海かと見紛う遠江、三河を経て尾張をかすめれば桑名は目前。

国が変われば空の色に水の味、人情も違ってくる。一九は風景や行き交う人を熱心に写し、道中の感想に宿場女郎の格付けまで細かく書き付けている。

「いずれ東海道中を面白おかしゅう戯作にしますわ」

「それは売れそうだ」

桑名湊の七里の渡しから、この旅の目的地たる伊勢へは海路。船待ちの合間、屋台を覗けば潮風に熾《いこ》る火、焼いた蛤がうまそうな汁を迸らせ、とても見過ごすことはできない。主従は生唾を呑み、名物を知多の野太い味の地酒と堪能した。

アチッ、一九は貝柱を舌で転がし、グビりと酒をあおる。

「お伊勢はん詣でが先でっか、それとも大先生？」

「神宮より先に先生を訪れたら却って叱られるんじゃないかな」

蔦重、一九をみやる。

「神社や先生より古市に興味津々じゃないだろうね」

伊勢参り　大神宮にも　ちょっと寄り——古市は伊勢随一の歓楽街、品よく美人が多い遊女で名を馳せている。デシシシ。一九は下卑た笑いを浮かべた。

「後学のため、ちょこっと二、三軒、覗いてみまひょ」

「ダメですよ、そういう勉強は江戸に帰って吉原でもできる」

蔦重は妓楼にたなびきかける一九を引きずるようにして、まず外宮の豊受大御神様、次いで内宮へ。五十鈴川で心身を浄め、天照皇大神様の御前にて柏手を打つ。

春の陽光を浴びた社は寛政元年の遷宮から六年、まだ白木の清楚さを失わず、黄金色の鰹木が眩しい。さしもの一九も粛然とする。

「何事の　おわしますかは　知らねども　かたじけなさに　涙こぼるる——いやもう、その通りやわ」

「おや。西行法師の御歌を知ってるとは、なかなか感心」

「旦さんは何を祈らはりました？」、一九は照れつつ主に問う。

「まずは本のことだねえ」

「やっぱり、そうでっか」

「写楽さんの次の一手を打たなきゃいけません」

そのための伊勢来訪だ。人間五十年、下天《げてん》のうちを比ぶれば夢幻の如くなり。幸若舞の一節が正しければ、蔦重に残された時は五年に満たない。命あっての物種、生あるうちにやっておきたいことが、まだまだたくさんある。しかも、それらはすべて本屋としての仕事ときている。

二

蔦重が鈴屋と呼ばれる邸宅を往訪したのは寛政七年三月二十五日。

「旦はん、ちょっと厠へ」

「またかい」、蔦重は呆れる。だが国学の四大人《しだいじん》にあげられる大学者との面会、一九の緊張ぶりもむべなるかな。

「存外に早い到着、遠路をよく参られた」

本屋主従は二階の書斎へ、ふたりを迎えたのは本居宣長だった。柔和で慈しみ深そうな面持ちに蔦重もホッとする。宣長は六十六歳、蔦重より二十、年かさだ。

「耕書堂の開板物のあれこれ、ざっと眼を通しておいた」

黄表紙、狂歌集に交じり、歌麿の美人大首絵もある。

「歌麿は当今の絵より耕書堂時代の方が断然いいね」

和学の大家と艶っぽい美人画の予期せぬ取り合わせ。蔦重は口をあんぐり、宣長先生はニコニコしながら鼻をうごめかせた。

「堅物やと思うてたら、意外におもろい先生でんな」と一九が囁くのを、蔦重は「これっ」と叱る。

「どうもこのところの歌麿は濫作が祟っておるように思える」

蔦重は宣長の慧眼に唸った。耕書堂と袂をわかった後、歌麿には江戸中の本屋が群がった。歌麿の自尊と驕慢は天井知らず。それを諫める者はいない。痩せぎすの身には贅肉がつき、絵ばかりか風貌にも良からぬ兆しが現れている。

宣長は役者絵も手にした。グイッ。口の端を下げ、グウッと眦《まなじり》を決する。パッ、両手は五指を広げてみせた。

「よっ、三代目大谷鬼次の江戸兵衛!」

一九がすかさず大向こうの声がけ、蔦重たまらず吹き出す。茶目っ気たっぷりの宣長、こんなことをいった。

「写楽なる絵師は春海さんの隣に住まうときいた」

村田春海は宣長が師と仰ぐ賀茂真淵門下の重鎮。蔦重は春海と懇意にしており、加藤千蔭の書道本の序文や真淵作『落窪《おちくぼ》物語』の校者を任せている。

「春海さんの助力で能役者を絵師に仕立てたんかい?」

「いや、それは……」

写楽こと斎藤十郎兵衛、その素性は永遠に封じるつもり、衝撃の絵師は忽然と消えたからこそ粋なのだ。ちなみに十郎兵衛は素知らぬ顔で能舞台に復している。

「それより宣長先生」、ようやく蔦重は本題に入った。

「先生の碩学、博識ぶりを満載した随筆『玉勝間《たまがつま》』の江戸での販売、私に一任していただけますか?」

宣長は表情を引き締めた。

「門人から、とんでもない、お門違いの声が出ておる」

蔦重は四年前、お堅い本を扱う書物問屋になった。しかし、戯家の板元の印象が圧倒的に強い。もののあはれ、大和魂を説く泰斗と滑稽、おちょくり、諧謔の総元締め——水と油だ。

「ちと、難しいですか? できれば、そこを何とか……」

蔦重の声が低くなった。宣長は端座のまま思案している。愉快だった東海道中の春めいた思い出が一気に枯草色に染まりそうだ。宣長は硬い表情のまま息をつき、床の間の脇に手を伸ばす。そこには柱掛の鈴、最初はリンリンと優しい音色、次はシャンシャンと強めに。書斎を涼やかで凛とした響きが駆け抜けた。

「あれこれ悩み果てたら、こうして鈴の音をきくんや」

「ほんで先生のお宅を鈴屋というんでっか」

口を挟む一九、蔦重は彼を押しのけた。

「して、鈴いや、先生のご決断は?」

宣長大人《うし》はもう一度、高らかに鈴を鳴らす。

「そちにはどう聞こえる?」

宣長は目配せした。パッ、神宮参拝の際の陽光が再び、蔦重と一九は両手をついた。

「けどな……書物は戯作ほどに売れんじゃろうて」

「いえ、先生のご著作はじめ書物は店の大事な柱です」

改革で町衆の学習熱が高まり書物への苦手意識は薄まっている。しかも『玉勝間』は知識欲を満たす随筆、好評を得るだろう。

「私も伊勢への道中で新しい商売の種をみつけました」

富士山や宿場の風物、旅ならではの珍事と人情——。

「次の当たり作はこうした中から出る気がします」


戯家の本屋と和学の大人の話は弾む。

傍らには色深く薫り高い伊勢茶と銘菓のへんば餅、素朴な味わいで二個目に手が伸びる。

「本づくりにはこだわりがあってな」

宣長は装幀を例に出す。表紙は布目模様で萌黄色、綴じ糸は紫がいい。

「それを藤屋に伝えます」、藤屋儀助と吉兵衛は名古屋の書肆。伊勢松坂に近い地の利、尾張名古屋には宣長と懇意の本屋が多い。『玉勝間』も蔦重が宣長と丁々発止の応酬で上梓するのではなく、藤屋はじめ地元の本屋が実務にあたった。耕書堂は江戸での売り弘めが主なる業務となる。

「それも望むところです」

名古屋は江戸、上方に次ぐ商圏として伸長著しい。彼の地の本屋と誼《よしみ》を通じておくことは、耕書堂の今後に大きく寄与するはず——。

「いずれ私の担当で名著を」

「紫式部になりきり『手まくら』をモノしたが、あの趣向は我ながら面白かった」

これは紫式部が描かなかった光源氏と六条御息所の出逢いを創作した本。『源氏物語』を研究し尽くした宣長ならではの異色作だ。

「耕書堂にも伽草子をネタにした作がおまっせ」

一九もいっちょ噛み、蔦重がすぐ突っ込む。

「この前に再版した喜三二さんの『親敵《おやのかたき》打腹鼓《うてやはらつづみ》』じゃないか」

「カチカチ山と源氏物語を一緒にしてはならんぞ」

宣長も負けずにひと言。一同大笑い、蔦重の宣長表敬は大団円となった。


帰路は伊勢街道を経て名古屋へ、主な書肆を回り業務提携の強化を図った。

「これで用件はすべて終わりました」

「帰りは趣向を変えて中山道をいきまひょか?」

「それもいいが、山の難路はご遠慮したい。一日でも早く江戸へ戻りたいんです」

「ははん、ご寮人はんのおっぱいが恋しいんでんな」

「バカなことを。早く江戸で仕事をしたいんですよ」

急く心が脚に伝わり、蔦重は一途に日本橋を目指す。一九はあそこに寄りたい、ここをみたい、その岡場所のいい女と駄々をこねるがきいてもらえない。蔦重は歩きながらも思案が尽きぬ。

「とりあえずは京伝さんのお尻を叩き、馬琴さんには読本を書かせよう」

一九にも檄を飛ばす。

「道中で話していたあれこれ、黄表紙にまとめなさい」

「何のことでしたっけ……ああ、化け物の話でっか?」

「バカらしいけど、そこがいい。あれだけ話せたんだから数冊は書けるでしょう」

来年からの耕書堂は本尊に京伝、馬琴と一九を脇侍に据えてご開帳だ。

「そういや俵屋宗理さん、また名を変えて北斎を名乗るらしい」

戯家と反骨の次の一手、今後の耕書堂は脂が乗る気鋭の作者と絵師に覇を競ってもらう。一方で還暦近い北尾重政親分は健在、頼もしい限りだ。ここ数年の懸念だった喜多川歌麿との復縁にも本気で乗り出すつもりでいる。

「書物や俳諧書がこの隙間を埋めてくれれば」

五年後には新体制を確立させよう。その時、蔦重はいよいよ五十歳だ。

「生涯、世の中をひっくり返す本屋でありたい」


神奈川の宿場は江戸まで眼と鼻の先の七里、ようやく蔦重もひと息つく気になった。

何より神奈川沖の眺望がすばらしい。

波濤、船、潮騒、潮香。圧巻の風景が迫りくる。

「せり上がる大波は爪。その爪に船が捕らわれる瞬間も富士は泰然自若としています」

そうだ、これを北斎に描かせたい。北斎ならきっと卓絶の筆づかいをみせてくれよう。

「旦那さんは何をみても、きいても仕事に直結でんな」

ピューピュー、ゴウゴウと潮風、その合間にきこえる不穏な呻き声、空耳かと訝った一九が主人を窺った途端に血相を変えた。

ウウウッ、蔦重が苦悶の声を漏らしながら膝をついている。蒼白になった顔を顰め、指が着物に喰い込むほど胸を掻きむしる。

「どないしやはりました！」、狼狽する一九の声も海風に掻き消されそうになる。

駆け寄る一九を拒むかのように、蔦重は身悶えながら倒れてしまった。

三

「これぞ九死に一生を得る、だ」

医者は呆れていた。蔦重は神妙になるどころか、親の叱言を馬耳東風と聞き流す悪たれ小僧のよう。

「もう大丈夫、心配はいりません。何しろ私は悪運が強いんです」

「大丈夫か、そうでないかは、あんたじゃなくて私の台詞だ」、医師は語調を強めた。

「診立ては江戸患い（脚気）からくる心の臓の衰え。ゆめゆめ油断してはならんぞ」

「江戸患いって、ひと月近くも江戸を離れていたのに」、蔦重は口を尖らせる。

「昨日今日じゃなく、何年もかけて蝕まれる病じゃ」

食事に気をつけ、養生を専らにすること。特に仕事での無理は禁物。

「先生はそうおっしゃいますが。文人墨客とうまい酒を酌み交わし、大当たりの策を練るのが私のたったひとつの生きがいなんです」

医者は処置なしと舌打ち、「とにかく養生第一だぞ」と念を押し、山ほどの薬を処方してくれた。

だが蔦重は精力的に動く。

寛政八年の店先、硬軟取りまぜた本棚の賑わいは格別、耕書堂が東都一ということを町衆に再認識させた。

夏の夜、蚊やりの煙がたなびく。

ゴトン、ピチャン。とせは枕元の水差しが倒れる音で目覚めた。

「重さん！」、水を呑もうとした夫が手を伸ばしたまま身体を震わせている。とせは夜具を蹴とばし夫の身を抱えた。

「痛いのは胸のあたり？　重さん、しっかりして！」

あれから、すっかり鳴りを潜めていた心の臓の痛み。薬が効いたと夫婦して話した矢先なのに、重三郎は歯を食いしばって苦痛と闘っている。とせは吼えるように店の者を呼ばわった。

「誰か、医者を！　重さんがえらいことなの、早く！」

――絶体絶命の危機一髪、だが強運だと嘯くだけのことはある。

医者も驚く奇跡の生還。それでも蔦重は翌日から床につく。

他ならぬ本人がネをあげてしまった。

「浮腫《むく》みがひどいうえに、何をするにも息が切れる」

とはいえ、妙案が浮かべば腹這いになって帳面に書き付ける。おとなしく眠っているかと思えば、そうではなく本のことで沈思黙考に耽っているのだった。

「重さん、馬琴の読本《よみほん》がえらく好評だよ」

「私の眼に狂いはなかったということだね」

とせの報告に腫れぼったい顔が綻ぶ。件の読本は『高尾船字文《たかおせんじもん》』、仙台藩のお家騒動「伊達騒動」や『水滸伝』の翻案ものに引っかけてある。蔦重、以前から馬琴には骨格のしっかりした筋立ての読本が向いていると踏んでいた。今回の作、まだまだ未熟なところは否めぬ、しかし、これまた耕書堂から数冊出した黄表紙より将来性がある。

「馬琴さんには、これを礎にしてしっかり励んでほしいと伝えておくれ」

女房は北斎の絵も並べる。起き上がった蔦重は眼をみはった。

「北斎さんならではの世界ができつつある」

夕暮れに佇む女の後ろ姿、風体からして夜鷹か。その身の捻り具合の絶妙さはどうだ。柳の枝が長々と垂れ下がり、少し風にそよぐ。高い空には蝙蝠《こうもり》を配した構図の完成度の高さ。

「これは凄い。うたさんの境地とはまた違った名作だよ」

「北斎さんといえば、これもみてあげて」

「おや、布袋《ほてい》さんかい。そっちは墨衣の狸じゃないか、ふふふ」

いずれも軽やかな筆づかいながら、線は完璧に計算されている。そして画面から横溢する滑稽と軽み。墨を基調として極端に制限した色づかいながら微塵の侘しさも感じさせない。

「北斎さんはきっと浮世絵の天下をとる、私が保証するよ」

とせも大きくうなずくと、今度は一九の作『化物年中行状記《ばけものねんじゅうぎょうじょうき》』『怪談筆始《ふではじめ》』などの黄表紙を開いて差し出した。

「一九も文と画どころか、版下の筆耕までこなしてくれるから重宝してるの」

「うんうん、あの人の文はとにかく気楽でいい。それに絵がまた人を喰っている。この力の抜け具合は北斎さんだって一目置くかもしれないねえ」

「まあ。一九がきいたら大喜びだけど、北斎さんが気を悪くするわよ」

「いいんだ、そうやって皆が切磋琢磨してくれれば」

耕書堂だけじゃない、江戸中の本屋が彼らの伸長と発展を待っている。

四

寛政九年（一七九七）の新春、一月七日生まれの蔦重は数え四十八に。

「貸本屋を始めたのは二十歳かそこらだった。もう三十年近くも前のことになる」

彼は珍しく昔を振り返った。やがて吉原細見を足掛かりに本屋へ。黄表紙、狂歌と万人の求める本を開板したのは、戯家の作で少しでも世の憂さを晴らすため。寛政の改革では幕閣をおちょくった。おかげで財産の半分没収、流言にさらされたり、暴漢に命まで狙われたことさえあった。

「だけど私は決して怯まなかった。本のおかげで強く生きることができたんだ」

蔦重には、それが誇らしかった。


闘病生活は長引いた。

春は過ぎ立夏が近づくほどに病は重篤に、とうとう江戸の本屋は寝付いてしまった。

とせは昼夜を問わず、付きっきりで看病した。

「愉しい本屋稼業だった」

やりたいことは、まだまだたくさんある。だが、これまでの仕事を顧みれば一作、一枚とて悔いはない。最高の仕事をやったという自信がある。

「それもこれも戯作者や絵師の皆さんがいてくれたおかげだ」

私は本当に人との巡り合わせの運がいい。この点も江戸でいっ、ち（一番）だ。

とせは微笑みながら重三郎の話をきいている。重三郎はそんな愛妻に蒲団から手を出し差し伸べた。

「それから、女房にも恵まれた。これだって江戸でいっ、ちだよ」

とせは黙って夫の手をとる。浮腫んではいるが大きくて暖かい手だった。

「おとせ、私と夫婦になってくれてありがとう」

「あたしこそ、ありがとう重さん……」


夏、とせは吉原へ向かった。

舅《しゅうと》の利兵衛は隠居、義兄の次郎兵衛が駿河屋と蔦屋の主に。髪どころか眉まで白い利兵衛が労う。

「少しは落ち着いたかい」

「ええ、何とか」

「おとせ、痩せちまったな。たまにはウチへこいよ。おもんや皆でうまい飯を喰おうや」

「兄さんにまで気を使わせちゃって、すみません」

「何も謝ることはねえんだ。オレたちは家族じゃねえか」

とせは『身体開帳《しんたいかいちょう》略縁起《りゃくえんぎ》』を舅と義兄に差し出す。著者は蔦唐丸、他ならぬ蔦屋重三郎だ。

「この本をつくるのに京伝さんや馬琴、一九にも手伝ってもらったんです」

絵は北尾重政が二つ返事で引き受けてくれた。叔父は感心する。

「千両役者の揃い踏みじゃないか」

「店に並べたんですけど、ちっとも売れなくて」

「そうかい。で、それを知ってあの子は何ていった？」

「本を書くのは手に余る。やっぱり私は本の案を練ったり売るのが天職だと」

どこか哀しい三人の笑い。兄は泣き笑いになった。

「重、お前のこさえた本や絵は超のつく一流品ばっかだ」

叔父はしみじみという。

「八つで親と別れて以来、波瀾曲折の人生を生き抜いた。重三郎は立派だよ」

舅と義兄の言葉が本屋の女房の胸に染む。とせは目頭を押さえ嗚咽を漏らした。

「お舅《とう》さん、もっと褒めてやってください。重さんは、お舅さんに褒めてもらうのが何よりもうれしいんです」

「あいつらしいや」ズズズッ、義兄が派手に洟《はな》をする。

「あの子のことは、いくら褒めても褒め足りないよ」

「とうとう最期まで本のことばかり。重さんは、しっかりと本を抱えたまま逝きました」

叔父が隠居部屋の片隅を指さす。そこには貸本屋時代の葛籠《つづら》が大事に残してある。

「よいしょ」、本を満載した荷を背負う蔦重の声がきこえた。


（完）

あとがき

本書は日刊ゲンダイで二〇二四年六月から半年、百二十三回にわたって連載した『戯家《たわけ》本屋のべらぼう人生　蔦屋重三郎外伝』を加筆、修正して世に出た。

時代小説や教養書、前述の連載に本書……私は二〇一六年を皮切りに、昨年から今年にかけ何と四回も蔦重の生涯を描いている。これだけ書きゃギネス未公認世界記録（!?）、なかなかのモンではあるまいか。おまけに蔦重は大河ドラマの主人公に抜擢されるというラッキーにまで恵まれた。江戸でいっちの本屋との合縁奇縁、草葉の陰でご本人がどうおっしゃるかは別にして、小説家としては「何度もテーマにさせていただき感謝しております」の殊勝な言葉も漏れるというもの――。

蔦重の一生は五十年に満たない。彼は人生の半分を本屋としてまっとうした。その活躍ぶり、卓抜の発想、行動力は本書にたっぷりと記してある。

だけど、蔦重自身は生い立ちを語らなかったし、同時代人による詳細な伝記があるわけでもない。残っているのは墓碣銘や彼の母の顕彰の碑、さらには曲亭馬琴が書き残したいくつかの文章、戯作に登場する彼の姿くらい。とりわけ、蔦重の出生から二十歳頃までの前半生は薄く靄がかかっているといっていい。

江戸をひっくり返した本屋として八面六臂の大活躍の後半生も同様。開板した戯作、浮世絵の数とグレードこそ圧倒的なのだが、蔦重の思想はもちろん作品に対するコメントすらみあたらない。となれば、書き手は史実のアウトラインをなぞりながら、稀代の本屋の人生に創作を加えて完成させるしかない。

だが、蔦重本人はもとより関係の深かった文人墨客、為政者は全員がキャラ立ちした個性派ばかり。だからこそ、筆は進んだ。おかげで、新たな視座を持つことができた。何より蔦重の人生は波乱万丈、成功と苦難が絶妙のタイミングで交互する。生き抜いた当人にすれば「べらぼうめ！」だろうが、私は「よくぞ波乱万丈の筋立てを用意してくれました」とニンマリしていた。

本書では、先行する『稀代の本屋』『江戸の反骨メディア王』でお馴染みの戯作者や絵師だけでなく、育ての親の叔父に義兄、初恋の花魁と妻、母たち新たな人物が、蔦重の幼少時から最期までのハードロードを伴走する。ここが本作のセールスポイントであり、中でも女たちは戯家と反骨の主人公を支え、鼓舞してやまない。また田沼意次と松平定信は、蔦重の本屋人生に追い風と逆風をもたらせた張本人。蔦重の時代の世情は現代にも通じる。これも江戸の本屋が身近に感じられる要因だろう。いずれにせよ、脇を固めてくれた面々あっての〝蔦重外伝〟だ。

最後に謝辞を――まず日刊ゲンダイの諸氏、連載の機縁となった小塚かおるさん、連載担当で名伯楽の原田かずこさん、単行本化に奮闘して下さった橋爪健太さん、橋上弘さんと石井康夫さん。そして読者の皆さま、ありがとうございました。

本書は〝蔦重特需〟の掉尾の作品となろう。次作から私の新たな小説家人生が始まる。たわけ本屋・蔦重のメガネにかなうよう己を鼓舞してペンを執りたい。

二〇二五年一月吉日

増田晶文（ますだまさふみ）

初出紙
「日刊ゲンダイ」　２０２４年６月３日～２０２４年11月28日

増田 晶文（ますだ・まさふみ）

1960年、大阪府生まれ。同志社大学法学部法律学科卒。10年余りの会社員生活を経て94年に文筆の世界へ。98年「果てなき渇望」でNumberスポーツノンフィクション新人賞受賞。以降、人間の「果てなき渇望」を通底テーマにさまざまなモチーフの作品を発表している。歴史、時代小説において新たな人物像を構築、描写することに定評があり『稀代の本屋 蔦屋重三郎』『絵師の魂 渓斎英泉』『楠木正成 河内熱風録』（いずれも草思社）などを発表している。

たわけ本屋一代記《ほんやいちだいき》

蔦屋重三郎《つたやじゅうざぶろう》

2025年 1月31日　第1刷発行

著者　増田晶文《ますだまさふみ》
発行者　寺田俊治
発行所　株式会社 日刊現代
〒104-8007 東京都中央区新川1-3-17 新川三幸ビル
電話 03-5244-9620
発売所　株式会社 講談社
〒112-8001　東京都文京区音羽2-12-21
電話 03-5395-5817
表紙／本文デザイン　伊丹弘司
印刷所／製本所　中央精版印刷株式会社
本文データ制作　株式会社キャップス

2025 Printed in Japan　ISBN978-4-06-538552-4